KB149510

명작 뒤에 숨겨진 사랑

KBS 제2라디오 해피FM 〈그곳에 사랑이 있었네〉 연재 작품

명작 뒤에 숨겨진 사랑

KBS 제2라디오 해피FM
〈그곳에 사랑이 있었네〉 연재 작품

음악가, 화가, 작가들의 명작과 사랑!

이동연 지음

평단

▶ 일러두기

- 이 책에 수록된 도판(그림 및 사진 등)은 퍼블릭 도메인(Public Domain) 사이트에서 저자가 찾은 자료를 사용했습니다.

- 〈피카소〉 편은 한국미술저작권관리협회(SACK)를 통해 저작권 사용 허가를 받아 사용했습니다.
© 2016 - Succession Pablo Picasso - SACK(Korea)

- 도판 정보에서 사이즈와 소장처 등이 빠진 부분은 찾지 못한 것이며, 찾는 대로 재쇄 제작 시에 반영하겠습니다.

- 또한 저작권에 해당되는 도판이 사용된 경우, 해당 도판을 체크해 연락을 주시면 허가를 받고 도판 사용료를 지급하도록 하겠습니다.

> 그들은 사랑하며 미워했고,
> 이별하며 집착했다!

명작은 우리의 영혼을 맑게 해준다

구름은 잡으려 하면 안개처럼 빠져나간다. 인생을 구름으로 비유하는 것도 잡으려 하면 할수록 덧없어지기 때문이다. 산과 들에 핀 꽃이 곱다며 꺾어두면 얼마 못 가 버려야 한다. 그러나 마음에 담아두면 평생을 관조할 수 있다.

관조란 대상에 대한 집착도 아니고 강요도 아니고 물끄러미 바라보는 것이다. 그럴 때 바라보는 자와 바라보는 대상이 서로에게 속박되지 않고 무한한 자유를 누린다. 그 자유란 곧 상상력이다. 오랜 세월 사람들의 무수한 시선의 무게를 이겨낸 명작도 그렇다. 보는 이와 듣는 이에게 "네 식으로 나를 느껴봐, 네 식으로 나를 해석해봐" 하고 자신을 열어놓는다.

시청자의 해석을 통해서만 매년 봄 새싹처럼 부활하는 것이 명작의 숙명이다. 마르셀 프루스트는 홍차에 적신 마들렌을 먹다가 그 향기에 잊었던 기억이 되살아나 《잃어버린 시간을 찾아서》라는 대작을 완성했다. 이처럼 명작에는 불현듯 우리를 새로운 존재로 만들어주는 진한 향기가 배어 있다.

어떤 이는 《제인 에어》를 읽고 당당해지고, 어떤 이는 쇤베르크의 음악을 들으며 생의 질곡을 이겨낸다. 누구의 작품이든 그 작가의 내면 풍경이 형상화한 것이다. 그래서 다빈치는 작품을 '정신적인 일'이라고 했다.

이 책에서 다룬 다빈치는 사춘기 때 첫 연정을 품은 여인이 어머니라는 사실을 알고 평생 독신으로 지낸다. 성별性別조차 뛰어넘은 미켈란젤로, 강제로 약혼을 해야 했던 라파엘로, 귀족이 아닌 평민을 배우자로 택한 루벤스, 사랑의 팔색조 피카소……. 이들의 그림 속에는 저마다 내면의 고뇌가 담겨 있다.

화가들이 화폭에 자신의 혼을 그리듯 작곡가는 선율 속에 자신의 혼을 담는다. 바흐의 곡에는 출세가 보장된 혼인을 거부한 정신이 흐르고, 모차르트의 음악에는 사랑했던 여인의 여동생과라도 맺어져야 했던 애수가 흐른다. 또한 베토벤의 음악에는 불멸의 의지와 열정이 넘치는데, 이는 그가 누구에게도 밝힐 수 없었던 사연 많은 생을 살았기 때문이다. 그러면 세련되고 절제된 서정성이 흐르는 차이콥스키는 어땠을까? 그는 러시아 부호의 미망인과 플라토닉 러브로 일관했다. 어느 날 아내에게 애인이 생긴 뒤 뒤죽박죽된 쇤베르크의 인생에서는 현대 음악의 시조인 파격적 선율이 꽃을 피웠다.

문학가도 마찬가지다. 브론테 세 자매는 영국의 황량한 언덕에서 겉도는 애정 속에 영문학의 금자탑을 만들어냈고, 온 세상이 어둠에 잠긴 하늘에서 사랑을 고백할 만큼 포근한 모정을 갈구했던 생텍쥐 페리는 동화 같은 소설을 펴냈다. 반면 버팔로처럼 살다가 생의 마지막에 가서야 첫사랑에게 전화를 걸었던 헤밍웨이는 사실주의 문학을 펼쳤다.

이 모두는 KBS 라디오에서 100회를 훨씬 넘겨 방송한 사연들이다. 작품은 혼자 만들지만 명작은 이성과 감정을 지닌 사람들이 공감하며 함께 만든다. 어떤 작품이 명작으로 승화되는 순간은 그 작품을 보고 몽환적 카타르시스를 경험한 사람들이 누적돼 인류 보편현상이 될 때다. 작가의 자유의지와 상상력의 산물이 예술품이듯 그 작품의 해석 또한 보는 이의 몫이다.

명작은 고상한 작품뿐 아니라 끔찍한 작품도 우리에게 정신적 정화가 된다. 비극적 작품을 볼 때 우리는 연민과 공포를 느끼면서도 영혼이 맑아진다. 이런 반전을 아리스토텔레스는 '카타르시스'라 했다.
명작은 고귀하면 고귀한 대로 애절하면 애절한 대로 우리의 영혼을 맑게 해준다. 한 인간이 자신의 전 존재로 명작과 의미론적 대화를 나눌 때의 그 감동을 세상 그 무엇과 비교할 수 있으랴!

2016년 11월 1일

이동연

1부

선율 따라
사랑은 흐르고

2부

그대라는 이름을
화폭에 담다

선율 따라 사랑은 흐르고

바흐
바로크 음악의 최고봉

모차르트
나는 몰라요, 이 연정이 어디서 왔는지

베토벤
금지된 사랑에 대한 격렬한 저항

차이콥스키
그 사람 내 눈에만 보여요

쇤베르크
달빛에 취한 피에로, 바람난 아내를 붙들고 무조음악을 만들다

바흐

바로크 음악의 최고봉

그늘진 시냇물
귀스타브 쿠르베(Gustave Courbet), 1865년, 캔버스에 유채, 135×94cm
프랑스 파리, 오르세 미술관 소장

Johann Sebastian
Bach

요한 제바스티안 바흐Johann Sebastian Bach(1685~1750)의 음악은 그
의 성격만큼이나 정돈돼 있고 차분하다. 헨델과 같이 극적인 무대효과
는 적지만 기복이 없고 잔잔하며, 들으면 들을수록 깊은 맛이 우러난
다. 그의 음악뿐 아니라 삶도 감탄스러운 부분이 많다.

　아이를 스물이나 낳고 가난한 가운데서도 서양음악의 기본 골격을
완성했다. 설사 서양음악이 모두 사라지더라도 바흐의 〈평균율〉 두 권
만 있으면 복원이 가능하다는 것이다.

　독일어 '바흐bach'의 뜻이 '시내'이듯 시작은 미약했으나 점차 창대해
졌다. 이를 두고 베토벤이 "화성和聲의 아버지 바흐는 시냇물이 아니라
대양大洋"이라고 말하기도 했다. 당시 몹시 가난했던 바흐는 잠시 사랑
이냐 출세냐, 사랑이냐 돈이냐를 두고 선택의 기로에 선 적이 있었다.

그러나 결혼을 출세의 수단으로 이용하거나 출세 때문에 사랑을 버리지는 않았다. 그런 만큼 그의 음악도 편안하고 간결하다. 역시 선율을 다스릴 줄 아는 음악가답게 주제가 변주를 끌고 가는데, 그 구성과 형식미가 일품이다. 그래서 바흐의 음악은 일상에 가치를 더하고 덧없는 것에 신적인 활력을 불어넣는다.

출세를 보장하는 결혼 제의를 받다

뤼베크의 디트리히 북스테후데Dietrich Buxtehude(1637~1707)는 바흐의 청년 시절 최고의 작곡자이자 오르간 연주자였다. 그를 존경하는 음악가들이 꾸준히 북스테후데를 찾았고, 바흐도 1705년 독일 중부의 튀링겐에서 약 400킬로미터를 걸어 그를 찾아왔다.

존경하는 스승을 찾아 산과 들, 강을 건너 머나먼 길을 찾아간 바흐의 여정은 2013년 룩셈부르크 출신의 피아니스트 프란체스코 트리스타노Francesco Tristano의 〈롱워크Long Walk〉 앨범에 담겼다. 트리스타노는 이 앨범을 내고 월드 투어를 했다.

원래 4주간 일정으로 북스테후데를 찾았던 바흐는 북스테후데의 실력에 큰 감명을 받아 4개월이나 더 머무르게 된다. 이미 일흔이 넘은 북스테후데 역시 바흐의 재능을 알아보고는 뤼베크 성모마리아 교회의 오르간 연주자 자리를 제안했다. 단순히 연주만 하는 것이 아니라 뤼베크의 도시 축제 등에 필요한 음악의 작곡도 맡아 하는 자리였다.

성모마리아 교회는 북독일 음악의 중심지로 해마다 성탄일 5주 전

일요일 저녁 이곳에서 열리는 음악
회에 참석하기 위해 독일 전역에서
많은 사람이 몰려들었다. 그러므로
바흐가 이 자리를 이어받는다면 스
물의 나이에 전국적인 음악가로 등
장할 기회였다.

북스테후데는 왜 이렇게 영광스러
운 자리를 젊은 바흐에게 제안했을
까?

무엇보다 바흐의 오르간 연주 실
력이 탁월했기 때문이다. 특히 즉흥
적 페달 테크닉은 거의 신의 경지였

음악, 오르간을 치다
젠틸레 다 파브리아노(Gentile da Fabriano)

다. 두 발에 날개가 달린 그리스신화 속 헤르메스처럼 바흐의 두 발은
페달 위를 날아다녔다. 때로는 천둥소리, 시냇물소리도 내고 아지랑이
가 피어오르는 것 같은 나른한 소리도 자유자재로 연출했다. 청중들
은 바흐의 연주에 넋을 잃을 정도였다.

그래서 북스테후데는 '이런 바흐라면 나의 영예로운 후계자로 충분
하다'고 생각했는데, 거기에는 한 가지 조건이 있었다. 자신의 딸 안나
마르가레타Anna Margareta와 결혼해야 한다는 것. 마르가레타는 바흐보
다 열 살이 많은 서른 살이었는데, 계속 신랑감을 찾았으나 여의치 않
았다.

북스테후데가 후계자와 사위 자리를 하나로 묶어 제안한 데는 그만

한 이유가 있다. 자신이 은퇴한 뒤 과년한 딸을 돌봐줄 사위도 필요했지만 성당 오르간 연주자의 후계자는 전임의 직계 자손, 즉 아들이나 사위만 승계한다는 원칙이 있었던 것이다.

북스테후데는 바흐 전에 찾아온 헨델에게도 똑같은 제안을 했지만 역시 거절당했다. 방랑벽이 있었던 헨델은 평생 독신을 고수했으니 그럴 수 있다 쳐도 바흐는 고아로 자라 늘 따뜻한 가정을 꿈꿨으니 상황이 좀 다르다. 만약 이 제안을 받아들였다면 그는 자신이 꿈꾸던 단란한 가정도 꾸미고 좀 더 편하게 음악을 했을 것이다. 그런데도 거절하고 돌아간 데는 속사정이 있었다.

출세도 좋지만 바흐에게는 이미 마음에 담아둔 여인이 있었다. 게다가 그는 마르가레타에게 전혀 매력을 느끼지 못했다. 그래서 설령 짝사랑하는 여인이 없었다 해도 자신의 감정을 속이면서까지 결혼하고 싶지는 않았던 것이다.

왼쪽을 보면 북스테후데가 비올(viol)을 연주하고 있다. 그런데 마르가레타는 아마도 아버지를 많이 닮았던 모양이다. 바흐는 고심 끝에 북스테후데의 제안을 거절했다.

가정 음악회 장면
요하네스 포르호우트(Johannes Voorhout), 1674년, 캔버스에 유채
독일 함부르크 주, 함부르크 미술관 소장

바흐가 떠나던 날, 북스테후데는 그를 배웅하면서 또 한 사람의 유능한 사윗감을 놓친 비애를 오르간 연주로 달랬다고 한다. 마르가레타는 그 뒤 작곡가 쉬페르데커J. C. Schieferdecker와 결혼했고, 쉬페르데커가 북스테후데의 자리를 계승하게 된다.

청년 바흐에게 음악가로 대성할 기회를 포기하게 한 마음속 여인은 누구였을까? 이것을 알려면 먼저 바흐 가문을 간략하게라도 알 필요가 있다.

마음에 둔 여인, 6촌 누나

바흐는 1685년 독일 튀링겐 주의 삼림지대에 있는 아이제나흐에서 8남매 중 막내로 태어났다. 그의 집안은 16세기부터 약 50여 명의 음악가를 배출한 음악 명문가였다.

어릴 때 몸이 허약했던 바흐는 학교에 결석하는 날이 많았으며, 악사인 아버지 요한 암브로지우스 바흐Johann Ambrosius Bach에게 오르간, 바이올린 등을 배웠다. 1694년, 마냥 행복하기만 했던 어린 바흐에게 첫 시련이 닥쳤다. 어머니 엘리자베트 레메르히르트가 갑자기 세상을 떠난 것이다. 그리고 1년도 채 지나지 않아 아버지마저 잃었다.

졸지에 부모를 잃은 바흐는 열 살 때 큰형 크리스토프의 집으로 가게 되었다. 유능한 바이올리니스트였던 24세의 크리스토프는 막냇동생에게 오르간과 쳄발로를 가르쳤다. 바흐는 워낙 음악을 좋아하는 데다 악기에 천부적 재능이 있어 눈에 보이는 악기는 뭐든 스스로 터득

했다. 그리고 어떤 악보든 연주해보고 싶어 했다.

마침 크리스토프는 당시 오르간 거장들의 희귀한 악보를 보유하고
있었는데, 바흐는 그 악보들을 몰래 훔쳐 연주하다가 여러 번 들켜서
혼이 나기도 했다. 그래도 동생이 자꾸 악보를 빼가자 희귀 악보가 훼
손될 것을 염려한 크리스토프는 책장 안에 악보를 넣고 자물쇠를 채워
버렸다.

바흐가 악보를 연주하고 싶다고 사정사정했지만 크리스토프는 아
직 이르다며 거절했다. 그럴수록 호기심이 더 생겨 바흐는 어느 달 밝
은 밤에 서랍 틈으로 억지로 손가락을 집어넣어 악보를 한 장 한 장 꺼
냈다. 그렇게 훔친 악보는 자기 방에 숨겨두고 모두가 잠든 밤에 한

바흐의 가장 오래된 자필 악보

장씩 꺼내 달빛 아래서 다른 종이에 옮겨 적었다.

바흐는 그렇게 6개월 동안 남몰래 악보를 필사하다가 수상한 낌새를 알아챈 형에게 끝내 들키고 말았다. 크리스토프는 그 자리에서 악보를 모두 회수해 가버렸다. 바흐가 울면서 돌려달라고 사정했지만 소용이 없었다.

이때 달빛 아래서 악보를 필사하느라 눈을 너무 혹사한 까닭에 노년에 실명을 하게 되었다는 이야기도 나온다. 어쨌든 바흐는 음악에 대한 무한한 호기심으로 즐겁게 노력해 최고의 오르간 연주 실력을 갖춰 난이도가 아무리 높은 곡도 쉽게 소화해 연주했다. 성악보다는 기악에 더 탁월했으며, 특히 그의 오르간 연주는 청중을 완전히 사로잡았다.

형에게 언제까지나 기댈 수는 없었으므로 바흐는 1702년 생계를 위해 아른슈타트 지방의 궁정 악사, 성당의 오르간 연주자로 취직했다. 음악가들에게 별다른 직장이 없던 그 당시에 궁정 악사와 성당 오르간 연주자는 매우 유용한 직업이었다. 바흐는 성당에서 오르간 연주는 물론 합창단 지도까지 맡았고, 이때부터 작곡도 시작했다.

바흐는 젊은 혈기로 합창단 수준을 높이기 위한 훈련을 강도 높게 실시했다. 한번은 오르간 연주자 가이어스바흐가 성의 없이 연주를 하자 가발을 벗어 던지며 "그럴 바엔 차라리 신발 수리나 하라"고 소리를 질렀다. 이때 바흐의 나이는 18세로 가이어스바흐보다 다섯 살 아래였다.

이에 앙심을 품은 가이어스바흐는 그날 밤 젊은 단원 여섯 명과 함께 골목을 지키고 있다가 궁정 음악회가 끝난 뒤 돌아가던 바흐에게 달려들었다. 그러자 바흐도 물러서지 않고 밤을 새워 싸웠다. 그리고 그 사건 이후에도 전혀 변하지 않았다.

한편, 바흐는 당시 남자들로만 구성돼 있던 합창단에 처음으로 여성 단원을 영입한다. 그 주인공은 바흐의 6촌 누나 마리아 바르바라Maria Barbara Bach(1684~1720)였다. 단원들은 바흐가 합창단의 전통과 권위를 짓밟았다고 비난했다. 바흐는 왜 비난을 무릅쓰고 여성 단원을 받아들였을까? 내심 바르바라를 좋아하고 있었기 때문이다. 그녀를 자기 앞에 앉혀놓고 지휘하고 싶은 마음이 간절했던 것이다.

바르바라도 바흐처럼 어린 나이에 부모를 잃고 아른슈타트의 친척 집에 얹혀살고 있었다. 그리고 바흐는 그 집에 머무르면서 바르바라를 짝사랑하게 되었다. 합창단원이 되어달라는 부탁을 받았을 때 바르바라는 바흐의 속마음을 눈치채지 못했다. 단지 음악이 좋아 합창단원이 되기로 결심했을 뿐이다. 첫사랑이자 짝사랑이라는 이중 난기류에 휩쓸린 바흐는 합창단의 여성 단원 금지라는 규정까지 무시해버렸던 것이다.

마침내 남성 단원들 사이에 바르바라가 홍일점으로 앉았고, 바흐는 합창단의 금녀 규정을 어겼다는 거센 비난 속에 궁지에 몰렸다. 그러던 중 북스테후데의 명성을 듣고 머리도 식힐 겸 한 달 동안 휴가를 내고 천 리를 걸어 찾아갔던 것이다.

휴가 기간을 넘긴 채 4개월씩이나 머무르고 돌아왔을 때는 '바흐 일탈조사위원회'가 구성돼 있었다. 하지만 바흐가 워낙 음악 명문가 출신인 데다 실력이 뛰어났기 때문에 당국자들은 한 번만 이해해주기로 합의했다. 그런데 지역성직자회의에서 바흐를 따로 소환해 한 달 휴가 기간을 어기고 3개월씩이나 단원 훈련을 게을리한 것을 질책했다. 그 러자 바흐는 이에 반발해 사임서를 제출하고 말았다.

결국 바흐는 실업자가 되어 귀향했다. 고향 사람들은 바흐가 북스 테후데의 후계자가 될 절호의 기회도 버린 채 성직자들과도 다퉈 백수 가 되었다며 혀를 찼다. 그러나 고향에 돌아와서도 바흐의 머릿속은 온통 마리아 바르바라와 어떻게 하면 연인이 될 수 있을까 하는 생각 으로 가득 차 있었다.

1707년 6월, 바흐는 뮐하우젠에 있는 성블라시우스 교회의 오르간 연주자로 다시 취업하게 된다. 그리고 뮐하우젠으로 떠나기 전 그는 바르바라를 만나 자기 마음을 전했다.

"나도 당신이 좋아 남자들만 가득한 합창단에 들어갔어요."

예상치 못한 바르바라의 대답에 바흐는 풀쩍 뛰며 환호했다.

"그런 줄도 모르고, 혼자 짝사랑하는 줄만 알고 속이 새카맣게 탔 잖아!"

"진작 말하지 그랬어요."

첫 아내 마리아 바르바라

뮐하우젠에서 일자리를 얻은 그해 10월 17일, 두 사람의 결혼식을 앞 두고 거리 행진이 벌어진다. 신랑과 신부를 앞세운 가족과 친척들은 결혼식장인 시골마을 성당까지 약 3킬로미터를 행진한다. 바흐의 뮐하

바흐

우젠 시대는 바르바라와의 신혼생활로 시작된다.

바흐는 음악의 대가였으나 집안 대소사를 챙기는 일이나 일상생활에는 무신경했고, 바르바라는 남편의 부족한 점을 잘 보완해주었다. 둘 사이에서 일곱 자녀가 태어났고, 그중 장남 빌헬름 프리데만과 차남 카를 필리프 에마누엘은 뛰어난 음악가가 되었다.

바흐는 주로 코랄choral 위주의 칸타타를 작곡하며 엄격하고 절제된 음악을 만들어 나갔다. 시의회의 전적인 후원으로 작품집을 출판하는 등 모든 일이 잘 풀렸다. 그렇게 1년쯤 지났을 때 루터파 내부의 경건파와 정통파 사이에서 분쟁이 일어났다. 정통파는 도그마dogma, 즉 교리를 중시하는 데 반해 경건주의는 종교적 감정을 중시한다.

집안 대대로 루터 정통파인 바흐도 이 분쟁을 피해 갈 수는 없었다. 그는 엉뚱하게도 종교 논쟁의 희생자가 되어 뮐하우젠을 떠나야 할 처지가 되었다. 결국 바흐는 뮐하우젠 시에 사표를 냈고, 이 소식을 접한 바이마르 궁정에서 오르간 연주자 겸 궁중 악사로 그를 초빙했다. 이것이 바흐의 바이마르 9년 시대의 출발이다.

바흐는 바이마르로 이직한 뒤 많은 명작을 작곡했으며, 특히 오르간 작곡집도 여러 권 냈다. 유명한 〈토카타와 푸가 D단조Toccata and Fugue in D minor〉도 이때 작곡한 작품이다. 도입부의 리듬은 우리 귀에도 익숙하다. 드라마나 방송매체 등에서 효과음으로 자주 사용하기 때문이다. 이 곡은 출연자가 파국을 맞거나 기적 같은 행운을 만날 때 운명의 팡파르처럼 울려 퍼진다.

젊은 바흐의 상상력 넘치는 열정이 처음부터 끝까지 몰아친다. 출세가 보장된 북스테후데의 딸이 아니라 사랑하는 바르바라와 결혼하고도 얼마든지 성공할 수 있다는 바흐의 기개氣槪가 선율을 통해 빛난다.

'토카타'는 북스테후데가 개발한 것으로, 사전적 의미를 보면 '건반악기로 빠르고 전주곡이나 환상곡처럼 화려하게 연주해야 하는 악곡 형식'을 말한다. 또한 '푸가'는 다성부의 기악곡 또는 성악곡을 말한다. 규칙성 있는 하나의 주제가 다른 파트(성부) 또는 악기에 지속적으로 모방되고 반복된다. 이는 건축물 구성에 사용되는 기술로 비유된다.

정열적인 토카타와 엄격한 푸가 형식을 대조시킨 바흐의 토카타와 푸가는 즉흥적이면서도 클래식하다. 자유로운 정열이 처음부터 끝까지 몰아친다. 빛나는 화음이 장관이지만 방종은 아니다. 음표가 운명처럼 연결돼 저변에서 완벽한 조화를 이룬다.

작가 헤르만 헤세Herman Hesse는 이 곡을 듣고 "태고의 한 줄기 빛이 구름을 뚫고 침묵의 대지에 쏟아지는 것"이라며 감탄했다. 웅장하고 인상적인 오르간 소리가 거대한 세계를 열어주는 듯한 느낌을 주기 때문이다. 이 곡은 무엇보다 마음을 가라앉히고 웅대한 비전을 품게 도와준다.

1714년, 바흐는 합주장으로 승진해 의무적으로 신작 칸타타를 한 곡씩 연주하는데, 여기서 바이마르 칸타타가 탄생한다.

2년 뒤 궁정악장 요한 사무엘 드레제가 죽자 바흐는 당연히 자신이 그 뒤를 잇게 될 것으로 기대했다. 그런데 예상을 깨고 드레제의 아들이 궁정악장 자리를 세습했다. 이 일로 크게 실망해 있던 바흐에게 쾨텐의 레오폴트 영주가 손을 뻗어왔다.

샘(샘에서 목욕하는 여인)
귀스타브 쿠르베(Gustave Courbet), 1868년, 캔버스에 유채, 97×128cm
프랑스 파리, 오르세 미술관 소장

레오폴트는 음악을 사랑해서 뛰어난 연주자들을 모아 궁정악단을 운영중이었으며, 바흐를 악장으로 영입할 기회를 엿보고 있었던 것이다. 결국 바흐도 레오폴트에게 가기로 결심한다. 그는 바이마르 궁정에 사직서를 내고는 공개적으로 "바이마르 궁정악장은 실력도 없는데 세습했다"고 떠들면서 자신은 더 좋은 쾨텐 악단으로 갈 것이라고 자랑했다.

이에 기분이 상한 바이마르 대공은 면직을 강요했다는 죄목으로 바흐를 한 달 동안 궁정 감옥에 가두었다. 그런데 바흐는 어려워질수록 의기소침하지 않고 더 활달해지는 성격이었다. 그는 감옥에 있으면서 아들과 제자들의 교육을 위한 〈평균율 클라비어곡집〉 1번을 완성했다. 동일 음종을 갖도록 옥타브를 같은 비율로 나눈다 해서 평균율이라 하는데, 이 곡은 지금도 피아노 교육의 핵심 교재로 쓰인다.

이 곡을 완성한 뒤 바흐는 이렇게 밝혔다.

"감옥에는 어떤 악기도 없어 권태만이 흐른다. 이런 감옥에서 지루함을 달래기 위해 이 곡을 썼다."

선율이 바닷가 하얀 모래사장에 쉼 없이 몰려왔다가 빠져나가는 파도 소리 같다. 눈을 감고 듣노라면 어느덧 세상도 나도 고요와 평안 속에 잠겨든다. 이 곡에는 마침내 '클래식의 고전古典'이라는 불멸의 칭호가 붙게 된다. 나중에 나온 베토벤의 〈피아노 소나타 전집〉은 이와 구분해 '클래식의 신전新典'이라는 영예를 얻었다.

또한 이 곡의 영향으로 바흐는 '음악의 아버지'라는 찬사를 받았다. '피아노의 시인' 쇼팽, '가곡의 왕' 슈베르트 등 유명 작곡가마다 특징적인 애칭이 있다. 그렇다면 바흐가 유독 '음악의 아버지'로 불리는 이유는 뭘까?

수만 년의 역사에서 바흐가 음악의 조상 대우를 받는 이유를 잠깐 알아보자. 음악은 선사시대의 통신에서부터 출발했다. 인류의 첫 악기는 나무와 동물의 뼈로 만든 북과 나팔이었다. 그때는 즐기기 위해서가 아니라 어떤 메시지를 전달하기 위해 음악이 필요했다.

고대시대로 들어와 이집트의 신화와 관련된 하프, 리라, 플루트 등이 등장하고 중국에서는 그들의 우주관인 오행五行, 즉 목木·화火·토土·금金·수水를 따른 5음음계가 나온다.

무도회의 만찬
아돌프 폰 멘첼(Adolf Menzel), 1878년, 캔버스에 유채, 90×71cm
독일 베를린, 베를린 내셔널 갤러리 소장

이후 10세기까지 음악은 거의 단성적單聲的 형태로 내려오다가 10세기 말경 본격적으로 다성음악多聲音樂이 출현한다. 이때부터 르네상스에 이르기까지는 사람의 목소리가 가장 중요했고, 악기는 노래나 춤의 반주 역할에 머물렀다.

바흐(왼쪽)와 세 아들

그런데 바로크 시대로 불리는 16세기 말부터 18세기 중반에는 악기가 음악에서 성악 못지않게 중요해진다. 바로크 시대에는 인간의 감정을 표출하기 위해 화려한 디자인과 웅장한 효과를 극대화하려 했고, 그러다보니 악기로만 이루어진 독주곡과 합주곡도 관심을 끌기 시작한 것이다. 이에 적합한 악기가 바이올린과 쳄발로였고, 두 악기가 인기를 끌면서 오페라도 출현하게 된다.

이 과정을 거쳐 인류가 축적한 음악의 기반 위에 바흐는 수학적 정확성과 획기적 독창성을 결합했다. 그렇게 해서 나온 비약적 성과는 독일의 베토벤, 바그너 등에게는 물론 서양음악 전반에 기초를 제공했다.

우리가 잘 알다시피 바흐와 함께 게오르크 프리드리히 헨델Georg Friedrich Händel(1685~1759)도 '음악의 어머니'라 불리며 바로크 시대를 대표하는 음악가다. 두 사람은 여러 면에서 비교된다. 헨델은 동일 부분을 반복적으로 연주하는 '다카포da capo' 형식을 많이 사용했다. 이 형식을 따르면 청중들이 멜로디에 쉽게 익숙해지는 장점이 있어 헨델의 음

바흐

악은 대중적으로 인기를 끌었다.

그때까지도 바흐는 오르간을 연주할 때 사용하지 않던 엄지손가락을 활용하는 작곡에 매달렸고, 여기서 푸가 형식이 완성된다. 오늘날과는 달리 당시에는 헨델이 바흐보다 주목을 더 받았고 돈도 더 많이 벌었다.

한편, 바이마르 대공에게 괘씸죄로 걸려 감옥에 갇혔던 바흐는 출옥 직후인 1717년 12월 곧장 쾨텐으로 갔다. 그곳에서 그는 비로소 음악을 잘 알고 음악가를 진정으로 아끼는 영주 레오폴트를 만났다.

바흐는 레오폴트의 궁정악단에서 활동하며 좋은 곡을 많이 만든다. 특히 레오폴트 영주는 의전용 교회음악을 싫어했기 때문에 바흐는 비로소 세속음악을 창작할 수 있었다. 종교와 관계없이 바로크 시대를 주도한 대위법counterpoint을 사용해 명작을 만들어낸 것이다.

대위법이란 두 개 이상의 독립된 선율이 동시에 조화를 이루며 진행되는 것을 말한다. 따라서 하나의 큰 리듬 안에 각 악기가 독립된 것처럼 연주하면서도 멋진 화음을 낸다. 바로크 음악의 최고봉인 〈브란덴부르크 협주곡Brandenburg Concerto〉에도 당시에 존재하는 악기가 모두 동원된다. 악상도 다양하지만 6번 등에 바이올린 파트가 전혀 나오지 않고 여러 악기를 실험해 상상을 초월한다.

이 음악과 관련해 재미있는 이야기가 있다. 바흐 연주로 정평이 난 바이올리니스트 아돌프 부슈Adolf Busch(1891~1952)가 1920년에 17세의 피아니스트 루돌프 제르킨Rudolf Serkin(1903~1991)과 전속 반주자로 계약을 맺는다. 그 뒤 제르킨의 첫 데뷔 무대가 부슈의 지휘로 베를린에서

시녀들(라스 메니나스)
디에고 벨라스케스(Diego Velazquez), 1656년, 캔버스에 유채, 275×318cm
스페인 마드리드, 프라도 미술관 소장

당시의 음악가나 화가 등 예술가들은 궁정과 밀접한 관계를 맺을수록 명성을 높이고 그 명성도 유지할 수 있었다. 바로크 시대에 스페인 궁정화가 디에고 벨라스케스가 그린 예술가와 궁정 생활의 모습이다. 마르가리타 공주가 왕과 왕비 앞에 인사드리려 하고 있고, 왕과 왕비의 모습은 공주의 뒤편 거울에 비친다. 주변에는 어릿광대 난쟁이와 소녀와 시종들, 그리고 이 장면을 담는 궁정화가가 있다.

열렸고, 〈브란덴부르크 협주곡〉이 연주됐다. 뜨거운 정열을 담고 있으면서도 객관성을 존중하는 명쾌하고 투명한 연주는 청중을 압도했다.

앙코르가 터져 나오자 제르킨은 바흐의 〈골드베르크 변주곡 Goldberg Variations〉을 완주했는데 그 모습이 무아지경이었다고 한다. 제르킨은 그 현장의 감격을 평생 안고 살았으며, 생의 마지막에 침대에 누워서도 이 음악을 들었다.

당시 녹음된 곡을 들어보면 어느 현장 음악회보다 더 실감이 있다. 음색을 따라가다보면 어느새 자신도 모르게 무시간의 공간 속에 와 있는 것 같은 기분이 든다.

15년 뒤, 제르킨은 계약 당시 겨우 네 살이었던 부슈의 딸 이레네와 결혼했다. 처음 만났을 때 귀여운 이레네에게 눈길이 갔고, 점차 자라면서 사랑하게 돼 오랜 기간을 기다려 마침내 결실을 맺은 것이다.

어쨌든 음악을 이해하는 레오폴트 영주 아래서 바흐의 탐구정신은 예술적 미로 활짝 피어났으며, 이를 옆에서 지켜본 영주는 바흐를 더 귀하게 대우했다. 그는 출장을 가거나 여행을 다닐 때도 항상 바흐와 동행했다.

1720년 봄, 레오폴트 영주와 바흐는 카를스바트로 온천여행을 떠났다. 지금은 체코 영토가 된 카를스바트(카를로비바리)는 유럽 각국의 영주와 귀족들이 즐겨 찾는 휴양지였고, 영주들은 이곳 연회장에 자신의 악단을 데려와 연주 솜씨를 자랑하곤 했다. 레오폴트 영주도 바흐 악단을 무대에 올렸고, 이들의 연주 솜씨는 단연 독보적이었다.

그런데 3개월 동안의 온천여행을 마친 뒤 돌아오니 불행한 소식이 바흐를 기다리고 있었다. 건강했던 아내가 사망해서 이미 장례식까지 치른 뒤였던 것이다. 아마도 임신중독증이었을 것이다.

황망한 가운데 아이들을 다독이던 바흐는 누군가가 장례비용 청구서를 내밀자 무심결에 이렇게 말했다고 한다.

"그런 일이라면 바르바라에게 말하세요."

그만큼 세심하게 남편을 챙기던 아내가 세상을 떠난 뒤, 바흐는 남은 일곱 아이

아이의 목욕
메리 케세트(Mary Cassatt), 1891~1892년
캔버스에 유채, 66×100.3cm
미국 시카고, 시카고 아트 인스티튜트 소장

들 앞에서 마음껏 슬퍼할 수조차 없었다.

바르바라를 짝사랑해 북스테후데의 결혼 제의를 거절했고, 바르바라와 같이 있기 위해 규정을 어기면서까지 합창단원이 되게 했다. 결혼 이후 뮐하우젠에서 종교 갈등에 휘말렸고, 바이마르에서는 감옥에 갇히기도 했다.

바흐는 아내와 함께한 지난 세월을 회상하며 중얼거렸다.

"이제 쾨텐에 정착해 살 만하게 되니 아내가 작별인사도 없이 돌아올

수 없는 먼 곳으로 떠났구나……."

아내는 떠나고 없었지만 집 안 곳곳에 흔적이 그대로 남아 있었다. 거실과 침실과, 마당, 그리고 아이들을 씻기던 곳까지 어디 하나 바르바라의 손길이 닿지 않은 곳이 없었다.

바흐는 아내와의 13년을 회고하며 〈바이올린과 쳄발로를 위한 소나타〉 6곡을 작곡한다. 쾨텐 시기의 다른 작품들과는 달리 이 작품에는 슬픔이 진하게 배어 있다. 특히 1번 1악장부터 아내를 잃은 중년남성 바흐의 슬픔이 묻어난다. 5번 5악장에 이르면 상처한 사내가 어두운 방구석에 주저앉아 남겨진 아이들을 바라보며 차마 소리도 내지 못한 채 흐느끼는 모습이 그려진다.

그래서 이 작품은 울고 싶을 때 실컷 울게 해주는 천금 같은 곡이다. 또한 울다보면 어느새 눈물이 멈추게 마련이듯 이 곡은 듣는 이의 슬픔을 달래는 데 그치지 않고 그 슬픔을 용기로 바꿔준다.

G선상의 아리아, 안나 막달레나

바르바라가 세상을 떠난 해 겨울, 바흐는 웅장한 오르간이 있는 합스부르크성의 성 카타리나 성당에서 혼자 오르간을 연주하고 있었다. 바흐는 오전에 작곡한 〈무반주 첼로 모음곡〉, 〈무반주 바이올린 소나타와 파르티타〉 등을 다듬는 중이었다.

마침 소프라노 가수 안나 막달레나Anna Magdalena Wilcke(1701~1760)가 아버지와 함께 그곳으로 여행을 왔다. 숙소에 도착해 짐을 푼 뒤, 막달레나는 혼자 성 카타리나 성당을 구경하러 갔다. 성당 곳곳을 둘러보고 있는데 어디선가 오르간 소리가 들렸다. 소리를 따라가니 한 멋진 중년남성이 오르간을 연주하고 있었다.

고색창연한 스테인드글라스를 통해 황혼이 연주자를 비추는데 그 장면이 무척 환상적이었다. 연주 분위기도 멋진 데다 선율은 가히 천상의 소리가 아닌가. 마치 하늘에서 내려온 중후한 천사가 연주를 하고 있는 것 같았다. 막달레나는 자신도 모르게 안으로 들어가 외투를 벗고 앉아 두 눈을 감았다.

음악에 깊이 도취돼 있는데 문득 누군가의 눈길이 느껴졌다. 눈을 떠보니 바로 그 연주자가 막달레나를 바라보고 있었다. 막달레나는 당황해서 얼른 외투를 집어 들고 여관으로 돌아갔다.

딸에게 그 이야기를 듣고 아버지가 말했다.

"그 남자는 분명 쾨텐 궁정의 악장 바흐일 게다."

그날 밤, 잠자리에 들기 전 막달레나는 일기장에 이렇게 끄적였다.

> 체격은 아버지보다 약간 컸고 박력이 넘쳐 보였다.
> 그는 어느 누구보다 훨씬 커 보였다. 왜일까?
> 아마 그의 정신이 고결하기 때문일 것이다.

어느새 막달레나의 마음속에는 바흐에 대한 흠모의 정이 모락모락 피어나기 시작했다. 다음 날 막달레나는 또 바흐의 오르간 연주를 들으러 갔다. 바흐 또한 자기 음악에 도취돼 있던 이름 모를 젊은 여인에

바흐

41

게 자꾸 신경이 쓰였다. 넓은 성당 안에서 혼자 연주하는 바흐와 그것을 혼자 듣고 있는 막달레나의 심정은 이미 분홍빛이었다. 그렇게 연인이 된 두 사람의 나이 차이는 무려 16년이었다.

바흐는 막달레나를 곧장 궁정 솔리스트로 임명했고, 월급도 연주자들보다 세 배나 많이 주었다. 처음 바르바라에게 청혼할 때와 비슷한 상황이었다. 그런데 스무 살의 막달레나가 서른여섯 살, 게다가 아이가 일곱이나 딸린 바흐와 결혼하려 하자 주변의 반대가 몹시 심했다. 결혼 전날 막달레나는 친구들에게 자신의 심정을 털어놓았다.

"참으로 진지하고 의지가 강한 사람이야. 얘기를 많이 나누지 않아도 그이의 몇 마디 말 속에서 깊은 맛이 느껴져. 내 인생에 그런 마력을 지닌 사람은 처음이야."

그렇게 바흐는 상처한 지 1년 만에 막달레나와 재혼한다. 재혼 과정은 힘겨웠으나 이후의 생활은 정말 행복했다. 바흐는 그즈음 장남 프리데만을 위해 〈인벤션〉을 작곡했고, 〈평균율곡집〉도 다시 정리했다.

독일의 대문호 요한 볼프강 폰 괴테Johann Wolfgang von Goethe는 〈평균율곡집〉을 듣고 한 편의 시를 남기기도 했다.

1부 선율 따라 사랑은 흐르고

듣게 해주오, 그 음악을
그러면 차디찬 세상도 따스해지리니
느끼게 해주오, 그 음악이 내게 속삭이는 것을
그리하면 어두운 나날도 밝아지리니

오르낭의 큰 떡갈나무
귀스타브 쿠르베(Gustave Courbet), 1864년, 캔버스에 유채, 89×110cm
일본 도쿄, 무라우치 미술관 소장

평소 완고했던 바흐는 어린 아내의 말이라면 무엇이든 그대로 따랐다. 막달레나 또한 오선지에 선율을 적어 나가기에 여념이 없는 남편의 곁을 그림자처럼 조용히 지켰다.

막달레나의 조용한 내조로 첫 아내를 잃은 바흐의 상실감은 치유되었다. 막달레나와 바흐 사이에는 13명의 자녀가 태어났으며, 막달레나는 이전의 일곱 아이까지 잘 돌보았다. 작은 도토리가 큰 상수리나무가 되듯 바흐와 막달레나는 따뜻한 배려로 아이들을 잘 기르며 행복한 가정을 만들어 나갔다.

바
흐

1717년부터 1723년까지의 쾨텐 시기는 바흐의 일생 중 가장 행복한 때였다. 그리고 행복이 절정에 달하던 1722년 〈G선상의 아리아Air on The G String〉가 처음으로 지구의 대기에 울려 퍼진다.

이 곡은 오늘날에도 팝이나 재즈로 편곡돼 항상 연주되고 있는데, 들으면 들을수록 마음이 가라앉고 평안해진다. 비발디처럼 현란하지도 헨델처럼 따뜻하지도 않은데 왜 이렇게 선율이 편안할까? 바흐의 음악에는 우리가 눈치채지 못하는 고도의 합리성이 담겨 있어 모순에서 오는 불안을 잠재우고 정서적 안정감을 준다.

우리나라에서 6·25동란이 일어났을 때의 일이다. 피난민들로 가득한 피난열차 안은 절규와 눈물로 아수라장이었다. 그런데 이때 누군가가 〈G선상의 아리아〉를 연주하기 시작했다. 그러자 열차 안은 순식간

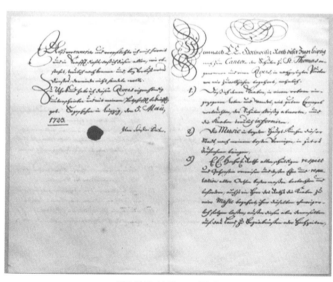

바흐의 토마스칸토르 계약서

에 한적한 들판처럼 고요해졌다. 이것이 바로 음악의 힘이다.

바흐의 쾨텐 시기 6년은 〈브란덴부르크 협주곡〉을 비롯한 바이올린과 첼로 모음곡 등 중요한 기악곡이 많이 탄생한 기간이었다. 그런데 바흐는 그토록 행복했던 쾨텐을 떠났다. 왜 그랬을까?

바흐가 재혼하고 일주일 뒤 레오폴트 영주도 결혼을 했다. 그런데 궁정의 새 안주인은 음악을 그리 좋아하지 않았다. 이런 아내의 비위도 맞출 겸 자신의 권위도 높일 겸 레오폴트 영주는 근위대를 창설했고, 그 바람에 궁정악단의 운영이 어려워졌다.

마침 라이프치히의 성 토마스 학교에서 합창장을 구한다는 소식이 들려왔고, 바흐는 그곳으로 자리를 옮겼다. 서른일곱의 나이에 벌써 다섯 번째 직장이었다.

딸바보가 만든 〈커피 칸타타〉

바흐의 자식은 20명으로 홍부보다 5명 적긴 하지만 생활은 홍부처럼 곤궁할 수밖에 없었다. 그래도 막달레나는 불평 한마디 없었고, 부부는 평생 한 번도 다투지 않고 지냈다.

바흐의 가정에는 늘 음악이 끊이지 않았다. 막달레나는 소프라노였고, 바르바라가 낳은 첫딸 카타리나 도로테아도 노래를 잘했다. 새엄마 막달레나와 카타리나는 나이 차이가 겨우 일곱 살밖에 안 났지만 사이가 좋았다. 또 다른 아이들도 모두 음악에 재능이 있고 가족관계도 원만해 바흐는 가족 음악회를 자주 열었고, 손님들도 종종 초대했다.

바흐의 가족 음악회
토비 에드워드 로젠탈(Toby Edward Rosenthal), 1870년

아내만큼이나 자식들을 사랑한 바흐는 커피를 너무 좋아하는 딸들과 실랑이를 벌이기도 했다. 당시 유럽에는 커피 열풍이 불고 있었다. 커피는 아프리카 에티오피아의 한 양치기가 커피 열매를 처음 발견한 이후 아랍을 거쳐 1500년대에 유럽으로 전해졌다. 1680년 첫 커피하우스가 함부르크에서 문을 열었고, 이후 바로크 시대에 접어들면서 독일도 커피에 빠져들기 시작했다.

당시 의사들은 커피가 얼굴을 검게 만들며, 특히 여성에게는 불임의 원인이 된다고 금지시켰지만 커피 열풍을 막지는 못했다. 바흐도 딸들이 커피에 빠지자 커피를 마시면 시집보내지 않겠다고 경고까지 했다. 그러나 딸을 이기는 아버지가 어디 있으랴. 바흐 또한 그 시대의 '딸바보'였다. 바흐의 딸은 아버지의 반대에도 커피를 계속 마셨으며, 물론 결혼도 했다.

이 과정을 미니 오페라 형식으로 정리한 곡이 바로 '커피 칸타타'라는 별명으로도 불리는 〈칸타타 BWV 211〉이다. 작사가는 피칸더 Picander(본명 크리스찬 프리드리히 헨리키)로 〈마태수난곡〉의 작사가이기도 하다. 이 음악은 라이프치히의 커피하우스에서 처음 연주된 뒤 점차 알려져 프랑스 루이 16세의 왕비 마리 앙투아네트도 커피나 전용 코코아를 마실 때 꼭 이 음악을 들었다고 한다.

권력과 부를 누리면서도 불행했던 일부 귀족들은 궁핍한 가운데서도 행복하게 사는 바흐를 부러워했다. 1740년경, 깊어가는 어느 가을날 러시아 대사인 카이저링크 백작은 바흐를 은밀히 찾아와 자신의 사연을 털어놓았다.

"고민이 많아서인지 잠을 푹 잘 수가 없소. 창피해서 누구한테 말도 할 수 없으니 쉽게 잠들 수 있는 음악을 하나 만들어주시오."

바흐는 평소 자신을 많이 배려해주었던 백작을 위해 작시 작업에 들어갔다. 그는 아내 막달레나가 필사해놓은 악보를 훑어보다가 그 가운데서 〈안나 막달레나를 위한 클라비어 소곡집〉 2권에서 사라방드 Sarabande를 골랐다. 여기서 바로크 시대의 왕관 〈골드베르크 변주곡 Goldberg Variations〉이 탄생하게 된다.

참고로 클라비어는 피아노를 뜻하는 독일어이며, 사라방드는 4분의 3박자나 3분의 2박자의 느린 춤곡, 변주곡은 하나의 주제로 다양하게 변화시키는 곡을 말한다. 어쨌든 〈골드베르크 변주곡〉을 헌정받은 백

바흐

47

노르망 풍경
귀스타브 카유보트(Gustave Caillebotte), 1884년, 캔버스에 유채, 개인 소장

작은 그날 밤부터 이 음악을 들으며 숙면을 취할 수 있었다.

　그런데 〈골드베르크 변주곡〉 하면 떠오르는 피아니스트도 있다. 연주하며 흥얼거리기를 좋아했던 캐나다의 천재 피아니스트 글렌 굴드 Glenn Gould(1932~1982)다. 굴드의 연주를 들으면 이지적으로 정돈된 건축물과 핵분열처럼 강렬하고 독자적인 양식이 공존하는 것 같은 느낌이 든다.

　바흐는 스무 명의 아이를 키우기 위해 학교 합창장으로 일하는 한편 각종 경조사에 쓰일 음악까지 작곡해야 했다. 이와 관련된 일화가 있다. 어느 날 바흐는 친구에게 꽤 진지한 얼굴로 이렇게 말했다고 한다.

"요즘 날씨가 화창해서 장례를 치를 일이 없네. 부수입이 확 줄었어."

바쁘게 창작에 몰입할 수밖에 없었던 바흐의 악보를 정리하는 일은 아내 막달레나의 몫이었다. 〈안나 막달레나를 위한 클라비어 소곡집〉 두 권도 이처럼 살가웠던 아내에 대한 고마움을 담아 헌정한 것이다. 바흐는 평소 가사를 쓰지 않았는데, 아내를 위해 직접 쓴 가곡도 있다.

> 그대가 내 곁에 있다면
> 죽음에 이르도록 기쁘게 살리
> 내 생의 마지막에 그대 고운 두 손으로
> 내 두 눈을 감겨준다면 얼마나 즐거울까

바흐의 가정은 새들이 평화롭게 지저귀는 집처럼 늘 즐거운 음악이 흘러넘치고 화기애애했다. 이런 환경에서 자라난 첫째 빌헬름 프리데만과 차남 카를 필리프 에마누엘, 막내 요한 크리스티안은 유명한 작곡가가 되었다. 특히 카를 필리프 에마누엘은 하이든, 모차르트, 베토벤 등 쟁쟁한 후배들에게 존경을 받은 대작곡가였다. 그는 "내게 작곡과 악기 연주를 가르친 선생은 오직 아버지뿐"이라고 말하기도 했다.

건강 체질을 타고난 바흐는 65년 동안 무려 1,100여 곡의 많은 작품을 남길 만큼 왕성하게 활동했다. 그러나 1749년 5월 뇌일혈로 쓰러지고 시력마저 악화돼 당시 작곡 중이던 〈푸가의 기법〉은 끝내 미완성 작품으로 남았다. 다음 해 3월부터 두 차례 눈수술을 했지만 바흐는 끝내 시력을 상실하고 말았다. 이후 일시적으로 시력을 회복하기도 했지만, 7월 28일 초저녁에 끝내 세상과 작별했다.

바흐와 함께 최고봉에 올랐던 바로크 음악은 1750년 바흐의 죽음으로 막을 내린다. 바흐가 떠난 뒤 그의 음악도 묻혔으나, 100년 뒤 열아홉 살의 멘델스존이 나타나면서 상황이 달라졌다. 멘델스존은 바흐의 악보를 어렵게 구해 연주했고, 이에 열광한 청중 사이에서는 바흐 작품 찾기 열풍이 불었다. 바흐의 음악은 이때부터 세계적으로 널리 연주되기 시작했다.

모차르트

나는 몰라요, 이 연정이 어디서 왔는지

나비 채집꾼
카를 슈피츠베크(Carl Spitzweg), 1840년, 목판에 유채, 25×31cm
독일 비스바덴, 비스바덴 미술관 소장

Wolfgang Amadeus Mozart

"당신에게 죽음이란 무엇을 의미합니까?"

한 방송 프로그램의 진행자가 알베르트 아인슈타인에게 물었다. 그는 이렇게 답했다.

"모차르트 음악을 더 이상 들을 수 없다는 것입니다."

천재과학자 아인슈타인Albert Einstein도 자신의 존재의미를 모차르트 음악을 즐길 수 있느냐 없느냐로 볼 만큼 볼프강 아마데우스 모차르트Wolfgang Amadeus Mozart(1756~1791)의 음악은 많은 사람들에게 가치가 있다. 그 영향으로 '모차르트 이펙트Mozart Effect'가 형성돼 250년이 지난 지금도 창의성 증가에 최고라며 모차르트의 음악을 태아들에게도 들려주고 있다. 모차르트가 머릿속에서 상상한 곡을 악보에 옮겼

듯, 아인슈타인의 상상에서 상대성이론이 나왔듯 아이들이 무한한 상상력을 지닌 천재가 되기를 바라는 마음에서다.

모차르트의 음악에는 고귀한 기품이 넘친다. 단아한 하모니와 동심 가득한 유희가 자연스럽게 멜로디에 흐르고 있으며, 그런 가운데서도 음악의 저류에는 애수가 깔려 있다. 그래서 그의 음악 키워드는 '찬란한 슬픔'이다. 이 슬픔은 사방이 꽉 막혀버린 슬픔이 아니라 흘러가는 슬픔이다. 슬픔의 원인이 무엇인지, 또는 왜 그리 슬픈지에 대해 변명하지 않는다. 그저 슬픔을 관조하고 풀어놓는다.

그러다보니 언제 그랬냐는 듯 유쾌한 기운이 솟아오른다. 마치 저 하늘의 구름이 그냥 두어도 흘러 흘러가 다시 태양이 빛나는 모습을 드러내는 것과 같다. 모차르트의 음악은 태양을 품은 구름이며, 시인 김영랑이 기다리던 '찬란한 슬픔의 봄'이다.

모차르트 시대에는 음악이 비로소 궁정 연회장 중심에서 시민들이 참여하는 연주회장 중심으로 이동하고 있었다. 모차르트는 이들, 즉 새로운 시민의 감수성에 적합한 음악을 작곡했다.

예술가들의 로맨스도 궁정보다 일상에서 더 빈번히 일어났다. 모차르트가 평생 사랑한 여인은 두 명이었는데, 이들은 자매간이었다. 모차르트는 사랑하는 여인 대신 그녀의 여동생과 결혼하는 것에 만족해야 했다. 그래서 그의 사랑은 일단 비틀려 있다.

최선을 가질 수 없어 차선을 선택할 경우 항상 차선 위에 최선이 어른거리기 쉽다. 부부 사이에 집중되지 못한 정열을 모차르트는 음악에 쏟았고, 그런 남자와 살아야 했던 모차르트의 아내는 허영과 사치에 몰두했다.

그래서일까. 모차르트의 음악은 듣기에는 한없이 아름다운데 연주하기는 그만큼 더 어렵다. 청중에게는 아주 편하게 들리는 음악이지만, 연주자는 연주를 하면 할수록 더욱 심오한 표현력을 필요로 하는 것이다.

사랑의 이중적 고뇌를 안고 살아가는 과정에서 나온 작품이 오페라 〈후궁으로부터의 유괴The Abduction from the Seraglio〉 등 600여 곡이다. 이 가운데 교향곡 39번과 40번, 41번 주피터는 '신의 영역'이라는 평가를 듣는 최고의 작품이다. 작품 번호는 모차르트의 열광적 팬이었던 오스트리아 식물학자이자 음악문헌가 루트비히 폰 쾨헬Ludwig von Köchel(1800~1877)이 연대순으로 정리해서 붙인 것이다. 이를 '쾨헬 번호'라고 한다.

천재는 하늘이 질투한다던가.

'천상에서 추방된 천사' 모차르트는 서른다섯의 젊은 나이에 천상으로 떠난다. 지상에 있었던 짧은 기간 동안 그가 겪은 내밀한 사랑과 삶은 그의 명곡으로 남았다.

마리 앙투아네트가 이상형

모차르트의 소년시절은 유랑생활의 연속이었는데, 그 와중에 평생 잊을 수 없는 소녀를 만나게 된다. 소녀의 이름은 마리 앙투아네트. 다른 세계에 속하는 두 사람은 어떻게 만났을까?

피아노를 치며 아버지, 누나와 함께 있는 어린 모차르트
루이 카로지(Louis Carrogis), 1762년, 수채화, 22×34.2cm
프랑스 샹티이, 콩데 미술관 소장

오스트리아의 잘츠부르크는 모차르트가 태어난 곳이다. 지금도 매년 7월이면 잘츠부르크의 게트라이데 거리에서는 4주 동안 세계적인 클래식 음악 축제가 열린다. 잘츠부르크 북쪽에는 유유히 강이 흐르고 남쪽에는 산이 우뚝 솟아 있다. 모차르트의 아버지 레오폴트 모차르트Leopold Mozart는 이곳에서 물레방앗간을 운영하는 한편 잘츠부르크 수석 바이올린 연주자로 활동하고 있었다.

절대음감을 타고난 모차르트는 세 살 때부터 피아노를 쳤고, 다섯 살에 작곡을 시작했으며, 바이올린과 오르간 등 어떤 악기든 금세 능숙하게 연주했다. 이에 자극을 받은 아버지는 큰 기대를 안고 가족들과 함께 유럽 연주여행을 한다. 허영심이 강했던 그는 '신동' 모차르트를 통해 큰돈을 벌려 했고, 모차르트는 이런 아버지와 두고두고 갈등을 빚었다.

모차르트가 여섯 살 때인 1762년, 첫 연주여행이 시작된다. 독일의 뮌헨부터 시작해 중부유럽을 순회했으며, 가는 곳마다 '천재 소년'이라는 평판을 들었다.

오스트리아의 빈에 이르러서는 마리아 테레지아 여왕과 그 자녀 16명이 지켜보는 가운데 연주를 했다. 여왕은 신동 모차르트의 연주를 들은 뒤 모차르트를 불러 자기 무릎에 앉혔다.

"오! 이렇게 어린 꼬마가 멋진 연주를 하다니! 앙증맞고 깜찍한 재간둥이야, 연주에 대한 답례로 선물을 주고 싶구나. 무엇을 원하느냐?"

마리아 테레지아 여왕에게 인사하는 모차르트
에두아르드 엔더(Eduard Ender, 1822~1883)

쳄발로 앞에 앉은 마리 앙투아네트
프란츠 자베 바겐쇤(Franz Xaver Wagenschön)
1769년경, 캔버스에 유채
오스트리아 빈, 빈 미술사 박물관 소장

마리 앙투아네트가 열세 살 때 결혼을 앞두고 루이
16세에게 보낸 그림이다.

그러자 모차르트가 여왕의 무릎에서 내려와 여왕의 막내딸 마리 앙투아네트를 가리키며 말했다.

"제가 크면 이 공주님과 결혼하게 해주세요."

그 말에 여왕은 어이없다는 듯 웃어넘겼다.

현실적으로 군주사회에서 제분업자의 아들이 공주와 결혼한다는 것은 불가능한 일이었다. 하지만 만약 모차르트의 바람이 이루어졌다면 유럽의 역사는 바뀌었을 것이다. 마리아 테레지아 여왕은 마리 앙투아네트를 프랑스의 루이 16세와 결혼시키는 등 모든 자녀를 정략적으로 결혼시켰다. 그런데 모차르트와 결혼했다면 마리 앙투아네트는 적어도 프랑스혁명 때 단두대의 이슬로 사라지지는 않았을 것이다. 그러니 모차르트가 어떻게 마리 앙투아네트를 잊을 수 있겠는가.

안나 테클라의 엉덩이에 총을 쏠 거야

모차르트 일가의 첫 연주여행은 성공적이었다. 이후 수시로 유럽 곳곳을 다니며 연주했고, 그 덕분에 이탈리아의 오페라와 독일의 교향곡 등 각지의 음악을 경험할 수 있었다. 이를 통해 음악적으로 큰 성장을 이룬 모차르트는 8세에 교향곡을, 11세에 오라토리오를, 12세에 오페라를 작곡했으며 15세 전에 이미 오페라, 교향곡 등 100여 곡 이상을 완성했다.

사춘기에 접어들면서 모차르트의 명성은 점점 높아졌지만 키는 160센티미터에 불과했다. 한참 외모에 신경 쓸 시기에 보통 서양남자들보다 체구가 왜소한 데다 얼굴에는 천연두 자국까지 남아 있었기 때문에 모차르트의 성격은 점점 내성적으로 변해갔다. 아버지는 이를 천재 특유의 괴팍스러움으로 받아들여 한때는 자랑스럽게 여기기까지 했다.

마리아 안나 테클라
연필로 그린 자화상(1777년경)

다행히 모차르트에게는 속마음을 털어놓을 사촌 누이 마리아 안나 테클라Maria Anna Thekla(1758~1841)가 있어 사춘기를 무사히 보낼 수 있었다. '베즐레'라고도 알려진 말괄량이 안나는 삼촌의 딸이었다.

안나 자신이 그린 모습도 활력과 호기심으로 가득 차 있다. 그녀는 사회성이 부족한 모차르트가 편하게 느낄 만한 사람이었다. 두 사람은 아우구스부르크의 명소를 돌아다니며 놀았다. 이성에 대한 호기심이 한참 왕성한 시기에 둘은 야한 농담도 서슴없이 나누며 성적 호기심을 채웠다.

하루는 모차르트가 심각한 얼굴로 안나에게 도움을 청했다.

"안나, 한 여자가 자꾸만 아른거려."

"누구? 나? 나는 늘 보잖아. 내가 좋으면 좋다고 말해봐."

"아니, 너 말고 블로니가 자꾸 아른거린다고."

모차르트는 집 근처 빵집의 딸 블로니에게 마음을 빼앗겼던 것이다.

"그래? 내가 해결해주지."

화끈한 성격의 안나는 당장 블로니를 찾아갔다.

"블로니, 내 사촌 천재작곡가 모차르트 알지? 걔 곡을 받게 해줄게. 그 대신 눈 딱 감고 키스 한 번 해줘."

블로니가 안나의 뒤를 따라가니 길모퉁이에서 모차르트가 기다리고 있었다. 그렇게 두 청춘 남녀의 첫 키스가 이루어졌고, 모차르트는 약속대로 곡을 써주었다. 그런데 모차르트는 이때 마치 곡으로 사랑을 구걸하는 것 같은 느낌이 들어 블로니에게 흥미를 잃게 된다.

1776년 겨울, 아버지 친구의 딸 죄놈Jeunehomme이 잘츠부르크를 방문했다. 죄놈은 뛰어난 피아니스트였다. 아버지는 모차르트와 죄놈이 연인관계로 발전하기를 바라는 눈치였다. 모차르트는 며칠을 같이 지내며 그녀를 위해 〈피아노 협주곡 제9번 E플랫 장조〉를 작곡했다. 죄놈은 온 가족과 동네 사람들이 모인 가운데 이 곡을 연주했는데, 생기발랄한 도입부가 지나가고 우아한 정서가 깊이 있게 자유자재로 진행되었다.

이는 피아노가 대표적인 악기로 부상하던 시대의 기념비적 작품이 되었으며, 모차르트에게는 성년선언 같은 작품이었다. 아버지의 바람과는 달리 마을 공연이 있고 난 뒤에도 두 사람의 관계는 진전되지 않았다. 서로의 재능을 좋아하면서도 이성적으로는 매력을 느끼지 못했기 때문이다.

이별의 눈물을 흘리는 모차르트와 안나

그 뒤 모차르트는 오히려 안나와 연인 비슷한 관계로 발전한다. 안나 쪽에서 모차르트를 더 좋아해 결혼까지 생각했다. 그러나 안나와는 달리 모차르트의 감정은 청년의 성적 호기심 그 이상도 이하도 아니었으며, 매력 넘치는 여성의 호의를 마다하지 않았을 뿐이다.

당시 모차르트는 성 울리히 아프라 교회의 오르간 연주자였다. 두 사람은 이 교회에서 둘만의 작은 음악회를 열기도 했다. 두 사람을 눈여겨보던 모차르트의 아버지는 사이가 더 가까워질 것을 우려해 둘 사이를 갈라놓았다.

모차르트는 질풍노도의 시기인 사춘기를 안나와 함께 보냈으며, 그 당시 모차르트가 안나에게 보낸 편지도 지금까지 남아 있다. 편지 내용을 보면 머릿속이 아름다운 선율로 가득했을 모차르트가 썼으리라고는 믿기지 않을 만큼 저속한 표현도 눈에 띈다. 즉, 이런 식의 표현이다.

> 만일 누이가 내게 온다면
> 네 손에 키스하며
> 네 엉덩이에 총을 쏠 거야.

이 편지들은 지금도 스카톨로지scatology(분변음욕증)의 자료로 이용된다. 이 은밀한 편지가 고상한 작품을 만든 음악가 모차르트의 정신적 배설의 장이었다고 본 것이다.

알로이지아! 나의 오로라여

모차르트의 에로티시즘은 청년기까지는 어릴 때 만난 마리 앙투아네트에게 머물러 있었다. 그래서 사춘기에 만난 블로니, 안나, 죄놈에게도 성적 호기심에 그쳤다. 그러다가 22세가 되던 해에 한 여인을 보고 비로소 앙투아네트에게서 벗어난다. 모차르트의 눈에 비친 그녀는 앙투아네트의 품격과 안나의 성적 매력, 죄놈의 음악성을 동시에 갖춘 여성이었다. 모차르트는 그녀에게 푹 빠져 사랑의 홍역을 제대로 앓게 된다.

고향 잘츠부르크의 종교적 분위기를 싫어했던 모차르트는 자유도 찾고 일자리도 찾을 겸 어머니를 모시고 독일 남서부의 만하임으로 간다. 당시 만하임 궁정악단의 연주실력은 유럽 최고 수준을 자랑하고 있었다.

모차르트는 이곳에 들어가려고 악단 지휘자 카나비치를 찾아갔다. 카나비치는 모차르트의 실력을 알아보기 위해 그를 궁정오페라단 가수 베버의 집으로 데려갔다. 그날 궁정악단의 소프라노 가수 알로이지아Maria Aloysia가 모차르트의 피아노 반주에 맞춰 노래를 불렀다. 알로이지아는 베버의 네 딸 중 둘째였다. 그런데 반주자와 가수로 호흡을 맞추며 주고받는 두 사람의 눈빛이 예사롭지 않았다.

피아노 연주 도중 알로이지아에게 반한 모차르트는 연주가 끝난 뒤 발그레한 얼굴로 알로이지아를 바라본다.

"내 연주가 봄바람이라면 당신의 노래는 꽃향기였……."

알로이지아는 어정쩡하게 일어나며 말을 더듬는 모차르트를 보고 환히 웃었다. 그 모습을 보고 더 당황한 모차르트는 말끝을 흐린 채 카나비치와 함께 밖으로 나갔다.

"제가 피아노를 어떻게 쳤는지 모르겠어요. 알로이지아 때문이죠. 연주하는 동안 그녀는 내게 새벽의 여신 아우로라 같았어요."

알로이지아에 대한 연정이 아우로라처럼 번지던 바로 그날부터 모차르트는 소프라노를 위한 아리아 〈알칸드로 로 콘페소Alcandro, lo confesso〉(작품번호 294)를 작곡한다. 작곡을 마친 뒤 그는 알로이지아에게 사모의 정이 듬뿍 담긴 편지를 보낸다. 알로이지아도 기뻐하며 자기 집으로 모차르트를 초대해 모차르트의 반주에 맞춰 이 아리아를 즐겁게 부른다.

이때 모차르트는 알로이지아를 이탈리아로 데려가 프리마돈나로 성공시키겠다는, 그 나름대로 웅장한 계획을 세웠다. 그리고 아버지에게

아우로로라(여명)

윌리앙 아돌프 부그로(William-Adolphe Bouguereau)

1881년, 캔버스에 유채, 64.7×124.4cm

허락을 구하는 편지를 썼다.

> 아버지.
> 알로이지아의 가족은 비록 가난하지만 행복해요.
> 알로이지아와 함께 이탈리아로 갈 수 있게 금화 50페니히만 보내주
> 세요. 그 정도면 그녀가 최고의 명성을 얻고 저와 함께 유럽의 모든 도
> 시를 돌며 큰 수입을 올릴 수 있을 거예요.

얼마 뒤 아버지에게서 답장이 왔다. 모차르트의 기대와는 달리 편지
는 걱정과 배신감으로 가득했다.

> 야! 베버 씨 딸과 순회연주를 다니겠다니, 네 늙은 어미와 나는 버릴
> 거냐? 지금 네가 누구랑 사귈 때냐?
> 더 명성을 쌓고 나서 연애해도 늦지 않다.

파리의 실직, 뮌헨의 실연
아버지의 간곡한 만류에도 모차르트는 알로이지아와 헤어질 수 없었
다. 그녀는 모차르트에게서 앙투아네트의 환영을 걷어내고 진지한 사
랑의 감정을 느끼게 해준 사람이었기 때문이다.
아들이 알로이지아와 더 가까워졌다는 소식을 들은 아버지는 거의
매일 만류하는 편지를 보냈다. 이런 상황을 뒤집으려면 빨리 취업을 해

야 했지만, 상황은 안 좋은 방향으로 흘러갔다. 만하임 궁정의 재정이 악화돼 악단을 축소해야 했기 때문에 모차르트는 일자리를 얻을 수 없었다.

그는 할 수 없이 일자리를 찾아 파리로 떠나야만 했다. 파리로 떠나던 날, 알로이지아는 직접 만든 스카프 두 장을 모차르트에게 선물했다. 이를 애정의 증표로 생각한 모차르트는 그 자리에서 한 장을 목에 두르고 뒤돌아서며 울먹였다. 알로이지아도 만하임에 정착하지 못한 채 떠나는 모차르트가 안쓰러워 덩달아 눈물을 훔쳤다.

모차르트는 파리로 떠나기 전 배웅하며 울던 알로이지아를 떠올리며 그녀를 위해 꼭 성공해야겠다고 다짐한다. 그리고 파리에 도착하자 자신의 심경을 담은 편지를 아버지에게 보냈다.

아버지.

알로이지아가 저를 얼마나 사랑하는지 아셔야 해요. 제게 스카프 두 장을 주었어요. 우리는 헤어지기 싫어서 함께 울었죠. 머잖아 아버지 앞에서 그녀가 아리아를 부르게 할게요.

그런데 성인이 되어 다시 찾은 파리는 완전히 변해 있었다. 소년시절 음악신동이라며 환호를 보내주었던 파리 시민들은 모차르트를 까맣게 잊은 뒤였다. 모차르트는 낯선 도시에서 직장을 찾아 매일 돌아다녔지만 허사였고, 모차르트 모자의 파리 생활은 점점 궁색해졌다. 처음부터 싸구려 숙소에서 지냈지만, 그것마저 부담이 돼 더 열악한 곳으로

파도
귀스타브 쿠르베(Gustave Courbet), 19세기경, 캔버스에 유채, 90×66cm
프랑스 리옹, 리옹 미술관 소장

옮겨야만 했다.

낮에 모차르트가 일자리를 알아보러 나가면 어머니는 어두운 방에 홀로 남겨졌다. 낯선 도시 생활에 지친 어머니는 두통과 치통, 이명증 등으로 고생하다 끝내 눈을 감고 말았다. 1778년 7월의 일이다.

그날도 일자리를 찾아 헤매다가 밤늦게 돌아온 모차르트는 어머니의 임종을 지키지 못한 것에 충격을 받고 닷새 동안 두문불출했다. 그러고 나서 겨우 정신을 차리고 고향에 소식을 알렸다. 그는 이때 6곡의 소나타를 쓰며 아픈 마음을 달랬다. 그 가운데 〈피아노 소나타 제8번 A단조, KV 310〉은 최고의 걸작이다.

모차르트의 우수가 짙게 담긴 310번을 금세기 최고의 모차르트 스페셜리스트인 잉그리트 헤블러Ingrid Haebler의 연주로 들어보라. 한없이 애잔하면서도 단단한 심지가 느껴진다. 슬퍼도 고단해도 결코 거기에 빠져 허우적대지 않고 관조하려는 모차르트의 심경을 보는 것 같아 더

애달프다.

몇 주간을 파리에서 조용히 지낸 뒤 모차르트는 고향 잘츠부르크로 출발했다. 가는 도중 만하임에 들러 알로이지아를 만날 생각이었다. 파리까지 가서 직장을 얻기는커녕 어머니마저 잃고 귀향하는 서글픈 신세를 달래고 싶어서였다.

베버의 집을 찾아갔지만, 가족 모두 뮌헨으로 연주를 하러 떠나 만날 수 없었다. 교통비도 부족하고 해서 모차르트는 지나가는 마차를 빌려 타다시피 하며 뮌헨까지 알로이지아를 찾아갔다. 알로이지아가 송년음악회 오페라의 주역으로 출연한다는 소식을 듣고 공연장으로 갔을 때 공연 중이던 알로이지아는 초라한 행색의 모차르트를 발견하고는 의아한 표정을 지었다.

공연이 끝난 뒤 객석에 둘만 남게 되자 모차르트는 피아노 의자에 앉으며 절박한 심정으로 청혼을 했다.

"아직 취업은 하지 못했지만, 걱정 말아요. 우리는 세상 누구보다 행복할 거요. 내 사랑을 받아줘요."

그러자 알로이지아가 황당한 표정을 지으며 대꾸했다.

"당신의 음악세계를 사랑합니다. 물론 당신도 참 좋은 분이에요. 하지만 그게 다입니다."

그제야 모차르트는 깨달았다. 알로이지아가 자신의 천재적 음악성을 좋아해서 만났을 뿐 이성으로 좋아하는 마음은 없었다는 것을.

그녀의 말이 채 끝나기도 전에 모차르트는 피아노 건반 뚜껑을 열고 두드리며 중얼거렸다.

"제길! 내가 싫다는 말이네, 뭐."

그날 밤 그는 아버지에게 이런 내용의 편지를 보냈다.

아버지,

복된 새해를 맞이하세요.

오늘 밤은 더 이상 아무 글도 쓸 수가 없네요.

떠나간 알로이지아를 잊을 수 없어

알로이지아가 자신을 사랑하고 있을 것이라는 믿음으로 뮌헨의 공연
장까지 찾아갔던 모차르트는 그것이 착각이었음을 알고는 고독에 몸
부림쳤다. 그는 이런 모습을 누가 반겨주랴 싶어 사람들의 눈을 피해
밤중에 아버지 집으로 돌아갔다.

알로이지아 베버의 초상화

귀향 뒤에도 눈물 마를 날 없이
괴로운 나날을 보내는데 더 견디
기 힘든 이야기가 들려왔다. 알로
이지아가 배우이자 화가인 요제
프 랑게Joseph Lange와 결혼한다
는 소식이었다. 부자인 요제프 랑
게는 모차르트가 파리로 떠난 뒤
가난한 알로이지아에게 예술활
동을 후원하겠다며 접근했다. 결

국 알로이지아는 미래가 불투명한 모차르트 대신 요제프 랑게를 선택했다.

1780년, 알로이지아와 요제프의 결혼식이 성대하게 치러졌다. 고향 집에 칩거 중이던 모차르트는 심장이 찢기고 난도질을 당하는 기분이었다. 평소 모차르트와 친분이 있었던 랑게는 그 소식을 듣고 미안한 마음에 모차르트의 초상화 한 점을 그렸다.

고향에 돌아온 모차르트는 자신의 음악세계를 이해하지 못하는 잘 츠부르크 대주교와 잦은 의견충돌을 빚었다. 모차르트는 대주교가 시종을 시켜 자신에게 발길질까지 하자 더 이상 참을 수 없어 사표를 내고는 다시 빈으로 갔다. 그리고 1780년 4월에 개최된 음악회에 참여해서 그제야 일자리를 찾았다.

마침 베버 가족도 빈으로 이주해 여인숙을 운영하고 있었다. 알로이지아는 결혼하고 떠나 없었지만 모차르트는 그곳에서 기거했다. 이때까지도 유부녀가 된 알로이지아를 잊지 못하고 있었던 것이다.

어느 날, 실연의 아픔에서 미처 헤어 나오지 못한 모차르트에게 알로이지아가 자신을 위한 아리아를 요청해 온다. 모차르트는 두말없이 콘서트 아리아인 〈테살리아 사람들Popoli di Tessaglia K. 316〉을 작곡해준다. 이 곡은 하이 G음까지 내게 돼 있다.

여기서 잠시 모차르트의 작곡 솜씨를 들여다보자. 그가 얼마나 작곡에 열중했는지를 보여주는 일화는 많다. 당구를 치며 작곡하는 것은 다반사였고, 한 곡을 악보에 적으면서 다른 곡을 동시에 구상하는 일도 허다했다.

모차르트의 작곡 태도와 방식을 익살맞게 표현한 〈음악의 희롱〉

그런데도 모차르트는 한 번 쓴 작품은 수정하는 일이 없을 만큼 처음부터 거침없이 깔끔하게 완성도를 갖춰 썼다. 놀라워하는 사람들에게 그는 '내 두뇌 속에 이미 완성된 스코어를 내 손이 오선지에 옮겨 적을 뿐'이라고 말했다.

어쨌든 모차르트는 어쩔 수 없이 알로이지아에 대한 미련을 접어야 했다. 그 대신 알로이지아와 많이 닮은 여성에게 서서히 관심을 갖게 된다.

알로이지아의 여동생이라도 좋다, 나는 돈 조반니가 아니니

알로이지아가 현재와 미래가 다 불안한 모차르트 대신 돈 많고 안정적인 남자를 선택해 알로이지아가 결혼한 뒤 1년 동안 모차르트는 실연의 아픔을 달래며 주로 한 사람을 만났다. 그녀는 바로 알로이지아의 동생 콘스탄체Constanze Weber(1762~1842)였다.

그녀는 약간 경박한 면이 있어서 누구에게나 어떤 농담이라도 거침없이 받아주었다. 외모는 언니인 알로이지아를 닮았지만 성품은 모차르트를 좋아했던 사촌 누이 안나와 비슷했다. 모차르트에게 피아노를 배우면서도 얼마나 말장난을 잘 치는지 그 시간만은 신나고 유쾌했다.

두 사람은 자신도 모르는 사이에 연인이 돼 있었고, 어느새 결혼약속까지 하게 된다. 이 모든 과정은 열정이나 설렘도 없이 마치 사전약속이라도 된 것처럼 진행되었다.

모차르트가 먼저 아버지에게 결혼 허락을 요청했다.

제게 새로운 사랑이 생겼습니다.

그녀는 제 몸짓만 봐도 제가 원하는 것을 안답니다. 그녀가 누구일까요? 놀라지 마세요. 알로이지아의 동생 콘스탄체입니다.

이제 와 생각해보니 알로이지아는 위선적이고 심술궂었습니다. 하지만 콘스탄체는 꾸밈이 없죠. 세상에서 가장 착하답니다.

우리 결혼을 허락해주세요.

아버지는 그 역시 거절했지만, 모차르트도 이번만은 굽히지 않았다.

콘스탄체의 어머니도 처음에는 두 사람의 결혼을 반대해서 모차르트에게 여인숙에서 나가라고까지 했다. 하지만 모차르트가 유명해지는 것을 보더니 결혼을 승낙했다.

1782년 10월, 성 스테판 성당에서 모차르트와 콘스탄체의 결혼식이 진행되었다. 이때 축하객이라고는 신부 가족들과 몇 명의 후견인들뿐이었다. 혼인서

콘스탄체 베버의 초상화

약을 할 때 가족의 축복을 받지 못한 신랑이 울자 신부新婦도 울었고, 주례하던 신부神父도 따라 울었다.

결혼식 직후 아버지는 모차르트에게 심각한 편지를 보냈다.

네 결혼을 절대 인정하지 않는다.
앞으로 모든 재정 후원을 끊겠다.

끝내 아버지의 반대를 무릅쓰고 결혼한 모차르트는 생계를 위해 프리랜서 작곡가로 일해야 했다. 모차르트는 그제야 비로소 아버지에게서 정신적으로, 재정적으로 독립하기 시작했다. 비록 당장은 힘들었지만 이때부터 영롱한 대작들이 나오기 시작한다.

레벤스부르크에 있는 돈 후안의 동상
(Ewan Chesser © 123RF.COM)

1786년 〈피가로의 결혼〉, 이듬해에는 〈돈 조반니〉와 현악 4중주곡, 피아노 협주곡 D단조, 피아노 협주곡 C장조 등을 연달아 발표한 것이다.

이 가운데 오페라 〈돈 조반니〉는 희대의 바람둥이를 다룬 작품이다. 14세기 스페인에 실재했던 인물인 돈 후안Don Juan은 부와 권력과 미모를 모두 갖춘 남자였다. 돈 후안을 소재로 한 문학작품들이 많이 쏟아져 나오면서 음악가들이 이를 각색해 무대에 올렸고, 그 가운데서도 모차르트의 오페라 〈돈 조반니〉는 가장 흥미로운 작품이다.

여자의 심리를 정확히 파악하는 돈 조반니. 때와 장소를 불문하고 여자를 유혹하고, 일단 뜻을 이루면 가차 없이 다른 여자로 갈아탄다. 모차르트가 묘사하는 돈 조반니의 여성 취향은 수시로 변한다. 무엇보다 젊은 여인을 좋아하지만 욕정에 사로잡힐 때는 노인도 마다치 않는다. 추운 겨울에는 풍만한 여인을, 더운 여름에는 마른 여인을 선호한다. 체구가 큰 여인은 위엄이 있어 좋고, 체구가 작은 여인은 귀여워서 좋다.

한마디로 어떤 여자든 나름대로 흥미를 부여하는 호색한이다. 이렇

1부 선율 따라 사랑은 흐르고

게 무분별한 성중독에 빠진 돈 조반니가 결국 지옥의 나락으로 추락한 뒤 등장인물들은 각자 새로운 삶을 시작하게 된다.

이 오페라를 만든 모차르트는 멋진 남성의 조건을 다 갖추고 태어난 돈 조반니와는 달리 왜소한 데다 가난하기까지 했다. 첫사랑 알로이지아를 부자인 랑게에게 빼앗기고 알로이지아의 동생 콘스탄체와의 결혼으로 만족해야 했다. 그러나 거의 모든 여자를 농락할 수 있었던 돈 조반니는 결국 지옥의 심연으로 떨어지고 만다.

〈돈 조반니〉의 극적 반전을 통해 모차르트가 보여주려는 것은 두 가지다. 하나는 무분별한 쾌락과 책임의 상관성이다. 다른 하나는 돈 조반니 같은 삶도 비극이나 희극이 아니라 그저 수많은 인생의 자취 가운데 하나라는 점이다. 이렇게 모차르트의 작품 바탕에는 동양적 사색이 은근히 자리하고 있다.

모차르트의 오페라 〈돈 조반니〉를 기념해 프라하에 세워진 동상
(2013년, 체코 프라하, pabkov © 123RF.COM)

태양과 인생
프리다 칼로(Frida Kahlo), 1947년, 메이소나이트에 유채, 49.5×40cm, 개인 소장

비록 첫사랑의 동생과 결혼했지만, 콘스탄체와는 사이가 좋은 편이었다. 하지만 가끔 웃지 못할 사건도 벌어졌다. 그 가운데 하나는 어느 파티에서 일어났다.

파티에 모인 연인들은 게임을 해서 이긴 편이 진 편의 엉덩이 사이즈를 재기로 했다. 콘스탄체가 지자 상대편 젊은 남자가 콘스탄체의 엉덩이 사이즈를 쟀다. 그리고 사건은 파티가 끝나고 집에 돌아왔을 때 벌어졌다.

유달리 엉덩이에 집착하는 모차르트는 질투를 참지 못하고 소리쳤다.

"콘스탄체, 당신 말이야! 다른 남자가 당신 엉덩이를 재는데 좋아하는 것 같았어. 왜 그런 거야?"

결국 그 일로 큰 싸움이 벌어져 모차르트와 콘스탄체는 이혼 위기까지 갔지만, 다행히 이혼은 하지 않았다.

마음은 콩밭에 두고 만든 〈마술피리〉

음악사에서 '교향곡의 아버지'로 불리는 프란츠 요제프 하이든Franz Joseph Haydn(1732~1809)도 모차르트처럼 사랑한 여인 대신 그 자매와 결혼한 것으로 유명하다. 1784년, 하이든은 빈을 방문했을 때 모차르트를 만나 그의 곡을 듣고는 "세상에서 가장 탁월한 음악가"라고 극찬했다. 이때부터 두 사람은 24년의 나이 차이를 넘어 친구가 되었다.

모차르트와 하이든은 시민계급의 부상과 함께 바로크주의에서 고전주의로 넘어가던 시대에 빈 고전주의 음악을 상징하는 인물이다. 바로크 시대가 대위법 중심이라면 고전주의는 화성음악을 중시한다. 여기서 소나타 형식이 발전했고, 또한 빠른 곡들과 각기 다른 분위기를 번갈아 연주하며 균형과 조화를 추구했다.

음악을 만국공통어라고 하는데, 그러려면 일정한 소통방식이 필요하다. 그래서 소나타의 형식은 제시부, 전개부. 재현부, 그리고 종결부로 구성된다. 소나타의 형식은 초기에는 주로 3악장 체제였지만 후기로 가면서 4악장 체제로 확정된다.

하이든은 가발업자 켈러의 막내딸 테레제를 사랑했지만 테레제가 수녀가 되자 그녀의 언니 마리아 안나 켈러와 결혼했다. 부부는 불화했으며, 서로 번갈아가며 새 애인을 만났다. 모차르트의 입장에서는 대선배 하이든의 부부 사이가 남의 일 같지 않았을 것이다.

하이든이 자신을 아낌없이 칭찬하자 모차르트는 현악 4중주 6곡을 하이든에게 헌정했다. 현악 4중주는 원래 하이든이 창안한 형식으로 제1바이올린, 제2바이올린, 비올라, 첼로로 구성돼 각기 소프라노, 알토, 테너, 베이스의 역할을 담당하여 기악 앙상블을 이룬다.

같은 해 12월, 모차르트가 먼저 프리메이슨Freemason에 가입하고 뒤따라 가입한 하이든을 축하하는 자리에서 헌정한 곡의 일부를 모차르트가 직접 연주했다. 프리메이슨은 원래 석공mason들의 모임이었는데, 자연법칙과 기하학을 중시하며 절대종교를 반대한다. 프리메이슨의 3대 강령은 자유·평등·박애이며, 이러한 인본주의 사상이 프랑스혁명을 유발하기도 했다.

모차르트는 프리메이슨 동지인 방직업자 미카엘 푸흐베르크Michael Puchberg의 재정 후원을 받게 되었다. 또한 결혼 이후 연이어 발표한 〈피가로의 결혼〉, 〈돈 조반니〉 등이 크게 히트를 치면서 큰돈을 벌었다. 하지만 모차르트 부부는 항상 돈에 쪼들렸다. 모차르트도 콘스탄체도 돈을 쓸 줄만 알지 관리할 줄은 몰랐기 때문이다. 수입이 늘자 일단 최고급 주택가로 이사했고, 전속 요리사와 미용사 및 하녀를 고용했으며, 요즘의 최고급 승용차에 해당하는 승용마도 갖추었다. 두 사람은 수시로 파티를 열며 귀족처럼 살았다.

사실 모차르트의 수입이 워낙 좋았기 때문에 이 정도는 버틸 수 있었

빈의 프리메이슨 집회소
이그나츠 운터베르거(Ignaz Unterberger), 1784년

프리메이슨 집회에 참석한 모차르트. 그림 오른쪽 끝에 앉아 있는 이가 모차르트다.

지만, 문제는 모차르트의 도벽과 콘스탄체의 낭비벽이었다. 모차르트
는 내기 당구와 카드놀이에서 많은 돈을 잃어 큰 빚을 졌으며, 콘스탄
체는 사교모임에 중독된 데다 특히 온천요양을 좋아해 돈을 물 쓰듯
낭비했다. 그래서 당시 모차르트의 팬들은 콘스탄체를 톨스토이의 아
내 소피아, 소크라테스의 아내 크산티페와 함께 인류 3대 악처의 반열
에 올려놓았다.

콘스탄체는 남편이 자신보다 먼저 언니 알로이지아를 사랑했고, 계
속 좋아하고 있을지도 모른다는 의심을 평생 지우지 못했다. 그 결과
두 사람은 함께 있을 때도 마음이 콩밭에 가 있어 서로에게 무신경했
다. 게다가 모차르트가 제자 스테판 스토라체의 여동생이자 잘나가

낸시 스토라체

던 소프라노였던 낸시 스토라체 Nancy Storache와 사귄다는 소문도 나돌았다. 〈피가로의 결혼〉도 사실은 낸시를 위한 작품이었다. 모차르트는 이 작품을 초연할 때부터 주인공인 수잔나 역을 낸시에게 맡겼다. 이 밖에도 모차르트는 유부녀 막달레나 호프데멜과의 염문설이 도는 등 염문이 끊이지 않았다.

이 때문에 콘스탄체의 감정기복은 더 심해졌고, 덩달아 불륜설에 휘말리게 된다. 온천장에 갈 때마다 동행한 모차르트의 제자 프란츠 크사버 쥐스마이어가 사실은 콘스탄체의 숨겨둔 애인이라는 것이다.

모차르트와 콘스탄체의 결혼생활은 여러모로 파란만장했다. 자녀들도 연달아 요절했다. 1783년에 첫 아이가 이름도 채 짓지 못한 채 죽었고 1786년에는 셋째 아들이, 1788년 6월에는 넷째 딸이 죽고 말았다.

그해 여름 모차르트는 두 달 동안 이른바 '신의 영역'이라는 평가를 받는 세 편의 교향곡, 즉 39번 E플랫 장조(백조의 노래), 40번 G단조, 41번 주피터를 연이어 발표했다. 자녀들을 연달아 떠나보내는 아픔 속에서도 그는 작곡을 계속하고 바쁜 일정도 소화해야 했다. 그만큼 인기 절정이었기 때문이기도 하지만, 무엇보다 빛의 수렁에서 벗어나기 위해

서였다.

이런 환경에서도 그는 프리메이슨이 표방하는 자유·평등·박애 사상이 담긴 〈현자의 돌〉과 〈마술피리〉 등의 작품을 세상에 내놓는다. 〈피가로의 결혼〉, 〈돈 조반니〉, 〈코지 판 투테〉와 더불어 모차르트의 4대 오페라로 꼽히는 〈마술피리〉는 회교도의 전설을 토대로 한 작품이다.

고대 이집트의 수도 멤피스. 밤의 여왕의 영지, 울창한 수목에 둘러싸인 바위산에서 타미노 왕자가 큰 뱀에 쫓겨 애타게 구원의 손길을 기다린다.

이렇게 1막이 시작되고, 밤의 여왕의 딸 파미나 공주와 타미노가 사랑하게 되면서 파미나는 악마의 손에 붙잡힌다. 한 시녀가 나타나 타미노 왕자에게 황금피리를 주며 말한다.

"이 황금피리는 많은 이에게 사랑을, 슬픈 자에게 기쁨을, 고독한 자에게 연인을 준답니다."

그 뒤 파미나와 타미노는 불과 물의 시련을 통과하고 태양이 빛나는 대사원에서 결혼한다.

"이제 어두운 밤은 지나갔다!"

이 선언과 함께 결혼식이 진행되면서 오페라는 대단원의 막을

피리 부는 소년
에두아르 마네(Edouard Manet)
1932년, 캔버스에 유채, 97×161cm
프랑스 파리, 오르세 미술관 소장

내린다.

이 작품의 압권은 딸에게 살인을 지시하며 밤의 여왕이 부르는 '복수의 아리아'다. 이 곡은 "내 마음에 지옥의 복수심이 끓어오르고"로 시작돼 최고 음역대인 하이 F를 넘나들며 격정을 극적으로 표출한다. 삶이란 내가 헤쳐 나가야 할 길이고, 이 길에서 자신이 주인공이 될수록 더 행복해진다는 교훈을 주는 곡이다.

〈마술피리〉를 발표하고 나서 며칠이 지난 뒤 프란츠 폰 발제크 백작이 레퀴엠 미사곡을 의뢰해왔다. 그런데 모차르트는 콘스탄체에게 "아무래도 이 작품이 유작이 될 것 같다"고 말했고, 콘스탄체는 이렇게 웃어넘겼다.

"이제 서른다섯의 나이에 무슨 그런 심약한 말을……."

레퀴엠 작업을 시작한 지 2주일쯤 되었을 때는 〈마술피리〉가 초연 후 100회를 넘길 즈음이었다. 모차르트는 팔다리가 부어오르고 구토 증세가 있어 자리에 누웠다. 그리고 1791년 12월 5일, 과다출혈로 세상을 떠나고 만다. 모차르트가 겨우 35세에 요절하자 항간에는 모차르트가 암살됐다는 소문까지 퍼졌다.

모차르트의 장례식 날에는 눈보라가 거세게 몰아쳐 아무도 동행할 수 없었다. 그래서 간신히 운구 마차만 눈보라를 뚫고 가서 모차르트를 땅에 묻었기 때문에 아무도 모차르트가 어디에 묻혔는지 알지 못했다.

모차르트가 떠난 뒤 세상에 남은 콘스탄체의 나이는 겨우 29세였다. 모차르트의 팬들은 콘스탄체에게 "천재 음악가를 유혹해 결혼하고, 사치를 부려서 남편을 과로하게 만들어 죽게 했다"는 비난을 퍼부었

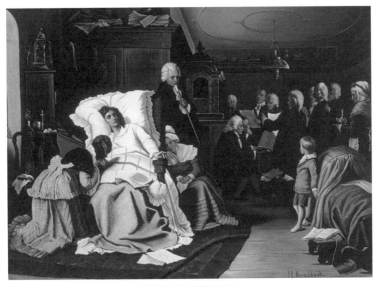

모차르트의 임종(상상화)
헤르만 폰 카울바흐(Hermann von Kaulbach), 1878년
그리스 아테네, 뮤니서펄 갤러리(Municipal Gallery) 소장

다. 하지만 그녀는 남은 아이들과 함께 살길을 찾느라 정신이 없었다. 콘스탄체는 먼저 남편이 미완으로 남겨둔 레퀴엠을 쥐스마이어에게 마무리하게 한 뒤 백작에게 넘겨주었다.

　다행히 유럽 각지에서 모차르트 추모 열기가 번져 나갔다. 모차르트가 살던 집을 '작은 황제의 집'이라 부르는가 하면 콘스탄체를 만나기 위해 많은 사람들이 찾아왔다. 빈 주재 덴마크 외교관 게오르크 니콜라우스 폰 니센도 그들 가운데 한 사람이었다. 그는 자신의 우상인 모차르트를 더 이상 볼 수 없게 되자 콘스탄체를 통해서라도 모차르트를 느끼고 싶었다. 그래서 아예 모차르트의 집에 하숙생으로 들어와 12년 동안 콘스탄체에게 공을 들인 끝에 마침내 콘스탄체와 결혼했다.

콘스탄체는 재혼을 앞두고 모차르트가 묻힌 공동묘지를 찾아갔지만 무덤을 찾지 못한 채 돌아서야 했다.

세월이 흐른 뒤 모차르트 명연주가들이 수없이 많이 나왔다. 그들 가운데 잉그리드 헤블러, 알리시아 데 라로차, 릴리 크라우스 등 유독 여성 피아니스트가 많은 이유는 모차르트의 곡이 정확하고 청아하게 연주를 해야 하기 때문이다. 자칫 사소한 실수 하나만 해도 감흥이 쉽게 깨져버리는 것이다.

특히 릴리 크라우스의 모차르트 피아노 소나타야말로 최고의 연주곡이다. 그녀의 정확한 페달과 미묘하고 강인한 터치에서 나오는 음은 무엇도 꺼리는 게 없는 종소리처럼 투명하고 맑다. 서서히 대지가 달아오르는 늦은 봄에 한바탕 쏟아지는 청량한 빗방울 같다.

모차르트의 음악은 도시화로 고향을 잃은 현대인들, 회색 시멘트 속에 갇혀 사는 우리에게 잃어버린 정신적 고향을 되찾아주고 있다.

베토벤

금지된 사랑에 대한 격렬한 저항

정적(silence)
이사크 일리치 레비탄(Isaak Il'ich Levitan), 1898년. 캔버스에 유채, 110×96cm
러시아 상트페테르부르크, 국립 러시아 미술관 소장

Ludwig van
Beethoven

우리는 활짝 피었던 꽃잎이 어느새 떨어져 휘날릴 때, 늦가을 추위를 재촉하는 비가 내리고 젖은 나뭇잎이 창문에 붙어 있을 때 비애를 느낀다. 그럴 때 듣기 좋은 음악이 루트비히 판 베토벤Ludwig van Beethoven(1770~1827)의 〈비창Pathetique〉이다. 특히 애틋한 정조를 풍기는 2악장은 우리 각자의 아픔을 본래의 인간적 비애로 흡수한다.

'아! 나만 겪는 일인 줄 알았는데, 정도의 차이일 뿐 인간이라면 누구나 겪고 사는구나.'

〈비창〉은 그렇게 우리의 심정을 어루만지는 곡이다. 비애를 알되 빠지지 않고 관조하며, 우수에 젖되 오히려 그것을 즐기면서 삶의 풍파도 견디고 넘길 수 있게 해준다.

'비애에 젖은 인생'이라는 수식어가 붙는 베토벤이 그렇게 살았다. 그의 모든 작품에는 자기 앞의 삶에 대한 두려움이 있고, 이를 극복하는 불멸의 열정과 의지가 반짝인다.

고전주의의 세 거두인 베토벤, 하이든, 모차르트 가운데 베토벤은 계몽주의에 가장 경도돼 있었다. 그래서 생애 말기에 고전주의의 기본인 소나타 형식을 버리는 등 개성과 자유를 추구하며 낭만주의의 첫 주자 역할을 하게 된다. 이러한 베토벤을 우리는 '악성樂聖'이라 부른다. 그런데 완벽한 사람은 없듯이 음악의 성인 베토벤은 성격이 괴팍했다. 초상화를 보아도 고집불통 이미지가 엿보인다. 그래서 불멸의 작품을 낳은 것일까?

그는 20대 중반부터 침묵으로 변해가는 세상을 마주한 채 그 세계에 대한 명곡을 탄생시켰다. 이런 베토벤을 우리가 어찌 사랑하지 않을 수 있으랴. 그는 누구보다 비극적인 인생을 살았지만 누구보다 낙관적인 사람이기도 했다. 그는 삶이 잔혹해질수록 더 강렬한 생의 의지로 극복해내려 했다. 그래서 슬픔에 인색할 수밖에 없었고, 마침내 혹독한 운명을 극복해냈다.

베토벤이 불굴의 의지로 운명과 맞서며 불멸의 작품을 남겼다면 모차르트는 가혹한 운명은 운명대로 놓아둔 채 주옥같은 작품을 탄생시켰다. 두 사람의 음악에는 이런 차이가 있다. 모차르트의 선율이 아름답고 그 아래 찬란한 애수가 깔려 있다면, 베토벤의 선율은 격동적 정서의 표출이 풍성하고 그 바탕에 꺾이지 않는 생명력이 흐르고 있다.

그래서 음악의 성인 베토벤을 악동惡童이라고도 하지만 결코 미워할 수 없는 악동이다. 베토벤의 작품과 로맨스는 어떤 선율로 만났을까?

황혼의 달빛(The twilight, The moon)
이사크 일리치 레비탄(Isaak Il'ich Levitan), 1899년, 캔버스에 유채
러시아 상트페테르부르크, 국립 러시아 미술관 소장

미처 부치지 못한 편지

인류 역사에서 음악의 거성 두 사람을 굳이 꼽으라면 모차르트와 베토벤을 들을 수 있다. 모차르트에게는 그래도 아내 콘스탄체가 있었다. 하지만 베토벤은 평생 독신으로 지냈다. 여성을 싫어한 것도 아니고, 오히려 좋아했는데 왜 그랬을까? 남몰래 사모했던 뮤즈가 누구였기에 베토벤은 끝내 결혼을 하지 않았을까?

베토벤이 죽은 뒤 그의 서랍 속에서 세 통의 편지가 발견되었다. 서른한 살의 그가 1812년 7월 6일 동이 터올 때까지 쓴 편지였다. 영원

영화 〈불멸의 연인〉의 한 장면

히 부치지 못한 이 편지의 대상은 누구일까? 그녀가 바로 '불멸의 연인meine unsterbliche Geliebte'이다. 이를 주제로 영화 〈불멸의 연인〉도 나왔다.

불멸의 연인에게 편지를 쓰기 전날, 베토벤은 무더운 여름에 멀리 여행을 떠났다가 우편물을 나르는 사두마차를 타고 집으로 돌아오는 길이었다. 그런데 한밤중에 갑자기 장맛비가 쏟아져 마차바퀴가 진흙탕 속에 빠지고 만다. 베토벤도 마차에서 내려 비를 흠뻑 맞으며 겨우 마차바퀴를 끌어올린다.

피곤한 몸을 이끌고 새벽에야 집에 도착한 베토벤은 의자에 앉자마자 펜과 종이를 꺼내 든다.

> 나의 천사, 나의 분신이여.
>
> 오늘은 몇 마디만 적겠소. 이럴 때마다 왜 슬퍼지는지.
>
> 내 불멸의 연인이여, 우리 사랑은 단념 외에 다른 방법이 없단 말이오? 그대가 나만의 사람이 아니고 나 또한 그대만의 사람이 아니라는 이 서글픈 현실은 영영 변하지 않는 것이오?
>
> 내 생각은 언제나 오직 그대만을 향해 달리고 있소.
>
> 아, 신이여!
>
> 이토록 사랑하는데 왜, 왜 헤어져 있어야만 합니까?

내 눈물 어린 동경, 내 생명이여.

그대도 나만을 사랑해주오. 그대를 향한 내 사랑의 진심이 헛되지

않도록.

소콜니키의 가을날(Autumn Day, Sokolniki)
이사크 일리치 레비탄(Isaak Il'ich Levitan), 1879년, 캔버스에 유채, 50×63cm
러시아 모스크바, 트레차코프 미술관 소장

그토록 사랑한 사람인데 왜 헤어져 있어야만 했을까? 무슨 말 못할 사연이 있었던 것일까? 무엇 때문에 단념 외에는 현실적으로 다른 방법이 없느냐고 한탄했을까? 그런 현실을 받아들이지 못하면서까지 사랑했던 대상은 누구였을까?

당시 귀가 거의 안 들리게 된 베토벤의 뇌리에 쉼 없이 사랑의 환영을 일으킨 뮤즈 후보로는 줄리에타 기차르디, 아말리 제발트, 테레제 말파티, 안토니 브렌타노 등이 있다.

사랑의 술래, 줄리에타 기차르디

줄리에타 기차르디Giulietta Guicciardi는 오스트리아 백작의 딸로 베토벤이 피아노를 가르치던 제자의 사촌이었다. 당시 열여덟 살의 꽃다운 나이였던 줄리에타는 사촌을 따라와 베토벤에게 피아노를 배우기 시작했다.

줄리에타 기차르디

서른 살의 노총각 베토벤은 줄리에타를 처음 본 순간 그녀가 자신에게 단테의 베아트리체 같은 존재라는 것을 직감했다. 단테는 베아트리체를 처음 본 그 순간 그녀에게 반해 그녀가 결혼한 뒤에도 영영 잊지 못하고 그녀를 소재로 《신곡神曲》을 썼다.

보르디게라의 레몬나무
클로드 모네(Claude Monet), 덴마크 코펜하겐, 칼스버그 글립토테크 미술관 소장

줄리에타에게 피아노를 가르치기 시작한 첫날부터 수업이 계속되는 2년 동안 베토벤의 마음은 새카맣게 타들어갔다. 그동안 줄리에타는 자신의 매력도 과시할 겸 베토벤을 상대로 사랑의 시소게임을 즐겼다.

사랑의 시소게임은 사랑하지 않는 사람이 항상 이기게 돼 있다. 어느 정도 서로에 대한 애정을 바탕으로 할 때 사랑의 시소게임은 게임으로서 재미가 있다. 베토벤처럼 혼자만의 사랑을 할 때는 과일 그 자체로 먹지 못하는 시디신 레몬과 같다.

줄리에타는 분명 베토벤의 속마음을 알고 있었다. 자신을 좋아한다는 것, 그것도 너무 좋아하고 있다는 것을. 그러나 그것뿐, 그녀는 자신의 마음은 조금도 주지 않은 채 베토벤이 자신을 흠모하는 선에만 머무르게 했다. 그러다가 조금이라도 자신에게 소홀하다 싶으면 유감없이 매력을 발휘해 베토벤을 흔들어놓았다. 그러고는 베토벤이 그 향기에 취해 적극적으로 구애를 하면 한 발짝 뒤로 물러섰다.

"나 잡아봐라" 하는 식의 이런 줄다리기에 휘말린 베토벤은 친구 프란츠에게 속내를 털어놓았다.

자네는 지난 2년 동안 내 삶이 왜 그렇게 기쁨과 슬픔을 반복하고 있는지 쉽게 이해하지 못할 걸세.

이 모든 변화는 달콤하고 매혹적인 한 소녀 때문이야. 겪어보지 않은 사람은 내 심정을 상상도 할 수 없을 거야. 그녀는 나와 결혼해줄 것처럼 보였지만, 그것은 결국 나만의 꿈이었네.

이제 나는 어느 누구와도 결혼하지 못할 것 같다네.

그런데 줄리에타가 베토벤의 가슴에 불을 지르고 구경만 한 것은 아니었다. 한때는 그녀도 베토벤의 진정성을 희롱한 것 같아 결혼해주면 어떨까 하는 생각을 했다. 그때 기차르디 백작이 딸에게 이렇게 물었다.

"성격이 좀 특이하다며? 무엇보다 그의 귀는 어떠니?"

완곡한 거절이었다. 기차르디 백작은 딸을 가난한 술주정뱅이의 아들과 결혼시킬 수 없었던 것이다. 물론 줄리에타도 같은 생각이었다.

그네
장 오노레 프라고나르(Jean-Honoré Fragonard), 1766년, 캔버스에 유채, 46×56cm
영국 런던, 윌리스 컬렉션 소장

베토벤의 가문이 어땠기에 백작이 거부했을까? 베토벤의 아버지 요한은 서부 독일 라인 강변의 본에서 쾰른 궁정의 테너가수로 있었으며, 피아노와 바이올린도 연주했다. 할아버지 역시 궁정악장을 지내는 한편 양조장도 운영했다.

그 영향으로 요한은 매일같이 술을 마셨다. 그런데 베토벤이 4세 때 음악에 천부적인 재능을 보이자 "내 아들도 모차르트처럼 키워 돈을 벌어보겠다"며 혹독하게 훈련을 시켰다. 당시 이웃들은 피아노 건반에 고사리 같은 손을 얹고 울던 베토벤을 자주 목격했다고 한다.

요한은 베토벤에게 2년 동안 피아노와 바이올린을 가르친 뒤 '제2의 모차르트'라 선전하며 자비自費를 들여 연주여행을 떠났다. 그러나 별다른 수익을 내지 못하고 큰 빚만 지자 크게 상심한 나머지 알코올중독자가 되었다. 6세의 베토벤이 감당하기에는 너무 버거운 상황이었다. 그런데 불행 중 다행으로 12세에 궁정 오르간 연주자 크리스티안 네페 Christian Neefe(1748~1798)를 만나 궁정 피아노 연주자가 된다. 그리고 4년 뒤, 베토벤은 빈으로 가서 모차르트 앞에서 피아노 연주를 하게 된다.

눈을 감고 듣던 모차르트는 탄성을 금치 못했다.

"오! 이 젊은이를 봐. 머지않아 세상을 놀라게 할 거야."

하지만 또 다른 불행이 베토벤을 찾아왔다. 아버지에게 늘 시달리던 어머니가 폐결핵으로 숨지고, 뒤이어 아버지마저 알코올중독으로 세상을 떠난 것이다. 결국 베토벤은 17세에 두 남동생을 부양할 책임까지 떠맡게 되었다.

사실 베토벤은 학교 교육도 6세부터 10세까지 4년 정도밖에 받지 못했고, 피아노도 거의 혼자 습득한 덕분에 즉흥연주의 달인이 되었다.

침묵의 세상에 보낸 〈비창〉, 줄리에타에게 바친 〈월광〉

1792년, 22세의 베토벤은 빈으로 가서 즉흥연주자로 크게 인기를 모았다. 이때부터 베토벤의 빈 시대가 시작된다. 베토벤을 아끼는 빈의 귀족들이 아낌없이 후원을 해주어 첫 작품집도 출판했다. 물론 수입의 대부분은 지독히 가난한 가족을 돌보는 데 들어갔다.

인생의 봄철인 25세의 어느 날, 베토벤은 알프스에 갔다가 산록에 핀 야생화 아델라이데를 만난다. 그는 겨우내 추위를 이기고 산등성이에서 작고 예쁜 보라색 꽃망울을 터트리고 있는 아델라이데를 한참이

봄
장 프랑수아 밀레(Jean François Millet), 19세기경, 캔버스에 유채, 111×86cm
프랑스 파리, 오르세 미술관 소장

나 바라보았다. 마치 그 꽃이 자신의 분신이라도 되는 듯……

그리고 마침 이 꽃을 주제로 프리드리히 폰 마티슨이 쓴 시가 있어 가곡 〈아델라이데〉(Op. 46)를 작곡했다. 젊은 베토벤의 심정이 담겨 있는 이 가곡은 누군가와 사랑에 빠졌을 때 꽃다발을 들고 고백하기에 좋은 곡이다.

젊은 베토벤은 귀족들 앞에서도 예술가로서의 자존감을 지켰다. 그는 연주 도중 사람들이 잘 듣지 않으면 피아노 뚜껑을 닫고 "음악을 모독하지 마시오" 하며 나가버렸다. 심지어 궁정 연주회 때는 피아노 상태가 안 좋다며 연주를 거절하기도 했다. 아마도 어려서부터 아버지의 가부장적 권력에 짓눌린 데 대한 반동 심리가 작용했을 것이다. 어쨌든 그런 가운데서도 베토벤은 빈 사람들에게 많은 사랑을 받았다.

그런데 베토벤에게 먹구름이 드리우기 시작했다. 20대 중반부터 귀가 안 좋아지기 시작한 것이다. 음악가에게는 밝은 귀가 생명인데, 하필 청각장애가 베토벤이 이전에 누려보지 못한 많은 사랑과 관심 속에 행복해하던 바로 그 시절에 찾아오다니……

그 당시에는 프랑스혁명으로 유럽에 일대 변혁이 일어나 문화의 중심이 궁정이나 성당에서 살롱이나 카페, 공연장, 일반 가정으로 옮겨가고 있었다. 또한 예술 장르도 계몽주의의 영향을 받아 고전주의에서 낭만주의로 넘어가고 있었다.

베토벤은 이런 역사적 시기에 개인적 고뇌를 극복하고 인간의 존엄과 자유의지에 대한 신념이 담긴 작품을 내놓는다. 1795년경 작곡한 〈피아노 소나타 제7번 D장조 Op. 10 No. 3〉는 베토벤의 음악 가운데 가장 심각한 작품이다. 베토벤은 이 곡에서 '슬픈 이의 심정을 빛과 그림자의 여러 뉘앙스'로 담으려 했다. 하지만 4악장에는 다시 환희로 돌아온다. 베토벤은 아무리 힘들어도 천생 낙관론자였다.

이와 연장선상에 있는 작품이 1798년 친구이자 후원자였던 칼 폰 리치노프스키 공작에게 헌정한 피아노 소나타 8번 〈비창〉이다. 당시 귀족들은 베토벤을 후원하겠다며 앞다퉈 자신들의 살롱에 초대했고, 피아노를 가르치기 위해 딸들을 베토벤에게 보냈다. 이처럼 외관상으로는 가장 행복해 보이면서도 가장 깊은 내적 고뇌가 시작되던 시기에 나온 작품이 바로 〈비창〉이다.

이 곡은 전면에 애상이 느껴지면서도 정감과 열정이 저변에 깔려 있다. 고뇌 어린 행복이라는 모순적 나날을 보내던 젊은 베토벤의 경이로운 의지가 담겨 있는 것이다. 베토벤은 삶이 아무리 힘겨워도 결코 슬

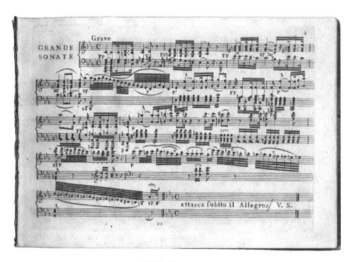

〈비창〉 악보(1799년)

퍼할 줄 모르는 사람이었다. 슬퍼하기 시작하면 주체할 수 없이 무너질까봐 그랬을지도 모른다.

〈비창〉은 우중충한 겨울 하늘이 아니라 이른 봄날의 인적 드문 자작나무 숲길 같다. 그 길에 깔린 노란 낙엽 아래서는 새싹이 움트고 아지랑이가 피어오른다. 〈비창〉이 발표되자마자 악보를 구입하려는 사람들로 대소동이 일어났고, 베토벤은 유럽 최고의 명사가 되었다.

청력이 점점 약해져갈 때 베토벤은 빈으로 이주해 온 이탈리아 귀족의 딸 줄리에타 기차르디를 만났다. 그리고 사랑의 시소게임에 빠져 있을 때 베토벤이 줄리에타에게 헌정한 곡이 바로 피아노 소나타 14번 〈월광Moonlight〉이다. 베토벤은 빈 근교의 어느 귀족 저택에서 달빛 아래 줄리에타를 그리워하며 이 곡을 만들었다.

베토벤의 정성에 감동한 줄리에타는 한때 베토벤과 결혼할 마음을 먹기도 했다. 하지만 "베토벤은 귀가 안 들리게 되면 아무 일도 하지 못하게 될 것"이라는 아버지의 말에 겁을 먹고는 갈렌베르크 백작과 결혼해 이탈리아로 떠나고 말았다.

1977년경 몰디브에서 인쇄된 우표에는 루트비히 판 베토벤과 〈월광〉 악보가 인쇄돼 있다. (konstantin32 ⓒ 123RF.COM)

베토벤의 첫사랑은 짝사랑이었다. 줄리에타 기차르디를 짝사랑하는 2년 동안 베토벤은 줄리에타의 자존감을 드높이는 대신 자신은 허둥대며 시간을 보냈다. 하지만 그동안 예술의 깊이는 더 깊어졌다.

사랑도 소리도 떠난 자리에서 솟아난 〈에로이카〉와 〈운명〉

줄리에타와 한창 사랑의 시소게임을 벌이고 있을 때 베토벤은 교향곡 1번을 발표하며 빈의 슈퍼스타가 되었다. 이때부터 많은 사람들이 베토벤을 찾아왔는데, 그들은 한결같은 불만을 털어놓았다.

"왠지 음조가 잘 안 맞는 것 같아."

그때 이미 세상은 베토벤에게 적막강산으로 변해가고 있었다. 게다가 한밤의 밝은 달처럼 사모했던 줄리에타마저 다른 남자의 품으로 떠나자 그토록 강인하던 베토벤도 무너지며 마침내 생을 마감하기로 결심한다. 그는 시골로 내려가 두 동생 앞으로 유서를 남기는데, 이것이 1802년 10월 6일에 쓴 '하일리겐슈타트 유서'다.

> 너희는 나를 심술궂다고 생각할지 모르겠다. 사실 나도 어려서는 착했지만 지난 6년간 줄곧 귀머거리가 되면서…….
>
> 누군가가 목동의 노랫소리, 피리 소리를 듣는데 내게는 안 들리니 얼마나 모욕이냐. 이제 죽는다 해도 불만이 없다.
>
> 자, 죽음이 나를 해방시켜줄 테니.

폭풍우가 지나간 에트르타 절벽
귀스타브 쿠르베(Gustave Courbet), 1870년, 캔버스에 유채, 162×133cm
프랑스 파리, 오르세 미술관 소장

그런데 유서를 쓰고 자살하려는 순간, 가슴속의 창작 욕구가 죽음의 충동을 덮는다. 그 이후 베토벤은 죽음을 극복한 불굴의 의지를 담은 편지를 친구에게 보낸다.

친구야.
내 운명의 끈이 아무리 험악하더라도 이대로 붙들 거야. 절대로 놓지 않고 전혀 낯선 길을 내 힘으로 열어갈 거야.

유서까지 썼던 베토벤은 이렇게 제2의 인생을 시작했다. 아무리 자신이 약해도 모진 운명을 스스로 헤쳐 나가겠다고 결심한 것이다. 1804년, 그 이정표로 나온 작품이 바로 교향곡 3번 〈영웅Eroica〉이다. 가혹한 운명 앞에 좌절하지 않고 이를 넘어서려는 의지를 지닌 자가 바로 영웅이다. 그렇다. 영웅은 떠나버린 사랑과 먹먹해지는 청각 앞에서 창작의지로 버티고 선 베토벤 자신이었다.

또한 운명에 맞서 생경한 세계를 창조하려는 사람은 누구나 영웅이다. 교향곡의 신기원을 연 〈영웅〉이 발표된 뒤 슈만, 브람스, 바그너, 리하르트 슈트라우스 등 주요 작곡가들이 '영웅'을 주제로 한 작품들을 내놓았다.

마침 베토벤보다 한 살 위인 나폴레옹Napoléon Bonaparte이 프랑스혁명 이후의 혼란을 정리하며 유력 정치가로 등장했다. 베토벤은 나폴레옹이 귀족사회의 문제점을 해결하고 자유와 평등을 가져올 것이라고 생각했다. 영웅 나폴레옹에 열광한 베토벤은 〈영웅〉을 헌정하기 위해 악보 표지에 '보나파르트'라는 이름을 적어놓았다.

그런데 5월 16일 나폴레옹이 황제에 즉위한다는 소식을 듣고는 크게 실망한 나머지 표지에 적어놓았던 이름을 지웠다고 한다.

"역시 나폴레옹도 그저 그런 한 인간에 불과하구나. 자기 야심을 채우려는 속물을 영웅이라 부를 수는 없다."

〈영웅〉을 완성한 직후 베토벤은 곧장 피아노 소나타 23번 〈열정〉의 작곡에 들어갔다. 이후 자연에 파묻혀 지내며 1808년 교향곡 5번 〈운명〉, 교향곡 6번 〈전원〉을 초연했다. 이때는 이미 귀가 완전히 먼 상태였다.

교향곡 〈운명〉은 베토벤이 〈영웅〉으로 새 삶을 시작하고 뒤이어 〈열정〉을 쓰며 구상한 작품이다. '따따따 단' 하고 인상적으로 시작해 인간의 운명인 희로애락을 담았으며, 곡 전체가 '인간의 고뇌는 결국 환희에 이르는 도전'이라는 콘셉트로 짜여 있다.

제자 안톤 쉰들러Anton Schindler가 교향곡 5번의 주제가 무엇인지 묻자 베토벤은 "운명은 이렇게 인생의 문을 두드린다"고 대답했고, 여기에서 '운명'이라는 제목이 붙게 된다.

베토벤은 사람들이 '베토벤의 3대 소나타'로 꼽는 〈비창〉(8번), 〈월광〉(14번), 〈열정〉(23번)과 더불어 총 32곡의 피아노 소나타를 작곡했다. 이후 많은 피아니스트들이 베토벤의 피아노 소나타 전집에 도전했는데, 그 가운데 최고 명연주곡의 주인공은 '건반 위의 사자왕'이라 불리는 빌헬름 박하우스Wilhelm Backhaus(1884~1969)다. 그는 '건반 위의 시인' 빌헬름 켐프Wilhelm Kempff(1895~1991)와 함께 베토벤 스페셜리스트의 양대 산맥으로 불린다.

두 비르투오소virtuoso(명연주자를 뜻하는 이탈리아어)를 굳이 비교하자면, 독일 낭만주의의 충실한 계승자인 켐프의 연주가 사실주의적 현대감각을 지닌 데 비해 박하우스의 연주는 내부에서부터 깊이 있는 음색이 흘러나와 사자가 포효하듯 청중을 압도한다.

치유자 테레제에게 바친 〈엘리제를 위하여〉

나이 마흔에 베토벤은 음악가로 대성했다. 그런데 명성이 올라가는 만큼 난청은 더 심해졌다. 이때 주치의 요한 말파티의 조카 테레제 말파티Therese Malfatti(1792~1851)가 피아노 교습을 받으러 왔다. 18세의 테레제는 빈의 유명한 거상巨商 야콥 말파티의 딸로 성격이 밝았다. 그녀로 인해 베토벤은 잃었던 웃음을 되찾았다.

이미 베토벤은 테레제를 사랑하기 시작했지만 세 가지 이유로 망설였다. 22년이라는 나이 차이, 천둥소리조차 새가 지저귀는 소리로 들릴 만큼 약화된 청각, 그리고 아직 치유되지 않은 실연의 상처가 그 이유였다.

이때 테레제의 동생 안나와 교제하던 베토벤의 절친한 친구이자 첼로 연주자인 글라이헨슈타인 남작이 두 사람의 가교 역할을 한다. 베토벤은 그에 대한 고마움을 담아 첼로 소나타 3번(A장조, Op. 69)을 작곡해 글라이헨슈타인 남작에게 헌정했다.

첼로는 바이올린의 밝은 톤과는 달리 심도가 강한 톤을 지니고 있어 베토벤과 썩 잘 어울린다. 첼로의 역사를 거슬러 올라가보면, 첼로는 바흐 시대에는 '비올라 다 감바'라 불렸다. 베토벤 이전까지는 저음 파트인 베이스를 맡으며 그리 주목받지 못하다가 베토벤이 첼로의 특성을 최대한 살려 첼로 소나타 5곡을 만들면서부터 중요한 악기가 되었다. 그래서 바흐의 무반주 첼로 모음곡을 '첼로의 구약성서'라 하고, 베토벤의 첼로 소나타 5곡을 '첼로의 신약성서'라 부른다.

베토벤의 첼로 소나타 5곡 가운데 최고의 걸작은 3번으로, 오프닝부터 솔로 첼로가 연주하며 피아노와 밝고 환하게 조화를 이룬다. 당시 베토벤과 테레제는 밀월 기간 중이었다. 곡 전체에서 느껴지는 피아노와 첼로의 서정성 짙은 소통은 마치 테레제가 손을 내밀면 베토벤이 황홀하게 그 손을 잡고 거니는 것 같다.

테레제와 깊은 애정을 나눌 때 베토벤은 글라이헨슈타인 남작에게 자신의 속마음을 내비쳤다.

테레제는 종달새야. 봄소식을 전해주는 종달새.

종달새 소리에 얼음이 녹고 아지랑이가 피어오르며 꽃이 핀다네.

내 속에도 얼어붙은 상처가 있어. 누구든 내 상처를 건드리면 화가 치밀지. 그런데 이상도 하지. 그런 상처도 테레제가 건드리면 도리어 치유가 된다네.

베토벤은 자기의 심정을 담은 쪽지를 글라이헨슈타인 남작을 통해 테레제에게도 전달했다.

당신도 어느 정도 날 좋아하는 것 같으니 확실히 말하겠소.

세상 어느 누구도 나보다 당신을 더 행복하게 해줄 수는 없소.

나 자신을 주체할 수 없을 만큼 그대를 깊이 사랑하고 존경합니다.

이때 나온 작품이 피아노 솔로를 위한 바가텔 A단조, 일명 〈엘리제를 위하여Für Elise〉(1810)다. 베토벤의 원래 악보에는 자필로 '테레제를 위하여Für Therese'라고 씌어 있었는데, 1867년 초에 처음으로 이 악보를 출판한 루트비히 놀이 워낙 악필인 베토벤의 글씨를 '엘리제'로 읽는

피아노를 치며 가족과 함께 연주하는 테레제 말파티

바람에 잘못 인쇄되고 말았다.

어느 날 베토벤은 테레제 저택에서 열리는 파티에 초대를 받았다. 테레제는 "그날 파티에서 당신이 공개구혼을 하면 아버지도 허락할 수밖에 없을 것"이라고 귀띔해주었다. 장사꾼인 아버지가 전 유럽에서 큰인기를 끌고 있는 베토벤의 청혼을 공개적으로 거절하기는 어려울 것이라는 뜻이었다.

두 사람은 먼저 베토벤이 〈엘리제를 위하여〉를 연주한 뒤 곧바로 테레제에게 공개구혼을 하기로 굳게 약속했다. 하지만 이 계획은 아쉽게도 무산됐다. 고백을 앞두고 불안해하던 베토벤이 술을 너무 많이 마시는 바람에 그만 쓰러지고 말았던 것이다.

테레제는 그런 베토벤이 안쓰러워 자신이 직접 나서서 결혼을 적극적으로 추진했다. 그런데 테레제의 부모는 애당초 베토벤을 사윗감으로 염두에 두지 않았을뿐더러 테레제를 아예 오스트리아 귀족 드로스

봄 홍수(Spring Flood)
이사크 일리치 레비탄(Isaak Il'ich Levitan), 1897년, 캔버스에 유채
러시아 모스크바, 트레차코프 미술관 소장

틱 남작과 결혼시키려 했다.

테레제가 이를 계속 거부하자 1811년 동생 안나가 글라이헨슈타인 남작과 먼저 결혼했다. 그리고 베토벤과 결혼하기 위해 몇 년간 버티던 테레제도 결국 아버지가 정해준 귀족과 결혼하고 말았다.

테레제는 그렇게 떠나갔지만 베토벤에게는 고마운 존재였다. 서른 살 노총각 때 줄리에타를 만나 홍역을 치른 뒤로 사랑할 엄두를 못 내다가 테레제를 만나 비로소 사랑을 주고받는 것이 얼마나 달콤한지 맛보았기 때문이다.

아말리는 모성애였다

테레제를 만나 사랑하는 사람 사이의 교감이 무엇인지 알게 된 베토벤은 테레제가 떠난 뒤 사람들과의 접촉 자체를 꺼리기 시작했다. 그 대신 말 없는 자연 속에서 지내려 했다. 난청이 심해져 사람들의 말소리는 점점 아득해졌지만 물소리, 새소리 등 자연의 소리는 굳이 분간하려 애쓰지 않아도 충분히 알아들 수 있었기 때문이다.

1812년 여름, 베토벤은 아예 시끄러운 도시를 떠나 조용한 테플리츠 보헤미안 온천으로 갔다. 마침 베를린에서 온 소프라노 가수 아말리 제발트Amalie Sebald가 어머니와 함께 그곳에 휴양을 와 있었다.

그녀는 존경하는 베토벤이 귀가 먼 것을 보고 안타까워 치킨과 수프 등을 사다주며 돌보았다. 어릴 때부터 아버지에게 돈벌이 수단으로 취급받았던 베토벤은 난생처음 받아보는 아말리 모녀의 따뜻한 보살핌

에 크게 감동했다.

마침 그 온천장에 요한 볼프강 폰 괴테도 와 있었다. 평소 괴테를 존경하던 베토벤이 만나고 싶어 하자 귀가 어두운 베토벤을 대신해 아말리가 괴테를 만나 약속을 잡았다. 그래

율리우스 슈미트(Julius Schmid)가 그린 산책하는 베토벤

서 베토벤과 괴테가 만나 함께 산책을 하는데 바이마르 대공과 황후가 마차를 타고 다가왔다. 대공 아래서 관리를 지낸 괴테는 모자를 벗어 정중히 예를 표했지만, 베토벤은 하늘만 바라보고 있었다.

대공 일행이 지나간 뒤 베토벤이 말했다.

"우리가 대공에게 경의를 표할 게 아니라 대공이 우리에게 절을 해야 합니다."

잠시 뒤 온천에 휴양 온 사람들이 음악의 시인 베토벤과 문학의 시인 괴테가 함께 걷고 있다는 소식을 듣고 몰려들었다. 사람들은 서로 모자를 벗어 인사하며 즐거워했다. 괴테는 그들에게 일일이 모자를 벗어 답례했지만, 베토벤은 여전히 묵묵부답이었다.

괴테가 으스대며 말했다.

"저렇게 좋다고 인사를 해대니 착한 시민들이란 항상 따분하죠."

곁에서 아말리가 베토벤에게 큰 소리와 손짓, 발짓으로 괴테의 말을 전해주었다. 그러자 베토벤이 더듬더듬 말했다.

"괴테 선생님, 저 사람들은
선생님이 아니라 저를 보고 환
호하는 겁니다."

베토벤의 농담에 세 사람
은 한참을 바라보고 웃었다.
괴테는 베토벤보다 스무 살
이나 위였는데, 한참 어린 베
토벤의 정신력과 능력에 감
탄했다. 그래서 "베토벤처럼
집중력이 강하고 정력적이며
내면적인 예술가를 본 적이
없다"고 고백했다.

보헤미안 온천에서 만난 괴테와 베토벤

베토벤은 사람들을 피해 한적한 온천으로 왔다가 뜻밖에도 괴테와
아말리를 만나 따뜻한 환대를 받고는 그날 일기에 이렇게 다짐했다.

베토벤이여, 이제 너의 예술은 너만의 행복이 아니라 다른 이들을 위
한 것이어야 한다.

그날 침대에서 베토벤은 자신에게 따뜻한 인간관을 불어넣은 아말
리를 떠올리며 잠들었다. 다음 날 베토벤은 치킨과 수프를 가져온 아
말리의 손에 쪽지를 쥐어주었다. 유머스러운 이야기를 적어놓고는 말
미에 이렇게 자신의 속마음을 담았다.

호수(The Lake)
이사크 일리치 레비탄(Isaak II'ich Levitan), 1898~1899년, 캔버스에 유채
러시아 니주니보르고로드, 니주니노브고로드 아트 미술관 소장

진정한 사랑이란 언제나 영혼과 육체의 합일이라네.

이 때문에 한쪽에서는 아말리를 불멸의 연인으로 추정하지만, 두 사
람은 연인이 아니라 돌봄과 인정을 나누는 관계에 멈춰 있다. 베토벤의
고백이 적힌 쪽지를 읽은 뒤 다시 음식을 들고 찾아온 아말리는 음식
가방 아래에 쪽지를 넣어두었다.

선생님을 존경하고 사랑해요.
제 존경과 사랑의 대상은 한 남성 베토벤이 아니라 위대한 음악가
베토벤이죠. 절 실망시키지 않을 거죠?

이렇게 아말리는 베토벤과의 관계에 분명한 선을 그었다. 베토벤은 그제야 자신에 대한 아말리의 사랑이 이성애적인 것이 아니라 모성애적이라는 것을 깨달았다.

숨겨둔 연인 안토니와 〈디아벨리 변주곡〉

근래에 와서는 안토니 브렌타노Antonie Brentano가 베토벤의 불멸의 연인이라는 의견이 유력하다. 브렌타노의 아버지는 오스트리아 왕의 고문이자 외교관이었다.

안토니는 18세 때인 1798년 아버지의 강요로 15세 연상의 프랑크푸르트 대은행가 프란츠Franz Brentano와 결혼했다. 슈테판 대성당에서 두 사람의 결혼식이 진행되는 동안 성당 기둥 뒤에 숨어서 눈물짓는 사람이 있었는데, 그가 베토벤이었을 것으로 추측된다. 그렇다면 베토벤은 20대 중반부터 그녀를 짝사랑했다는 이야기가 된다. 그리고 안토니가 유부녀가 된 뒤에도 가슴속에서 그녀를 지우지 못했다니…….

그래서일까. 베토벤은 혼잣말처럼 이런 기원을 드렸다고 한다.

"나를 얽매는 모든 것으로부터 벗어나고 싶으니, 오 신이시여, 나를 다스릴 힘을 주소서."

그런 처지에서 베토벤은 서른과 마흔에 공개 연애를 하고, 여자 쪽의 반대로 결혼에 이르지 못한다. 어쩌면 이것은 표면적 이유일지도 모른다. 특히 두 번째 테레제의 경우, 집안의 반대를 무릅쓰고 결혼을 강행할 수도 있었다. 그런데도 무리하지 않은 이유가 어쩌면 혼자만의 사

요제프 카를 스틸러(Joseph Karl Stieler)가 그린 안토니
브렌타노의 초상화(1808년)

랑, 안토니 때문이었을지도 모른다. 온천에서 만난 아말리와 이성 간의 사랑으로 더 밀고 나아가지 못한 것도 같은 이유에서일 것이다.

안토니의 남편 프란츠와 베토벤은 평소 친분이 있는 사이였다. 프란츠는 베토벤이 어려울 때마다 큰돈을 빌려주었으며, 돈을 갚으라고 재촉하지도 않았다. 가족은 물론 친척들까지 베토벤의 수입에 의지해 생활했기 때문에 아무리 많이 벌어도 밑 빠진 독에 물 붓기였던 것이다.

그럼 안토니와 베토벤은 언제부터 서로 사랑하게 되었을까? 정확하지는 않지만 1812년경이었을 것이다. 그때 베토벤은 안토니에게 이런 편지를 보낸다.

당신은 내 모든 것이오. 우리는 더 침착해야만 하오.

어제 그리고 오늘과 내일, 매일이 당신 생각으로 가득한 내 가슴은 눈물로 젖어 있소.

나는 당신 것이고 당신은 내 것.

사랑은 영원히 우리만의 것.

안토니도 베토벤을 '신과 같은 존재'로 존경했지만 가정까지 버리지는 않았다. 그렇다면 안토니는 왜 부족함 없는 남편을 두고 베토벤과 사랑에 빠졌을까? 당사자들만 아는 일이겠지만, 안토니는 남편에게서 채워지지 않는 어떤 허전함을 느꼈다고 한다.

최근 베토벤과 안토니 관계를 연구한 전기작가 수잔 룬트Susan Lund는 두 사람 사이에 아들이 하나 있었다고 주장한다. 수잔 룬트의 연구

밀회
찰스 헤이우드(Charles Haigh-Wood), 캔버스에 유채, 61.8×90.6cm

에 따르면 이 아들이 네 살 때인 1816년 원인 모를 병으로 정신박약이 되면서 베토벤은 충격을 받고 한동안 작곡을 중단했다고 한다. 그리고 안토니의 남편도 이 사실을 알았지만 끝까지 아이를 잘 돌보았다고 한다.

세월이 흐른 뒤, 베토벤은 53세의 나이에 안토니에게 〈디아벨리 변주곡〉(Op. 120)을 헌정한다. 이 곡에는 숨겨진 사랑을 해야만 했던, 그래서 뛰는 심장을 억눌러야 했지만 그럴수록 더 설렜던 베토벤의 심정이 녹아 있다.

오스트리아의 작곡가 아르놀트 쇤베르크Arnold Schönberg는 "〈디아벨리 변주곡〉이야말로 화성의 측면에서 최고의 실험적 작품"이라고 극찬했다.

완전한 청력 상실 후의 작품, 교향곡 9번

1822년, 베토벤은 자신의 마지막 피아노 소나타인 32번(Op. 111)을 완성한다. 이 소나타는 2악장으로 구성돼 있다. 1악장이 불굴의 투지로 폭풍처럼 격렬하다면 2악장은 초연하며 아늑하게 흐른다. 더 이상 단순할 수 없을 만큼 소박해서 1악장의 복잡한 정신이 온전히 치유되는 느낌이다. 한 해를 정리할 때, 정든 이를 떠나보냈을 때, 오래된 일을 마무리할 때 등 뭔가를 깔끔하게 정리할 때 들으면 좋은 곡이다.

그런데 2악장 가운데 물방울이 튀는 듯한 리듬이 있어 '부기우기 Boogie-Woogie'와 같다는 지적도 받는다. 부기우기는 20세기 초 미국 시카고에서 나온 흑인 음악을 말하는데, 왼손으로 조음의 리듬을 반복하는 동안 오른손으로 화려하고 자유로운 멜로디를 연주한다. 그만큼 베토벤이 시대를 앞선 음악을 했다는 증거다.

프리드리히 굴다Friedrich Gulda는 베토벤은 물론 모차르트의 곡에도 탁월한 해석자이다. 그가 연주한 베토벤의 마지막 피아노 소나타는 반드시 들어봐야 한다. 일단 멜로디 라인이 명확하다. 터치가 확실해 애매모호하지 않고 직선적이면서도 유연해야 할 곳은 그렇게 부드러울 수가 없다.

베토벤의 작품은 후기로 갈수록 주관을 벗어난 경지에 다다른다. 즉, 더 이상 자신에게 얽매이지 않는다. 대표적인 곡이 교향곡 9번 D단조 〈합창〉(Op. 125)이다. 1824년, 귀도 더 이상 들리지 않고 제대로 이룬 사랑도 하나 없이 만든 이 작품의 원본 악보는 2002년 유네스코 세계기록유산으로 등재되었다. 악보로는 최초의 일이다.

〈합창〉은 지금까지 인류가 쓸 수 있는 가장 위대하고 호소력 짙은 작품으로 칭송받고 있다. 모두 잘 아는 곡이지만, 들으면 들을수록 새로운 감흥이 솟는다. 인간 세상에서 듣는 즐거움을 빼앗긴 베토벤이 세상 모두가 즐겁게 들을 수 있는 환희의 곡을 선물한 것이다.

〈합창〉의 초연은 1824년 5월 7일, 빈의 케른트너토르 극장에서 이루어졌다. 그날 베토벤은 지휘자 미하일 움라우프Michael Umlauf와 함께 지휘봉을 잡았다.

그러나 베토벤에게 〈합창〉과 오케스트라 소리가 들릴 리 만무했다. 그저 청중을 등지고 서서 허공에 지휘봉을 흔들었을 뿐이다. 다행히

성취
구스타프 클림트(Gustav Klimt), 1905년~1909년경, 템페라와 수채, 120.3×194.5cm
오스트리아 빈, 오스트리아 응용미술관 소장

연주회는 잘 끝나고 청중들이 기립해 위대한 작품과 작곡가에게 박수갈채를 보냈다. 청중의 갈채가 들리지 않았던 베토벤이 등을 돌린 채 그대로 서 있자 알토 독창자 웅거가 베토벤의 손을 잡아 몸을 돌려세웠다.

베토벤은 그제야 청중을 보고 답례했다. 청중의 박수가 그치지 않아 베토벤은 다섯 번이나 무대로 나갔고, 당시 황제 부부도 세 번이나 기립박수를 쳤다.

1826년 10월, 베토벤은 전 생애에 걸쳐 모든 장르의 마지막 작품인 현악 4중주 16번(Op.135)을 쓴다. 이 작품을 쓸 무렵 베토벤을 둘러싼 상황은 악화일로였다. 독신으로 지내며 건강이 안 좋았고, 게다가 친자식처럼 돌보던 조카 카를이 권총자살을 기도했다. 베토벤은 카를을 곁에 붙들고 있으면서 이 작품을 완성했다.

현악 4중주 16번은 베토벤이 기존의 형식에 얽매이지 않고 쓴 작품이다. 그는 자신의 '백조의 노래(작곡가의 마지막 작품을 뜻함)'에 승화된 감정을 그대로 담았다. 그 승화된 감정은 자신을 옭아맨 난청과 사회적 시선에 대한 해방선언이었다.

그래서일까. 작품의 내면적 스케일이 웅장하고 깊다. 무엇인가를 내려놓고 더 내려놓아 더 이상 바랄 게 없는 무상무념의 경지를 느끼게 한다. 요즘 같은 속도의 시대에 자신을 돌아보고 느림 속에서 모든 것을 성찰하게 해주는 곡이다.

베토벤은 이 작품의 마지막 악보에 이렇게 적어놓았다.

영원한 평화 위에(Above Eternal Peace)
이사크 일리치 레비탄(Isaak Il'ich Levitan), 1894년, 캔버스에 유채
러시아 모스크바, 트레차코프 미술관 소장

꼭 그래야만 했을까?

꼭 그래야만 했지!

Muss es sein?

Es muss sein!

그는 무슨 의미로 이 글을 적어놓았을까? 자신만의 사랑으로 끝까지 간직한 안토니와의 관계를 말하는 것일까? 가혹한 운명을 딛고 선 것을 말하는 것일까?

베토벤 자신 외에는 아무도 모를 일이다. 어쨌든 우리에게도 이 문구는 결단의 순간마다 중요한 암시를 준다. 자유는 결단이고, 그 결단은 어쩌면 우주보다 더 무겁고 고독할 수도 있다. 그래도 결단해야만 한다. 그리고 그 결단을 생이 끝나는 순간까지 존중해야만 한다.

이즈음 베토벤은 생명이 오래 남지 않았음을 직감하고 있었다. 이듬해 3월 26일, 봄이 완연한데 철 지난 흰 눈이 소복이 내리며 천둥까지 쳤다. 병상에서 폐렴에 시달리던 베토벤은 주치의의 손을 놓았다.

"이제 희극은 끝났다."

그는 이 말 한마디를 남기고 57년의 파란만장한 생을 마감했다. 베토벤의 육신이 지상을 떠나는 날에는 빈의 모든 학교가 임시 휴교를 했고, 수만 명이 모여 그의 마지막 가는 길을 지켜보았다.

베토벤은 불과 26세의 나이에 귀에 이상이 생긴 이후 30년 동안 적막한 공간으로 변해가는 세상에 살면서 피아노 소나타 32곡, 첼로 소나타 5곡 등의 작품을 작곡하며 인류 예술사에 최고의 감동과 승리의 기록을 남겼다. 그래서 결국 인류의 보배 같은 작곡가가 되었지만, 일생 동안 사랑하는 연인과는 한 번도 살아보지 못했다.

베토벤 전기를 쓴 로맹 롤랑Romain Rolland은 "신이 인류에게 범한 죄라면 베토벤의 귀를 제거한 것"이라고 했다. 베토벤은 바로 그 신의 저주를 이겨냈다.

세계적인 뉴에이지 뮤지션 어네스토 코르타자르Ernesto Cortazar가 베토벤에게 헌정한 〈베토벤의 침묵〉을 들어보자. 베토벤의 고요히 빛나는 정신세계에 자신도 모르는 애상과 함께 평화가 아무 조건 없이 다가올 것이다.

차이콥스키

그 사람 내 눈에만 보여요

땔감을 모으는 겨울 풍경(Faggot Gatherers in a Winter Landscape)
프레데리크 마리아누스 크루즈만(Frederik Marianus Kruseman), 1853년
패널에 유채, 26.4×34.9cm, 개인 소장

Pyotr Ilich
Tchaikovsky

낭만주의 대작곡가 표트르 일리치 차이콥스키Pyotr Ilich Tchaikovsky(1840~
1893)의 삶은 얼마나 낭만적이었을까?

차이콥스키의 3대 발레 음악인 〈백조의 호수〉, 〈호두까기 인형〉, 〈잠
자는 숲속의 미녀〉와 6개 교향곡을 들어보라. 슬라브적인 깊은 애수
와 열광이 세련되게 절충돼 있다. 독일 낭만파의 기법을 러시아 특유의
정취에 융합한 것이다. 그의 음악에는 극적인 정서적 긴장이 대치되는
가운데 매우 절제되고 세련된 서정적 몽상이 힘차게 표현되고 있다.

발레 음악을 예술작품으로 격상시킨 사람도 바로 차이콥스키였다.
원래 발레는 이탈리아에서 시작돼 프랑스를 거쳐 러시아에 들어왔으
며, 이때만 해도 주로 무용의 반주 역할에 머물러 있었다.

차이콥스키는 생전에 이미 러시아 음악의 대표로서 유럽 등 서구사

회를 자신의 음악으로 진동시키며 주옥같은 작품을 남겼다. 하지만 그의 삶은 그다지 낭만적이지 못했다. 사회적 편견이 그의 내밀한 성향을 짓눌렀기 때문이다. 그는 호텔에서 갑작스레 죽었는데, 사인은 전염병으로 알려졌지만 사실 독극물을 마시도록 강요당해 벌어진 일이었다.

차이콥스키는 왜 그런 비극을 강요당했을까? 동성애 성향 때문이었다. 개인의 성향을 사회가 종교라는 이름으로, 통치라는 명분으로 집요하게 간섭하면서 그는 평생 고뇌 속에서 살아야 했다.

단 한 번 공개된 사랑

차이콥스키는 러시아 우랄 지방 봇킨스크의 광산지역에서 태어났다. 아버지는 광산의 감독관이었고, 어머니는 프랑스에서 망명 온 귀족의 딸이었다. 특히 어머니의 섬세한 정신은 차이콥스키에게 유전되었다.

어느 날 아버지가 집 안에 오르간을 들여놓았는데, 어린 차이콥스키가 공부는 안 하고 오르간 반주 연습만 하자 오르간을 치지 못하게 했다. 그러자 차이콥스키는 유리창을 두드리며 건반 연습을 하다가 유리창이 깨지는 바람에 손가락을 다쳤고, 이를 본 어머니가 아버지를 설득해 그때부터 피아노 레슨을 받게 된다.

아버지는 차이콥스키가 권력 있는 관료가 되기를 바랐다. 그래서 법률학교로 보냈고, 차이콥스키는 학교를 졸업한 뒤 법무성의 사무관으로 취직했지만 음악에 대한 동경을 접지 못했다. 결국 3년 만에 사표를

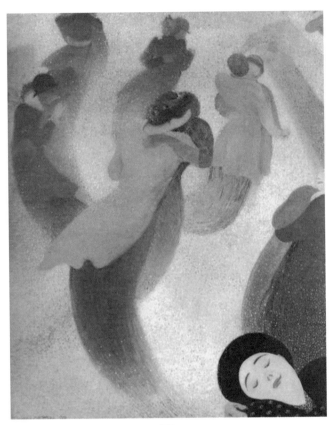

왈츠
펠릭스 발로통(Felix Vallotton), 1893년, 캔버스에 유채, 50×60.5cm, 개인 소장

내고는 마침 안톤 루빈시테인Anton Rubinshtein(1829~1894)이 상트페테르
부르크에 연 음악원에 입학했다. 그리고 음악원을 졸업한 뒤 25세 무
렵 모스크바음악원의 화성학 교수로 부임했다.

　차이콥스키의 아버지는 이때까지도 아들이 음악가의 길을 걷는 것
을 탐탁히 여기지 않았다. 어머니는 11년 전 콜레라로 세상을 떠났기

때문에 청년 차이콥스키의 외로움을 달래줄 사람은 아무도 없었다.

이때부터 차이콥스키는 왈츠 음악에 관심을 가진다. 왈츠 음악을 만들 때마다 춤추는 장면을 생각하며 모든 시름을 잊은 것이다. 그는 자신이 작곡한 모든 장르의 음악에 왈츠를 즐겨 사용했다.

26세가 되던 1866년에 차이콥스키는 교향곡 1번을 작곡했다. 이 교향곡에는 〈겨울날의 백일몽Winter Daydreams〉이라는 부제가 붙어 있다. 역시 눈 덮인 겨울 풍경에 익숙한 러시아 음악가답다. 해 저문 지평선 너머로 눈보라가 휘몰아치고 그 속을 뚫고 지나가는 고독한 나그네의 모습이 음률 속에 담겨 있다. 무더운 여름날이나 스트레스에 짓눌릴 때 또는 아주 좋은 일이 생겨 마음을 진정시키고 싶을 때 듣기 좋은 곡이다.

낮에는 학교 강의로, 밤에는 창작으로 시간을 보내던 차이콥스키에게 일생 동안 단 한 번 이성으로 사랑한 운명의 여인이 나타난다. 1868년 봄에 공연 차 모스크바에 온 프리마돈나 데지레 아르토Desirée Artot(1835~1907)가 그 주인공이다.

차이콥스키는 먼저 다섯 살 연상인 그녀의 가창력에 매료되었고, 자주 만나며 정이 들어 결혼까지 약속했다. 젊은 차이콥스키는 설레는 가슴으로 그녀를 위한 피아노 소품 〈로망스 F단조〉(Op. 5)를 만들어 헌정했다.

이 곡은 장엄하고 비장한 〈겨울날의 백일몽〉에 비해 일단 밝고 환하다. 추운 겨울이 지나고 아지랑이 피어오르는 봄날 아련히 누군가를 떠올리는 곡이다. 사랑을 나누던 데지레 아르토에게 헌정한 곡답게 차이콥스키의 순정 어린 고백이 담겨 있다. 그래서 이 곡을 들으면 순수하게 나눈 첫사랑을 떠올릴 수밖에 없고, 설령 그런 사랑이 없었다 해도 있었던 것 같은 기시감에 빠져들게 된다.

그해 12월, 차이콥스키는 아버지에게 데지레 아르토와의 결혼 결심을 밝힌다.

> 그녀를 온몸과 마음을 다해 사랑해요.
>
> 물론 그녀도 절 사랑하죠. 앞으로 그녀 없이는 못 살 것 같습니다.
>
> 그런데 이상합니다. 왜 주위에서 다들 결혼을 말리는지…….

그 뒤 차이콥스키는 아르토와 약혼을 하고 결혼 날짜까지 정했다. 그는 날마다 설레는 마음으로 결혼을 준비하며 기다렸지만, 아르토는 별 이유 없이 결혼 날짜를 연기했다. 1869년 봄, 몇 번이나 결혼 날짜를 연기했던 아르토가 한마디 말도 없이 같은 오페라단의 남자와 결혼을 해버렸다.

내성적이고 예민한 성격의 차이콥스키는 결혼식을 기다리던 아버지와 주변 지인들에게 아무 말도 하지 못한 채 사색이 되었다. 이렇게 어처구니없이 첫사랑에게 배신당한 뒤 그는 아예 결혼에 대한 생

데지레 아르토의 초상화

각 자체를 접었다. 그리고 이때부터 이성에 대한 관심도 증발해버렸다.

하지만 허전함을 달랠 수 없고 뭔가가 더 그리웠다. 그래서 독일의 대문호 괴테의 시 〈첫사랑〉에 곡을 붙여 〈그리움을 아는 자만이〉(Op. 6)라는 제목을 달았다. 이 곡은 러시아 가곡 가운데 가장 대중적인 작품으로 꼽힌다.

'그리움Sehnsucht'은 괴테가 즐겨 사용한 시어詩語로 이후 독일인들에게 가장 멋진 말이 되었다. 우리말 그리움은 '그리다'에서 왔다. "동그라미 그리려다 무심코 그린 얼굴"이라는 대중가요 가사처럼 그리움은 나도 모르게 어떤 세상을 그리는 것이다. "오직 그리움을 아는 자만이 내 깊은 고뇌를 이해한다"로 시작하는 이 가곡을 듣다보면 가슴 한구석이 먹먹해진다.

생애 최대의 실수, 마음에도 없는 결혼

결혼식을 앞두고 순수하기만 했던 첫사랑에게 배신당한 차이콥스키. 그는 원래 양성애적 성향이었던 것 같다. 이성에게 처절한 배신을 당한 뒤로는 동성에게 더 호감을 갖기 시작한다.

음악원 교수로 역임한 지 9년째 되던 1874년, 그는 피아노 협주곡 1번(Op. 23)을 완성했다. 먼저 음악원 원장 니콜라이 루빈시테인에게 보여주었는데, "상식도, 독창성도 없는 졸작"이라는 혹평을 들었다. 이에 기분이 상한 차이콥스키는 이 곡을 독일의 유명한 지휘자 한스 폰 빌로Hans von Bülow(1830~1894)에게 보냈다.

루빈시테인과는 달리 뷜로는 "경이롭고 독창적인 곡"이라며 칭찬했다. 그때 마침 미국 보스턴으로 초청 공연을 가게 된 뷜로는 이 곡을 교향악단과 협연해 큰 성공을 거두었다. 또한 이 곡으로 전설이 된 연주가 있는데, 바로 블라디미르 호로비츠Vladimir Horowitz(1903~1989)가 주인공이다.

1926년, 호로비츠는 어느 연주회에서 갑자기 불참한 여성 피아니스트 대신 무대에 올라 차이콥스키의 피아노 협주곡 1번을 연주하고 경이로운 찬사를 받았다. 그 뒤 그는 유럽 각 도시에서 연주회를 열었고, 마침내 미국에서도 데뷔해 가는 곳마다 큰 반향을 불러일으켰다.

호로비츠는 평생 차이콥스키의 피아노 협주곡 1번을 즐겨 연주했다. 그의 음반을 들어보면 당시 미국인들이 러시아에서 온 멋진 청년의 다이내믹한 터치와 극적인 기교에 열광한 이유를 알 수 있다.

한편, 국제적으로 명성이 높아질수록 차이콥스키는 사생활에 더욱 신경을 써야 했다. 당시 그는 모스크바 게이클럽에서 은밀히 활동하고 있었는데, 그 시기 러시아에서는 동성애자라는 낙인이 찍히면 어떤 활동도 할 수 없었다.

이런 상황에서 아홉 살 연하의 제자 안토니나 밀류코바Antonina Miliukova가 열렬히 구애를 해왔다. 하루는 수업이 끝난 뒤 밀류코바가 차이콥스키에게 야무지게 말했다.

"교수님, 저와 결혼해주지 않으면 죽어버릴 거예요."

그 뒤로 밀류코바는 차이콥스키가 어디를 가든 그림자처럼 따라붙었다.

신혼여행 중의 차이콥스키와 안토니나
밀류코바(1877년)

그러잖아도 동성애자라는 소문이 돌아 곤혹스럽던 터에 37세의 노총각이 누구나 연모하는 미녀 밀류코바를 거절한다면 동성애자라는 소문이 더 확산될 게 뻔했다. 이미 이성에게 마음의 문을 닫은 차이콥스키였지만, 러시아에서 음악을 계속하려면 결혼을 해야만 하는 상황이었다.

1877년 7월 18일, 차이콥스키는 결국 마음에도 없는 결혼을 했다. 그는 신혼여행을 떠나면서 아내에게 부탁했다.

"내게 친오빠의 애정 이상은 기대하지 마시오. 당신과 성적인 사랑은 나눌 수 없소."

밀류코바는 그저 웃기만 할 뿐이었다. 자신이 노력하면 얼마든지 좋은 부부가 될 수 있다고 믿었던 것이다. 그녀는 욕정도 강했고 거칠었다. 무엇보다 차이콥스키의 아이를 꼭 갖기 위해 온갖 노력을 기울였다. 하지만 차이콥스키가 여전히 목석처럼 굴자 밀류코바는 공개적으로 남편을 비난하고 나섰다. '성적 무능자'라 힐난하고 비웃으며 상스러운 소리를 퍼붓기 시작한 것이다.

워낙 수줍음이 많았던 차이콥스키는 밀류코바가 시도 때도 없이 상스러운 소리를 퍼부어대자 신경이 더 예민해져 아내와 한 방에 있는 것조차 견딜 수 없을 정도였다. 그는 친구들에게 자신의 신혼생활이 '심리적인 지옥'이라고 털어놓았다. 며칠 후 차이콥스키는 이대로는 도저히 아내에게서 벗어날 수 없으리라는 생각에 그만 강물에 뛰어들고 말았다.

다행히 근처를 지나던 농부에게 발견돼 온몸이 얼어붙은 채 간신히 구출되었다. 얼어붙은 채 집으로 돌아온 차이콥스키는 동생들에게 거짓 전보를 보내달라고 부탁했다. 그는 그 전보를 아내에게 보여주고는 간신히 집을 빠져나와 파리로 도망쳤다. 이로써 결혼생활은 끝났지만, 밀류코바는 법적 이혼에 동의해주지 않은 채 다른 남자와의 사이에서 아이까지 낳았다. 그러면서도 그녀는 차이콥스키에게서 꼬박꼬박 생활비를 받아냈다.

당시 차이콥스키는 제네바 호반에 머무르며 교향곡 4번 F단조(Op. 36)를 작곡했다. 4번은 차이콥스키의 6개 교향곡 가운데 가장 변화가 많은 곡으로 현란하고 격정적이다. 막다른 골목에 몰린 차이콥스키의 고뇌와 갈등이 반영되어 있다. 또한 베토벤의 교향곡 5번 〈운명〉과 비교해 차이콥스키의 운명 교향곡이라고도 불린다.

교향곡 4번은 자기 의지와 관계없이 눈앞에 닥친 운명의 마수 앞에서 외로이 방황하는 모습을 그리고 있다. 그런데도 냉혹한 운명을 압도하듯 곡 전반에 활력이 넘친다. 4악장에서는 오케스트라가 이 가혹한 운명을 야유라도 하듯 명랑하고 빛나는 색채감으로 피날레를 장식한다.

이 작품을 쓰기 시작했을 때 차이콥스키는 거의 빈털터리였는데, 어느 부유한 여성의 후원으로 완성할 수 있었다. 교향곡 4번은 1878년 2월 모스크바에서 루빈시테인의 지휘로 초연돼 크게 성공을 거두었다.

지나가는 소나기(A Passing Shower)
조지 이네스(George Inness), 1860년, 캔버스에 유채, 258.06×167.64cm
미국 뉴욕, 캐너조해리 라이브러리 & 아트 갤러리 소장

미망인 폰 메크와의 사이에서 태어난 〈백조의 호수〉

차이콥스키가 결혼생활에 지칠 대로 지친 채 무일푼으로 제네바의 호반에서 지낼 때 몰래 도와준 여인이 있다. 바로 러시아 철도왕의 미망인 나제시다 폰 메크Nadjeshda von Meck(1831~1894)다. 그때부터 두 사람의 이상야릇한 관계가 시작된다.

폰 메크 부인은 차이콥스키보다 아홉 살 연상으로 러시아에서 최초로 개인발전기를 두고 전깃불을 밝힐 정도로 부유했다. 그녀는 각지에 많은 영지를 두고 그곳을 순회할 때마다 그 지역의 작곡가를 초대해 연주 듣는 것을 좋아했다. 하지만 남편이 죽은 뒤로는 사교계와 발을 끊고 오직 열두 자녀를 보살피는 일에 집중했다.

그러던 어느 날, 윌리엄 셰익스피어William Shakespeare의 작품을 소재로 한 차이콥스키의 〈템페스트The Tempest〉를 우연히 듣게 된다. 폰 메크 부인은 당시를 이렇게 고백한다.

그 환상곡을 들으며 공허했던 자신을 잊은 줄도 모르고 잊었다. 비로소 곡이 끝난 뒤에야 잊어버린 나를 발견할 수 있었다.

그때부터 폰 메크 부인은 차이콥스키를 흠모하며 그 유능한 작곡가가 오직 작품에만 몰두할 수 있게 힘껏 후원하고 싶어 했다. 그녀는 측근에게 부탁했다.

"이렇게 탁월한 재능을 지닌 사람이 인류문명에 기여할 수 있게 내가 후원하고 싶어."

후원 조건은 단 한 가지였다. 직접 만나지 않되, 모든 소식은 편지로만 주고받아야 한다는 것.

이렇게 해서 폰 메크 부인은 1876년부터 해마다 6천 루블을 차이콥스키에게 지급하기 시작했다. 두 사람은 음악과 예술과 삶에 대한 의견을 편지로 나누기 시작했고, 그렇게 14년 동안 주고받은 편지가 1,200여 통이나 된다. 고독과 우수의 작곡가 차이콥스키에게 폰 메크 부인의 정이 듬뿍 담긴 편지와

나제시다 폰 메크

경제적 후원은 말할 수 없이 큰 힘이 되었다.

그런데 편지가 오갈수록 폰 메크 부인의 글에 점점 애정이 묻어나기 시작한다. 어느새 정이 들어 연애편지처럼 발전한 것이다. 차이콥스키는 그런 편지를 받을 때마다 지인들에게 이렇게 실토했다.

"나도 부인의 연애 감정에 어울리는 답장을 보내야겠는데, 어떻게 써야 할지 도통 감이 안 오네."

폰 메크 부인 또한 차이콥스키가 차츰 좋아지자 혹시 만나게 되면 감정을 감추지 못해 스캔들이 날 것을 우려했다. 그래서 파리나 피렌체 등을 여행할 때면 차이콥스키에게 미리 일정을 알려 서로 마주치는 일이 없게 했다.

하지만 그렇게 서로 부딪치지 않으려고 조심하던 두 사람이 딱 한 번, 그것도 우연히 시골길에서 마주친 적이 있다. 이미 사진을 여러 번 주고받았으므로 서로를 한눈에 알아본 두 사람은 깜짝 놀라 한동안 그대로 멈춰 서 있었다. 그렇게 말없이 바라보다가 차이콥스키가 모자를 벗어 예의를 표하자 폰 메크 부인은 곧장 마차에 올라타고 떠났다.

그 일이 있고 나서 폰 메크 부인은 먼 여행을 떠날 때면 차이콥스키를 자신의 저택에 초대했다. 마주치면 격정이 일 것 같아 자신이 자리를 비운 거실에 다녀가게 한 것이다. 차이콥스키는 폰 메크 부인의 거실에서 혼자 며칠을 보내기도 했다. 그동안 부인의 체취에 빠졌고, 차이콥스키가 떠난 뒤 여행에서 돌아온 부인은 그가 남긴 흔적을 보고 기뻐했다.

이 무슨 이해할 수 없는 상황이란 말인가?

연애편지
장 오노레 프라고나르(Jean-Honoré Fragonard), 1770년경, 캔버스에 유채, 67×83.2cm
미국 뉴욕, 메트로폴리탄 미술관 소장

　부인은 이미 차이콥스키를 한 남성으로 그리워하고 있었지만, 차이콥스키가 동생애자라는 소문을 들었기 때문에 먼발치에서 바라보는 데 만족했다. 그렇게 하는 것이 두 사람의 관계 유지에 더 좋을 것으로 판단했던 것이다.

　폰 메크 부인은 자신이 차이콥스키에게 에로스를 추구할수록 정신적 교감은 곧 고갈되리라는 것을 알고 있었다. 그래서 거리를 둔 채 그리움만 교환하는 선에서 머무르려 했다. 그 그리움의 공간 안에서 차이콥스키가 인류를 감동시키는 작품을 만들 수 있게 격려한 것이다.

폰 메크 부인은 차이콥스키에게 교수를 아예 그만두고 작곡에만 몰입하라고 편지를 보냈다. 그리고 차이콥스키가 그 말에 따르자 교수 연봉의 10배를 보내기 시작했다.

19세기 러시아 귀족들에게는 예술가를 후원하는 일이 큰 보람이었고, 예술가들은 그에 대한 보답으로 후원 귀족에게 작품을 헌정했다. 만일 그 작품이 성공할 경우 후원 귀족은 예술가와 동등한 찬사와 명예를 누렸다.

차이콥스키가 폰 메크 부인과 인연이 닿아 연금을 받기 시작한 그해에 〈백조의 호수〉가 탄생한다. 〈백조의 호수〉는 중세 독일의 전설을 재구성한 작품이다.

어느 나라의 왕자 지크프리트가 성년이 되자 왕비가 왕자의 배필을 정하기 위해 무도회를 개최하기로 한다.

그 무렵 사냥을 떠났던 지크프리트 왕자는 하늘을 나는 백조 무리를 쫓다가 호수에 다다른다. 어느덧 날이 저물어 어두워지자 호수를 건넌 백조들은 모두 아름다운 처녀로 변신한다. 이들은 악마의 마법에 걸려 낮에는 백조가 되고 밤에만 사람으로 변하게 된 것이다. 백조 무리를 이끄는 오데트 공주가 전하는 슬픈 이야기를 들으며 왕자는 어느새 오데트 공주를 사랑하게 된다.

공주가 왕자에게 말한다.

레프 이바노프가 안무한 볼쇼이 발레단의 〈백조의 호수〉(모스크바, 1901년)

"마법이 풀리려면 한 사람의 변치 않는 사랑을 받아야만 한답니다."

그 말대로 왕자는 공주에게 진정한 사랑을 준다. 마침내 악마는 패배하고 두 사람은 멋진 사랑의 보금자리를 꾸민다.

아내의 치졸한 이혼 요구와 〈잠자는 숲속의 미녀〉

그렇다면 폰 메크 부인에 대한 차이콥스키의 감정은 어땠을까?

폰 메크 부인은 클로드 드뷔시Claude Debussy도 후원했지만, 그것은 그를 자신의 전속 피아노 연주자로 고용한 대가였다. 이와는 달리 차이콥스키에게만큼은 별다른 조건이 없었다. 음악가에게 좋은 음악을 만들라는 조건은 사실 조건이라 할 수도 없다.

차이콥스키가 그 보답으로 교향곡 4번을 작곡하며 보낸 편지가
있다.

이 곡을 당신에게 바칩니다.
이 곡 속에 당신을 깊이 생각하는 제 마음과 좋아하는 감정이 담겨
있습니다.

차이콥스키는 교향곡 표지에 '가장 친애하는 나의 벗에게'라고 적었
다. 자신을 좋아하고 자신도 좋아하는 여인이었지만 그녀에게 벗이라
고 불러야만 하는 묘한 심리가 편지 내용과 표지에 중첩돼 있다.

차이콥스키와 폰 메크 부인이 어느덧 우정도 연인도 아닌 채 달달한
사이가 되어갈 무렵, 이를 눈치챈 밀류코바가 이혼을 요구하기 시작했
다. 그 당시 러시아에서는 이혼사유가 엄격히 제한돼 있었다. 만일 차이
콥스키가 이혼을 한다면 동성애가 부각되는 동시에 폰 메크 부인과의
묘한 관계도 사회적으로 이슈가 될 형편이었다.

할 수 없이 차이콥스키는 많은 돈을 주고 밀류코바를 달래야만 했
다. 거기에 맛들인 밀류코바는 돈이 필요할 때마다 이혼을 들먹이며 협
박했고, 차이콥스키는 다행히 폰 메크 부인이 주는 연금으로 버텨낼
수 있었다.

걸핏하면 이혼을 요구하는 아내에게 돈을 빼앗기면서도 차이콥스
키는 1889년에 걸작 가운데 하나인 〈잠자는 숲속의 미녀The Sleeping
Beauty〉(Op. 66)를 완성한다. 이 작품은 유별날 정도로 화려한 왈츠.

잠자는 숲속의 미녀
에드워드 번 존스(Edward Brune-Jones)

민첩한 다리와 우아한 자세를 위한 발레 음악인데, 17세기 프랑스 동화작가 샤를 페로Charles Perrault의 동화에서 소재를 얻었다.

오로라 공주가 태어난 지 100일째 되는 날 축하파티가 열린다. 파티에 초대받지 못한 붉은 요정 카라보스는 이에 앙심을 품고 오로라 공주에게 열여섯 살이 되면 가시에 찔려 죽을 것이라고 저주를 퍼붓는다.

이를 안 라일락 요정이 재빨리 저주를 약화시켜 백 년간 잠들게 하고, 어떤 왕자가 나타나 키스하면 깨어나도록 주문을 건다. 공주는 열여섯 생일날 장미 꽃다발을 선물받고 그 장미 가시에 찔려 잠들게 되며 왕실도 그대로 멈춘다.

그 뒤 백 년 동안 카라보스 요정과 쥐들이 이 왕국을 지배한다. 백

년째 되던 날, 숲속으로 사냥을 나간 데자이어 왕자에게 라일락 요정과 다섯 요정이 나타난다. 왕자는 요정들의 보랏빛 향기를 따라 왕궁으로 간다. 그리고 궁 안에 가득한 가시덤불을 헤치고 들어가 잠든 오로라 공주에게 달콤한 키스를 건넨다. 순간 백 년간의 마법이 풀리며 오로라 궁주가 눈을 뜨고, 뒤이어 왕궁 사람들도 기지개를 켜며 일어난다.

〈잠자는 숲속의 미녀〉는 미국과 유럽에서 공연돼 큰 호평을 받았다.

폰 메크 부인, 이 음악 〈피렌체의 추억〉을 들어봐요

쉰 살이 되던 해인 1890년, 차이콥스키는 로마 북서쪽 아르노 강변의 피렌체에 머무르고 있었다. 이 도시는 15세기 초부터 메디치 가문이 권력을 잡고 통치하면서 이탈리아 르네상스 문화의 중심이었던 만큼 기념비적인 건축물이 많다.

차이콥스키도 피렌체의 풍경에 도취돼 비올라, 첼로의 선율에 그 감흥을 담는다. 그 곡은 이미 3년 전부터 악상을 스케치하고 있던 〈피렌체의 추억〉이다. 차이콥스키만의 고유한 감성이 녹아 있어 깊어가는 가을에 듣기에 제격이다.

그는 〈피렌체의 추억〉을 완성한 뒤 가장 먼저 폰 메크 부인을 떠올렸다.

'그녀와 이 멋진 곳에서 함께 보낼 수 있다면……. 음악을 알고, 세상을 알고, 형편을 이해해주는 그녀와 단 하루라도 이야기꽃을 피워봤으

베로니카 베로네세
단테 가브리엘 로제티(Dante Gabriel Rossetti), 1872년, 캔버스에 유채, 88.9×109.2cm
미국 델라웨어, 델라웨어 미술관 소장

면……'

하지만 곧 부질없는 바람임을 알고 고개를 저으며 폰 메크 부인에게

보낼 악보를 포장했다.

굳이 연주회장까지 가지 않고 실내악만으로 연주해도 충분히 들으

실 수 있게 만들었습니다.

그 무렵 예순이 다 된 폰 메크 부인은 병약해져서 외출을 삼가고 있었다. 부인은 차이콥스키의 권고대로 저택에 실내악단을 초청해 이 곡을 연주하게 했다. 현악 6중주의 이 감성 충만한 곡을 듣고 부인은 차이콥스키가 자신을 소울메이트로 여기고 있다는 것을 확연히 느꼈다.

'도대체 어쩌잔 말인가? 남아 있는 날은 점차 줄어드는데 언제까지 정신적인 사랑만……. 하나가 되길 원하는 마음이 날로 간절해지면서도 혹시 마주칠까봐 피해 다녀야 하다니…….'

정원에서 〈피렌체의 추억〉이 연주되는 가운데 폰 메크 부인은 차이콥스키가 머물렀던 자신의 침실로 갔다.

그대를 직접 대면하고 싶어요. 그대의 숨결을, 웃음을, 눈빛을 내 코 앞에서 느껴보고 싶어요. 하지만 그런 만남이 왜 이리 두려운지…….

차라리 만나지 않는 것이 좋겠죠. 당신의 음악 속에서 당신의 모습을 그리는 것으로 만족하겠어요.

부인은 이 글을 적어 봉투에 넣었지만 차마 부치지 못한 채 서랍 깊숙이 넣어두었다.

〈호두까기 인형〉과 이해할 수 없는 작별

그즈음 차이콥스키는 발레 음악 〈호두까기 인형〉을 내놓아 선풍을 일으키고 있었다. 이 발레는 독일 작가 호프만의 동화 《호두까기 인형과 쥐의 왕〉을 프랑스 작가 알렉상드르 뒤마가 각색한 것이다. 차이콥스키는 〈호두까기 인형〉의 대본을 읽고는 마치 자신과 폰 메크 부인의 이야기 같다고 생각했다.

크리스마스 전날 밤, 소녀 클라라는 못생긴 호두까기 인형을 선물로 받는데, 오빠 프리츠의 짓궂은 장난으로 인형이 망가지고 만다. 클라라는 그 인형을 안고 울다가 지쳐 잠든다. 한밤중에 어디선가 쥐떼가 나타나 클라라를 습격하자 호두까기 인형이 이를 물리친다. 그러자 마법이 풀리면서 호두까기 인형이 늠름한 왕자로 변해 클라라에게 인사한다. 왕자는 클라라를 요술나라로 데려가고, 그곳에서 두 사람의 성대한 결혼 축하 파티가 열린다. 그런데 이 모든 것은 클라라가 꾼 꿈이다.

이 환상적인 작품은 뉴욕 카네기홀에서 공연돼 호평을 받았고, 미국 전역에서 순회공연 요청이 빗발쳤다.

〈호두까기 인형〉(1892년)

그 직후 폰 메크 부인에게서 짤막한 편지가 도착했다.

나를 아주 잊지는 말고, 가끔씩만 기억해주세요. 재정상태가 예전 같지 못해요.

그러고는 연락이 완전히 끊겼다. 1년 치 후원금을 마지막으로 후원금도 더 이상 오지 않았다. 그동안은 차이콥스키가 드물게 편지를 보내면 폰 메크 부인 쪽에서 재촉을 하곤 했다.

당신의 편지를 받지 못하면 한없이 쓸쓸해져요.
당신 편지를 들고 있는 동안 내가 얼마나 행복한지 당신도 이해해주리라 믿어요.

그러던 부인이 아무리 편지를 보내도 감감무소식이었으니 차이콥스키가 충격에 빠진 것은 당연했다. 그는 지난 14년 동안 자신도 모르게 폰 메크 부인을 태산같이 의지하고 있었던 것이다.

모든 것이 오해였어요

차이콥스키는 폰 메크 부인이 자신과 이루어질 수 없는 사이라는 것을 알면서도 달빛처럼 일관되게 비쳐주다가 왜 그렇게 갑작스레 떠났는지 알아보기 위해 백방으로 노력했다. 마침내 진실을 알게 되었는데, 재정이 어려워졌다는 말은 거짓이었다. 사실 폰 메크 부인의 가족은 "동성 애로 의심받는 사람과 계속 교제하면 사회적 평판이 나빠진다"며 차이 콥스키와의 관계 단절을 강하게 압박하고 있었다.

그런데 이것은 표면적인 이유일 뿐 속사정은 달랐다. 폰 메크 부인의 자녀들은 어머니가 차이콥스키에게 깊이 빠져 결혼이라도 하게 되면 유산이 대폭 줄어들 것을 우려했다. 그래서 자녀와 며느리, 바이올리니 스트 사위까지 나서서 관계 단절을 종용했고, 심지어 두 사람이 주고 받는 편지까지 감시하기 시작했다.

그래도 폰 메크 부인이 반응을 보이지 않자 차이콥스키의 동성애를 공론화하겠다고 압박했다. 그렇게 되면 차이콥스키는 중죄인이 돼 시 베리아로 유형을 떠날 것이었기 때문에 부인은 어쩔 수 없이 가족이 보 는 앞에서 차이콥스키에게 절교 편지를 썼던 것이다.

이런 사정을 알 길 없었던 차이콥스키는 단지 재정문제 때문에 자신 과 단절한 폰 메크 부인을 쉽사리 이해할 수도 용서할 수도 없었다.

외로움에 떨던 자신을 조건 없이 받아준 여인이 아니던가. 그녀의 도 움으로 크게 성공했고, 주위에 많은 사람이 몰려들었다. 하지만 그들 은 자신의 명예를 보고 온 사람들이다. 그녀에게 바란 것은 물질이 아 니라 정신적 유대였다. 차이콥스키는 이런 마음을 몰라주는 그녀가 야 속하기만 했다.

그런데 폰 메크 부인이 가족 앞에서 절교 편지를 쓰고 나서 차이콥 스키에게 전후 사정을 알리는 편지를 쓰지 못한 데는 이유가 있었다. 손에 마비가 온 데다 결핵까지 심해져 자녀들이 곁에서 지키는 바람에 대필도 어려웠던 것이다. 차이콥스키는 그것도 모르고 배반감의 비애에 휩싸였고, 두 사람의 기묘한 사랑은 이렇게 오해로 끝나고 만다.

심약한 차이콥스키는 폰 메크 부인의 절교 편지를 받고 어머니를 잃었을 때보다 더 크게 충격을 받았다. 인간은 정신적 존재여서 육체적 연인보다 심적 연인과의 단절이 더 큰 고통을 야기한다. 차이콥스키는 고독에 몸부림쳤고, 그 몸부림이 손끝에 전달돼 비탄과 격정, 번민과 인간에 대한 동정을 담은 선율이 탄생한다.

그 작품이 바로 지금도 클래식 팬들이 가장 선호하는 교향곡 6번 〈비창悲愴〉이다. 이 작품은 차이콥스키의 지휘로 1893년 10월 28일 상트페테르부르크에서 초연되었다.

그 직후 차이콥스키가 한 귀족의 조카와 교제한다는 소문이 돌았다. 이 귀족은 가문의 수치라며 황제에게 투서를 했고, 차이콥스키의 법률학교 동창인 법무부의 고위관료 6인이 비밀리에 명예법정을 열었다. 여기서 차이콥스키는 자살과 유형 중에서 선택할 것을 강요받았다. 11월 6일, 그는 결국 치사량의 비소가 든 물을 마셔야 했다. 차이콥스키는 임종 직전 격렬한 목소리로 폰 메크 부인의 이름을 부르고 또 불렀다고 한다.

정부 당국은 국민 음악가였던 차이콥스키의 사인을 콜레라로 발표했다. 그 당시 모스크바에 콜레라가 유행하고 있었기 때문이다. 결국 차이콥스키는 폰 메크 부인과 관계를 끝낸 지 3년째 되던 해에 세상을 떠났고, 폰 메크 부인도 차이콥스키가 죽은 지 몇 달 뒤에 죽음을 맞았다.

저녁의 대로(Boulevard in the Evening)
이사크 일리치 레비탄(Isaak Il'ich Levitan), 1883년, 캔버스에 유채,
아르메니아 예레반, 아르메니아 국립 미술관 소장

차이콥스키의 장례식은 국장으로 치러졌다. 수많은 팬들이 관에 누운 차이콥스키에게 작별의 키스를 보냈다. 일주일 뒤인 11월 18일, 〈비창〉의 두 번째 공연이 열렸다. 1악장이 시작되고 낮은 음의 현악기가 울리며 인간이라는 조건, 세상이라는 이름으로 잠재될 수밖에 없는 모든 비애가 선율 속에 흘러가자 관객들이 흐느끼기 시작했다. 무거운 적막감이 감도는 4악장이 끝났지만, 비탄에 잠긴 관객들은 자리를 뜨지 못했다.

쇤베르크

달빛에 취한 피에로, 바람난 아내를 붙들고 무조음악을 만들다

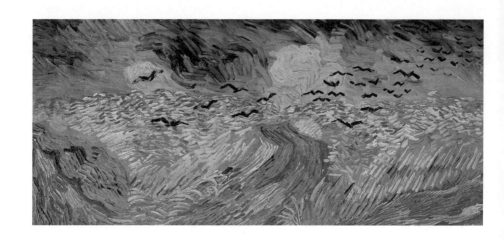

까마귀가 있는 밀밭
빈센트 반 고흐(Vincent van Gogh), 1890년, 캔버스에 유채, 101×51cm
네덜란드 암스테르담, 암스테르담 시립 박물관 소장

Arnold
Schönberg

인생에도 딱 정해진 답이 없듯 예술에도 정답은 없다. 이것을 음악에서 확실히 보여준 사람이 아르놀트 쇤베르크Arnold Schönberg(1874~1951)다.

만약 자신만의 길을 걷는다고 혹독한 비판을 받고 있다면 쇤베르크를 잠시 생각해보라. 음악역사를 통틀어 쇤베르크처럼 조롱과 무시를 당한 사람은 없다. 그는 오로지 자신의 고유한 작품 때문에 혹평 세례를 받았다. 비평가들에게 음악이 마치 '악마들의 무질서한 아수라장' 같다는 소리를 들었고, 기존 음악에 익숙한 대중들도 '광란의 몽상가'라고 야유를 보냈다.

쇤베르크는 이런 악조건을 무릅쓰고 자신의 내적 열망에서 나온 예술적 진실을 꾸준히 추구했다. 그러다보니 어느덧 깊은 공감을 이끌어내서 현대음악의 고전이라는 자리를 차지하게 되었다.

아르놀트 쇤베르크의 초상
에곤 실레(Egon Schiele), 1917년
검정색 분필 · 수채, 29.2×45.7cm
미국 뉴욕, 노이에 갤러리 소장

1900~1910년 유럽에서는 각 분야에 걸쳐 지각변동이 일어나고 있었다. 프로이트Sigmund Freud가 인간의 무의식을 발견해《꿈의 해석》을 출간했고, 뒤이어 아인슈타인의 상대성이론이 나와 뉴턴 물리학을 깼으며, 라이트 형제는 첫 비행에 성공했다. 미술에서는 고흐Vincent van Gogh 등이 현대미술에 영향을 주는 작품들을 내놓았고, 칸딘스키Wassily Kandinsky가 자연계와 관계없는 최초의 추상화를 내놓았다.

이런 세기말적 대변동의 상황에서 무명음악가 쇤베르크는 기존의 조성 대신 구성력 있는 기법을 발견하려고 노력했다. 그 결과 철벽처럼 지켜온 화성 개념을 깬 무조음악Atonal Music이 나온다.

하나의 으뜸음을 기반으로 조성되는 화성음악의 아버지가 바흐라면 쇤베르크는 이를 부정한 현대음악의 개척자다. 바흐의 작품에 '도-미-솔'로 대표되는 화성이 반영된 이후 베토벤, 모차르트 등의 음악에서 조성의 전통이 확립되었다.

쇤베르크는 이 전통을 거부했다. 무조음악엔 일정한 D단조, C장조 등이 없다. 한 옥타브 안에 반음을 포함한 12개음(도·도#·레·레#·미·파·파#·솔·솔#·라·라#·시)으로 구성된다. 전통화성학은 7음(도·레·미·파·솔·라·시)을 기초로 하고 그 위에 으뜸음을 둔다. 이 으뜸음이 중심인 으뜸화음(3화음)에 의해 조성이 이루어진다. 이에 비해 무조성 음악은 으뜸음을 피하고 12음을 모두 한 번씩 사용해 음렬을 만든다. 그렇게 되면 12음이 모두 평등해지면서 어떤 음이 나올지 예측할 수 없는 무조음악이 탄생한다. 즉, 무조음악은 인공지능이 나오는 요즘 시기에 적합한 음악이다. 그래서 쇤베르크의 음악은 IT 계통의 인재들과도 꽤 잘 어울린다.

쇤베르크가 무조성의 12음 기법을 창안한 동기는 무엇이었을까? 바로 불구덩이 지옥만큼이나 고통스러웠던 바람난 아내와의 결혼생활이었다. 쇤베르크는 이 고통 속에서 후기 낭만파의 조성을 버리고 무조음악을 작곡하기 시작했다.

그는 또한 알반 베르크Alban Berg, 안톤 폰 베베른Anton von Webern 등

쇤베르크의 공연에 충격을 받은 청중들

탁월한 작곡가를 길러내 제2의 빈악파Wiener Schule(오스트리아 빈을 중심으로 창작활동을 한 작곡가들을 통틀어 일컫는 말)를 주도하기도 했다. 참고로 제1의 빈악파 또는 빈고전파에는 하이든, 모차르트, 베토벤, 슈베르트 등이 포함된다. 쇤베르크는 독일의 시와 예술의 표현주의를 지향했으며, 미국으로 망명한 뒤에는 전위작곡가 존 케이지John Cage도 가르쳤다.

쇤베르크의 작품으로는 〈정화된 밤〉, 〈달빛에 홀린 피에로〉, 〈나폴레옹에로의 오드〉, 〈바르샤바의 생존자〉, 3개의 피아노 소품, 관현악 5개 소품 등이 있다. 오스트리아 빈에 건립된 '아르놀트 쇤베르크 센터'에는 쇤베르크의 수많은 이론과 작품이 보관돼 있다.

참 좋은 친구의 여동생

쇤베르크는 오스트리아 빈의 유대인 상인 가정에서 태어났다. 그는 어릴 때 공원을 지나가다 군악대가 연주하던 바그너Richard Wagner의 음악을 듣게 되는데, 그 소리에 취해 연주가 끝난 줄도 모르고 몇 시간을 우두커니 서 있었다고 한다.

그 뒤 음악가가 되기로 결심하고 홀로 작곡을 공부한다. 하지만 17세 때 아버지가 세상을 떠나 집안 살림을 책임지게 되자 빈의 한 은행에 취직한다. 그는 4년 동안 이 은행에 다니면서 소중한 친구 알렉산더 폰 쳄린스키Alexander von Zemlinsky(1871~1942)를 만난다. 그는 젊고 유능한 작곡가로 아마추어 오케스트라 폴리힘니아의 지휘자였다. 음악에 대한 갈증이 컸던 쇤베르크는 틈나는 대로 쳄린스키의 연주장을 찾았다.

쇤베르크와 쳄린스키는 모두 유대인 출신의 신발가게 아들인 데다 음악을 좋아해서 금세 우정이 깊어졌다. 쇤베르크는 부모가 할부로 구입한 백과사전을 보고 혼자 음악개론을 익힌 데 비해 쳄린스키는 13세 때 빈 음악원에 들어가 피아노와 지휘를 전공한 유능한 전문 음악인이었다.

쳄린스키는 빈의 상류가정 자녀들에게 작곡을 가르치러 다니면서 쇤베르크에게도 화성학과 대위법을 가르쳐주었다. 쳄린스키에게 작곡을 배운 이들 가운데는 빈의 뮤즈 알마 쉰들러Alma Schindler도 있었다. 미모가 뛰어났던 그녀는 니체 철학에 정통한 화술로 유명인사들의 넋을 빼놓았다. 알마와 쳄린스키는 서로 사랑해서 결혼하려고 했지만 쉰들러 가족의 거센 반대로 결혼에는 성공하지 못했다.

쳄린스키가 알마를 잃고 상실감에 빠져 있을 때 그의 여동생 마틸데Mathilde도 실연을 당해 자살까지 시도했다. 쳄린스키는 자신의 상처를 치유할 틈도 없이 여동생을 달래기에 바빴고, 쇤베르크를 소개해 첫사랑을 잊게 해주었다. 얼마 뒤 알마가 후기 낭만주의 작곡가이자 지휘자인 구스타프 말러Gustav Mahler와 결혼하자 쳄린스키는 지휘봉을 잡을 수 없을 만큼 힘들어했다. 이때 쇤베르크와 마틸데는 쳄린스키 곁에서 용기를 북돋아주었다.

그러던 중 쇤베르크가 다니던 은행이 파산했다. 그는 교통비가 없어 걸어 다니면서도 음악공부에 더욱 몰두해 첫 작품인 현악 4중주 D장조를 발표하고 3년 연속 연주회를 열었다.

정원에 있는 마틸데
리하르트 게르스틀(Richard Gerstl), 1907년

연애시절의 예언, 〈정화된 밤〉

어느 날 쇤베르크는 서점에서 시집 한 권을 읽게 된다. 당시 최고의 인기를 누리던 리하르트 데멜Richard Dehmel(1863~1920)의 연작 시집 《여인과 세계Weib und Welt》였다. 쇤베르크는 시집에 실린 〈정화된 밤〉을 읽고는 자신도 모르게 눈물을 흘렸다.

왜 눈물이 나는지, 이때는 몰랐다. 왠지 한쪽 가슴이 아려오는 그 시의 내용으로 작곡하고 싶다는 생각이 솟구쳤다. 쇤베르크는 책 두 권을 사서 한 권은 작곡용 대본으로 남겨두고, 나머지 한 권은 가난해서 변변한 선물 하나 해주지 못한 아내 마틸데에게 주었다.

이렇게 하여 결혼을 1년 앞두고 쇤베르크 초기의 최고 걸작 〈정화된 밤〉이 탄생한다. 이 작품이 일종의 결혼선물이었던 셈이다.

시의 줄거리는 다음과 같다.

두 연인이 서늘한 숲속 낙엽 길을 거닐고 있었지.

중천에 뜬 달이 그들과 함께 걷는데 구름 한 점 없이 하늘은 맑았네.

둘이 함께 하늘의 달을 보는데 떡갈나무 그림자만 아른거렸네.

여자가 찬찬히 고백했네.

"저 홀몸 아니에요. 하지만 이 아이는 당신 아이가 아니랍니다.

당신께 죄를 짓고 너무 고통스럽네요. 한때 아이 엄마가 되고 싶어

이름도 얼굴도 모르는 사내에게 떨리는 내 몸을 맡기고 말았답니다.

그랬는데 이제 와 당신을 사랑하게 되다니. 당신을, 당신을."

이 말을 마친 그녀가 몸이 굳은 채 달을 보며 걷고 있네.

그녀의 어두운 눈빛이 달빛 속을 헤엄치자 남자가 말했지.

"그 아이는 당신 영혼의 짐이 아니오.

봐요, 얼마나 세상이 밝은지. 만물에 달빛이 흐르고 있지 않소?

우리 지금 차가운 호숫가를 걷고 있어도

따사로움이 당신과 나 사이에 흐르고 있소.

이 온기가 태어날 아기를 정화해줄 것이오.

당신은 나를 위해 그 아이를 우리 아이로 낳아야 하오.

당신은 내게 밝은 빛을 안겨주었소."

남자는 여인의 허리를 한 손으로 안고 밝고 깊은 밤을 걷고 또 걸었네.

밤바람 속에 두 사람의 입김이 어우러지고 있었다네.

달 아래의 연인(Lovers under the moon)
세르게 수데이킨(Serge Sudeikin), 1910년

어느 가을, 달도 휘영청 밝은 밤에 숲속 호숫가에서 아내가 다른 남자의 아이를 가졌다는 사실을 알게 된 남편. 그 남편이 아내에게 헤어지자고 하거나 복수를 결심하며 시를 끝맺었다면 어땠을까? 그저 그렇고 그런 평범한 통속적 작품에 불과했을 것이다. 그런데 도리어 아내를 축복해주는 반전이 일어나면서 감동을 주는 명작이 된다.

쉽게 이해가 안 되는 모순적 해피엔딩이지만 쇤베르크는 형언할 수 없는 감흥을 받았고, 그 감동을 다채로운 현악 오케스트라의 소리로 표현해냈다. 쇤베르크 외에도 리하르트 슈트라우스Richard Strauss, 막스 레거Max Reger, 안톤 폰 베베른 등이 이 시에 감동해 작품을 만들었다.

그런데 만일 쇤베르크 등에게 실제로 이 시와 같은 일이 일어난다면 어땠을까? 다른 이의 작품과 사연에 공감하듯 포용할 수 있었을까?

아내 마틸데도 필요했던 음악 〈구레의 노래〉

〈정화된 밤〉을 발표한 이듬해에 쇤베르크와 마틸테는 결혼을 했다. 결혼 후 베를린으로 간 쇤베르크는 카바레 지휘자가 된다. 당시 베를린의 카바레는 음침한 무도회장이 아니라 수준 높은 사교장이었다. 벽에 커다란 고양이가 그려져 있고 밴드의 연주가 흐르는 가운데 카바레로 몰려든 사람들은 음악과 댄스를 즐기며 쉴 새 없이 떠들어댔다.

베를린 사람들은 워낙 수다 떠는 것을 좋아해서 '주둥이'라는 별명이 붙었다. 그들은 카바레에 몰려와 정치, 사회, 가족 등 온갖 이야기를 털어놓았다. 1933년 총리에 취임한 아돌프 히틀러Adolf Hitler가 사회통제

물랭 루즈 : 라 굴뤼
앙리 드 툴루즈 로트레크(Henri de Toulouse–Lautrec)
1891년, 판화, 119.5×193.5cm
이탈리아 밀라노, 베르타렐리 인쇄물 박물관 소장

가 안 된다며 카바레 폐쇄 조치를 내린 것도 그 때문이었다.

쇤베르크는 카바레 지휘자로 활동하면서 리하루트 슈트라우스를 알게 되었다. 후기 낭만파 음악의 거장 리하르트 슈트라우스는 쇤베르크가 '리스트 장학금'을 받을 수 있게 해주고, 슈테른 음악원 작곡과 교수로 추천도 해주었다. 그 덕분에 쇤베르크는 비로소 작곡에 전념할 수 있었다.

슈트라우스는 쇤베르크에게 당시의 유명한 희곡 〈펠레아스와 멜리장드〉를 작곡해보라고 권한다. 이 희곡은 《파랑새》라는 작품으로 잘 알려진 벨기에의 걸출한 작가 모리스 마테를링크Maurice Maeterlinck(1862~1949)의 작품으로 《로미오와 줄리엣》에 버금가는 비극적 사랑 이야기를 담고 있다.

어느 날, 알레몽드의 왕자 골로가 멧돼지 사냥을 하다가 숲속 옹달샘 가에서 길을 잃고 우는 아름다운 처녀 멜리장드를 발견한다. 왕자는 멜리장드를 왕궁으로 데려와 신부로 삼으려 한다. 그런데 이 무슨 운명의 장난인가. 하필 골로의 배다른 동생 펠레아스 왕자가 멜리장드

리히텐슈타인의 아파트에서 찍은 마틸데와 쇤베르크의 사진(1907년)

에게 첫눈에 반해버린다.

공작새보다 매력적인 펠레아스와 달빛에 반짝이는 강물 같은 눈의 멜리장드는 누가 봐도 멋지게 어울렸다. 두 사람 사이의 말없는 교감을 눈치챈 골로의 육체는 나날이 질투로 타올랐다. 펠레아스는 결국 멜리장드와 헤어지기로 결심하고 떠나기 전 마지막 밀회를 약속한다.

그날 밤 두 사람은 안타까운 작별의 입맞춤을 했다. 그런데 어두운 나무 그늘 아래 칼을 들고 다가오는 그림자가 있었다. 그림자의 주인공은 바로 골로였다. 골로의 칼이 펠레아스의 등을 꿰뚫는다. 그 뒤 골로는 멜리장드를 붙잡고 펠레아스와 무슨 짓을 했느냐고 다그친다. 멜리장드는 서서히 의식을 잃어가며 골로가 궁금해하는 것은 무시한 채 자신의 사랑은 펠레아스라고 분명히 밝힌다.

단순히 보면 치정극 같지만, 눈에 보이는 것에만 집착하는 사랑은 영혼이 없어 결국 비극적으로 끝난다는 것을 암시한다.

북유럽의 어두운 서정성을 담고 있는 이 희곡에 영감을 받아 시벨리

펠레아스와 멜리장드
에드먼드 블레어 레이튼(Edmund Blair Leighton), 1910년, 캔버스에 유채
126×159.5cm, 윌리엄슨 갤러리 소장

우스, 드뷔시 등이 먼저 오페라로 만들었고, 1년 뒤 쇤베르크가 교향시로 완성했다. 그는 때때로 관계 속에서 발생하는 예기치 않은 운명 앞에 어쩔 도리 없는 개인의 모습을 관현악으로 신비하게 표현해냈다.

마테를링크는 침묵의 중요성에 대해 이렇게 언급했다.

침묵, 그 자체야말로 언어를 포괄하는 거대 요소이다. 우리는 언어로만 소통한다는 생각을 버려야 한다. 물론 언어의 비중이 크다. 하지만 진실한 소통의 순간은 말을 멈추고 보이지 않는 것에 귀를 기울이는 바로 그때이다.

〈펠레아스와 멜리장드〉처럼 인간사에는 말로 다 해명할 수 없고 해명되지도 않는 일들이 무수히 일어난다. 무엇이든 섣불리 단정을 짓기보다는 역사적·시대적·정황적 성찰이 중요하며, 그 성찰이 바로 침묵에서 나온다는 것이다.

한편, 1902년 딸이 태어났고, 쇤베르크는 총 3부로 구성된 〈구레의 노래〉를 작곡하기 시작해 1911년 베를린에 올 때까지 계속 다듬었다. 〈구레의 노래〉는 야콥슨Jean Peter Jacobson의 작품 《선인장의 꽃이 피다》에 수록된 시를 가사로 한 작품이다. 야콥슨의 시는 중세 덴마크의 왕 발데마르 1세와 아름다운 정부 토브의 사랑을 소재로 했으며, 왕이 토브에게 '구레의 성'을 선물로 준다는 내용에서 작품의 제목이 유래했다.

쇤베르크의 〈구레의 노래〉는 오케스트라의 규모가 방대한 대작 중의 대작이다.

토브에게 구레의 성을 선물한 발데마르 1세

아내에게 애인이 생겼어요

쇤베르크와 마틸데는 슬하에 1남 1녀를 두고 여느 가족처럼 평범하게 살았다. 1907년 25세의 화가 리하르트 게르스틀Richard Gerstl(1883~1908)을 만나기 전까지는.

오스트리아 초기 표현주의 화가 게르스틀은 비록 짧은 생애를 살았지만 반 고흐, 에드바르 뭉크Edvard Munch와 비교될 만큼 뛰어난 화가다. 그의 자화상을 보면 웃고 있는데 어쩐지 서글프다. 마치 뭔가 울어야 할 일을 감춘 채 웃고 있는 사람 같다. 웃는 그림인데 그 어떤 슬픈 그림보다 가슴 아리게 만드는 이유는 무엇일까?

게르스틀의 개인사를 알고 나면 저 눈에 살짝 고인 눈물을 이해할 수 있다. 뛰어난 능력의 젊은 화가가 스스로 택한 바보 같은 삶의 자취를 살펴보자.

게르스틀은 지나치게 내성적인 데다 예민했으며, 주로 심리를 통찰한 초상화를 그렸다. 회화에 관심이 있었던 쇤베르크는 게르스틀에게 그림을 배웠다. 이 인연으로 쇤베르크가 마틸데와 결혼하기 직전 까닭 모를 전율을 느끼며 작곡한 〈정화된 밤〉과 같은 일이 실제로 벌어질 줄 누가 알았으랴.

게르스틀은 모든 오페라 연주회를 찾아다닐 만큼 음악을 좋아했다. 특히 존경하던 쇤베르크가 자신을 찾아주자 그는 뛸 듯이 기뻐했다. 그는 자신보다 아홉 살이 위인 쇤베르크의 초상화는 물론 쇤베르크 가족의 초상화도 자청해서 그려주었다.

쇤베르크 가족과 게르스틀은 한 가족처럼 친밀한 관계가 되어 1907

웃는 자화상
리하르트 게르스틀(Richard Gerstl), 1907년, 캔버스에 유채, 27.9×38.1cm
오스트리아 빈, 오스트리아 미술관 소장

그린칭(Grinzing)
리하르트 게르스틀(Richard Gerstl)

그림에 게르스틀의 맑은 내심內心이 그대로 드러나 있다. 이 화가가 그토록 예민했던 이유가
내면에서 기인하는 것이 아니라 워낙 맑은 내심이 혼탁한 세상과 조화를 이루지 못했기 때문이
었음을 짐작하게 하는 그림이다.

년 여름에는 가족휴가에 게르스틀도 함께 갔을 정도였다. 게르스틀은
여섯 살 연상의 마틸데를 누나라 부르며 친근하게 대했고, 수시로 자
신의 화실로 불러 대화를 나누었다.

그 당시 쇤베르크는 작곡가, 교수, 지휘자 등 여러 일을 동시에 하느
라 가정에 소홀할 수밖에 없었다. 그래서 게르스틀이 마틸데를 음악회
에 데려가는 등 자신의 역할을 대신해주는 것을 고맙게 여겼다.

쇤베르크의 전적인 신뢰를 바탕으로 게르스틀과 마틸데는 매일같이
만났고, 둘 사이에는 서서히 연애 감정이 자라난다. 이를 눈치채지 못
한 쇤베르크는 1908년 여름 가족휴가 때도 게르스틀을 초대했고, 그

쇤베르크와 그룹 초상화

리하르트 게르스틀(Richard Gerstl), 1908년

뒷줄 왼쪽이 쇤베르크, 그 옆은 동료 작곡가 쳄린스키이고, 아래 줄 왼쪽에서 두 번째가 아내 마틸데이다.

해 여름 피서지에서 두 사람의 몰래 사랑이 결국 드러나고 만다.

쇤베르크가 백사장에 나가고 없을 때 마틸데와 게르스틀은 포옹을 하고 있었다. 이때 아버지를 따라 나갔던 일곱 살 된 딸이 혼자 숙소에 돌아왔고, 그만 그 장면을 목격하고 말았다.

딸은 곧장 아빠에게 달려가 자기가 본 것을 그대로 말했다. 순간, 너무 놀라 하얗게 질린 쇤베르크의 뇌리를 스치는 것이 있었다. 바로 아내 마틸데의 눈빛이었다. 자신을 볼 때는 그렇게 차갑던 눈빛이 게르스틀을 바라볼 때는 얼마나 다정했던가.

쇤베르크는 그 즉시 빈으로 돌아가 조치를 취했다. 먼저 아내가 더 이상 게르스틀의 화실에 출입하지 못하게 했고, 게르스틀에게도 주의를 주었다.

"이제 그만 자제하게. 우리가 여자 문제로 갈라질 수는 없지 않은가?"

자기 아내와 바람피운 것을 알고도 여기서 멈춘다면 그냥 덮겠다는 의미였다. 그러나 금지된 사랑은 더 타오르는 법이다. 마틸데와 게르스틀은 은밀하게 더 은밀하게 만났다. 결국 둘의 만남을 막으려는 쇤베르크와 두 사람 사이에 숨바꼭질이 계속되었다.

어느 날, 두 사람이 만난다는 첩보를 듣고 쇤베르크가 현장을 급습했다. 화들짝 놀란 두 사람은 그 자리에서 옷가지를 집어 들고 그대로 도피했다. 밀회 장면을 확인한 쇤베르크의 마음은 착잡하기 이를 데 없었다. 딸에게 이야기를 들었을 때와는 달리 직접 보고 나니 더 이상 참기가 어려웠다.

'아내의 배신도 충격이지만, 하필 그 상대가 친동생처럼 아끼는 게르스틀이라니……. 한 번 이해하고 넘어가줬으면 그쯤에서 멈췄어야지.'

쇤베르크는 이런 세상에서 도덕, 윤리 따위가 무슨 소용이 있겠나 싶었다. 자신이 속한 음악 분야에서라도 기존의 원칙을 깨부수기 위해 그는 누구도 시도하지 못한 낯선 소리의 영역인 무조음악으로 나아갔다.

마틸데는 더 이상 함께 살지 못하고 스스로 집을 나갔다. 쇤베르크는 이때부터 독일의 신비스러운 시인 슈테판 게오르게Stephan George의 《공중누각서》를 바탕으로 13편의 노래를 작곡했다. 마지막 13번째 곡의 제목은 〈은빛 버드나무에 기대어 선 너〉였다. 이것은 수백 년 음악사의 전통을 무시한 무조음악의 시작이었다.

1910년, 바람난 아내가 떠나고 없는 집에서 쇤베르크는 그림을 그린다. 마치 아내의 정부보다 자신이 더 잘 그릴 수도 있다는 듯…….

그 그림이 바로 〈붉은 응시〉(172쪽 그림)다.

연적, 붓을 떨어트리다

집을 나가 젊은 화가 게르스틀과 살았던 마틸데는 바다의 거품에서 태어나 파도에 떠밀리는 아프로디테 같은 여인이다. 아프로디테를 로마 신화에서는 비너스Venus(금성evening star)라 부른다.

마틸데가 집을 나오자 게르스틀은 두 사람이 함께 살 집이 필요했다. 일단 사람들의 이목을 피해 리히텐슈타인 거리에 작은 화실을 마련

붉은 응시

아르놀트 쇤베르크(Arnold, Schönberg), 1910년, 오스트리아 빈.

육체적·정신적으로 고통받는 쇤베르크의 직관적이고 무의식적인 정신세계가 담겨 있다. 황당하다는 듯 벌어진 입, 그럼에도 난관을 직시하며 넘어가겠다는 의지가 엿보인다. 눈동자는 차가운 백색, 눈 주변은 붉은색으로 그려 그 의지를 표현했다.

했다. 두 사람은 낮에는 화실에 박혀 지내다가 샛별이 뜨는 새벽에만 잠시 바깥 공기를 마시러 나갔다.

이렇게 시작된 사랑의 도피는 약 3개월간 이어졌고, 두 사람은 현실을 잊고 몽환적 시간을 보냈다. 먼저 현실에 눈을 뜬 사람은 마틸데였다. 그녀는 집에 두고 온 아이들을 그리워하기 시작했다.

당시 쇤베르크는 아내를 찾아 사방팔방으로 뛰어다니고 있었다. 마침내 두 사람의 은신처를 알아낸 그는 제자 안톤 폰 베베른을 아내에게 보내 호소하게 했다.

"제발 집에 있는 아이들을 생각해 돌아가세요."

그 말을 듣는 순간, 마틸데의 머릿속에 문득 어린 아들딸과 함께 물가에서 놀던 기억이 사무치게 떠올랐다.

그 뒤 혼자 며칠을 고민한 끝에 마틸데는 어렵사리 말을 꺼냈다.

"게르스틀, 당신을 좋아하지만 도무지 아이들 생각이 나서 더 못 있겠어. 미안해."

마틸데가 그 말을 남기고 화실을 나갈 때 게르스틀은 그림을 그리고 있었다. 소심한 그는 운명 같은 여인이 떠나는데도 차마 붙잡지 못하고 붓을 든 채 한참을 그대로 서 있었다.

사랑이 떠나간 자리, 바로 그 자리에 홀로 멍하니 남아 있다가 한참 뒤에 정신을 차리고 보니 세상이 달라져 있었다. 그렇다면 이제까지의 모든 것을 정리해야 했다. 게르스틀은 그동안의 작품과 편지, 서류 등을 보이는 대로 가져와 불을 붙였다. 지난 흔적들이 불꽃 속에서 연기로 사라졌다. 마지막으로 자기 자신을 정리하면 그만이었다.

이런 게르스틀의 심정을 아는지 모르는지 주변에서는 간통을 저질렀다며 하나같이 그를 멀리했다. 그렇게 두 달 동안 화실에 고립된 채 지내던 게르스틀은 자화상을 그리고 나서 스스로 생을 마감했다. 일설에는 게르스틀이 거울 앞에서 심장을 찌른 뒤 뱀을 목에 걸었다고 한다.

오직 한 여인만 바라보았던 그가 선택한 종말은 고독사였다. 한동안은 아무도 그의 죽음을 알지 못했다. 마틸데와 쇤베르크는 물론 심지어 가족들까지 그의 죽음을 몰랐다. 그저 바람났던 여인이 돌아갔으니 이제 정신 차리고 살겠거니 했을 뿐이다. 쇤베르크 역시 힘든 것은 마찬가지였지만 전대미문의 창작을 추구하며 버텨냈다.

그렇다면 게르스틀은 왜 무너졌을까? 오직 마틸데만을 자기 삶의 유일한 구원자로 보았기 때문이다. 인생에 그런 존재는 없다. 아무리 죽고 못 살아도 한때 의미 있는 동반자일 뿐이다. 하지만 게르스틀은 쉼 없이 바람이 이는 세상을 헤쳐 나가기에는 너무 여린 사람이었다.

뒤늦게 가족들이 달려와 여기저기 남겨놓은 작품을 수습한다. 가족들은 게르스틀의 작품들을 잘 간직하고 있다가 23년 뒤인 1931년 빈에서 첫 회고전을 연다. 이 회고전은 미술사의 일대 사건으로 기록된다.

누구도 알지 못했던 한 화가가 지구 위에 또 올랐다. 세상에 어느 누가 이미 매몰되어버린 이 화가처럼 그릴 수 있을까.

그 뒤 미국 등 세계 각지에서 전시회가 성황리에 열려 아쉽게 생을 마

금성(Evening Star)
에드워드 번 존스(Edward Burne-Jones), 1870년

감한 능력 있는 화가를 추앙했다.

한편, 마틸데가 아이들을 생각해 집으로 돌아오자 착한 쇤베르크는 말없이 아내를 받아들인다. 그런데 겨우 가족의 분위기가 안정될 무렵 게르스틀의 자살소식이 전해지고, 쇤베르크 가족은 큰 충격에 빠진다.

쇤베르크 가족 초상화
리하르트 게르스틀(Richard Gerstl), 1908년

게르스틀이 그린 쇤베르크 가족이다. 쇤베르크와 마틸데가 두 아이를 데리고 앉아 있다. 그림 속의 두 사람이 화가를 바라보는 분위기는 완전히 다르다. 쇤베르크가 어리둥절하게 바라보는 동안 마틸데의 눈빛과 안색, 몸짓은 따사롭기만 하다. 엄마와 화가의 밀애 장면을 목격했던 딸의 입술에선 강한 인상이 느껴진다. 이 작품에는 게르스틀의 내면 풍경이 그대로 담겨 있다.

연적의 자살과 달빛에 취한 피에로

게르스틀이 쇤베르크의 아내와 치정에 얽혀 자살했다는 소식이 연일 언론에 보도되었고, 기자들은 물론 경찰들도 수시로 찾아왔다. 마틸데는 게르스틀의 자살 동기를 묻는 이들에게 이렇게 대답했다.

"이 경우 게르스틀이 더 쉬운 길을 택한 거예요. 나처럼 살아남았고, 또 살아가야만 한다는 것이 훨씬 혹독한 법이죠."

쇤베르크 부부는 충격에 빠져 침묵의 세월을 보냈다. 이때부터 쇤베르크는 날마다 담배 세 갑과 3리터 이상의 커피, 폭음으로 자신을 달랬다. 활동적이었던 마틸데도 매사에 소극적으로 변했으며, 사회와의 접촉을 완전히 끊고 은둔했다.

쇤베르크는 집에 오면 아내와 한마디도 이야기를 나누지 않고 바로 자기 방에 들어갔다. 그리고 냉기가 감도는 집 안에서 화성연구에 몰두해 내놓은 결과물이 바로 1910년에 나온 《화성이론》이다. 이 책은 지금도 음악 교재로 사용되고 있다.

다음 해 1월 2일, 뮌헨에서 쇤베르크 음악회가 열렸다. 불협화음이 가득한 무조음악이 연주되었고, 그 음악을 들은 관객과 평단의 반응은 혹평 일색이었다.

"시작과 중간, 마지막이 애매하네."

"게다가 특정 주제나 모티브도 불분명하고."

"한마디로 무의미한 실험에 불과해."

그런데 이 음악회에 왔던 관객 가운데 한 사람만은 예외였다. 그는 바로 '점, 선, 면'의 화가 바실리 칸딘스키였다.

"이 음악에는 우리를 신세계로 인도하는 힘이 있다!"

칸딘스키는 쇤베르크의 무조음악에 큰 영향을 받아 추상화를 그리기 시작했다. 쇤베르크의 음악을 통해 자신이 경험한 황홀경을 화폭에 옮겨 담았던 것이다. 현대 추상음악의 거장 쇤베르크와 현대 추상미술의 거장 칸딘스키의 만남은 이렇게 이루어졌다.

음악회가 끝난 뒤 쇤베르크와 칸딘스키는 자주 편지를 주고받으며 깊은 우정을 나누었다. 다음은 칸딘스키가 쇤베르크에게 보낸 편지 가운데 일부다.

> 당신의 음악이 현재 불협화음처럼 들릴지라도 미래의 협화음입니다.
> 독자적 생명을 지닌 각 성부聲部가 내 그림과 같습니다.

쇤베르크를 추종하게 된 칸딘스키는 그의 음악을 듣고 그 느낌을 화폭에 담았다. 그는 "대상object이 나를 방해한다"며 사물을 선이나 색으로 표현했다. 1928년, 그는 자신의 대표작 〈구성 8〉을 완성했다.

아내와 내연 관계였던 젊고 유망한 화가의 자살 이후 쇤베르크는 국가적 스캔들의 회오리에 말려들었다. 그럼에도 불구하고 쇤베르크 부부는 자녀를 돌보며 불편한 동거를 지속했다. 이 시기에 칸딘스키가 보내준 신뢰와 존경은 쇤베르크에게 큰 힘이 되었다.

그러던 어느 날, 쇤베르크는 벨기에의 시인 알베르 지로Albert Giraud 의 연작시 〈달에 홀린 피에로〉를 읽게 된다. 그는 이 시를 읽으며 깊은 나락에 떨어졌던 자신이 일어서는 것을 느꼈다.

인상 Ⅲ - 콘서트
바실리 칸딘스키(Wassily Kandinsky), 1911년, 캔버스에 유채, 독일 뮌헨, 뮌헨 시민미술관 소장

〈인상 Ⅲ - 콘서트〉는 연주회 정경이 아니라 연주회의 내면 체험을 그린 작품이다. 이때부터 칸딘스키는
클래식 음악의 리듬과 율동을 색체로 구현하는 색채의 음악가로 자리 잡는다.

"더 이상 작곡할 수 없을 줄 알았다. 그런데 이 시가 내 속에 작곡의

충동을 일으키고 있다."

넘실대는 밤바다 위에 달빛이 물결친다.

눈으로만 마실 수 있는 술, 저 달빛 물결.

봄날의 파도가 지평선 너머로 흐르는구나.

우리는 무섭도록 달콤한 욕망에 셀 수도 없이 표류하고 있다.

넘실대는 밤바다 위에 달빛이 물결친다.

쇤베르크

우리 눈으로만 마실 수 있는 술, 저 달빛 물결.

시인은 성배聖杯에 취해 황홀경에 빠져 하늘을 쳐다보고

비틀거리면서도 물결 위에 넘실대는 달빛을 마시고 또 마신다.

그 술이 다할 때까지, 그 술로 인생이 다할 때까지.

달빛 물결, 오직 인간만이 눈으로 마실 수 있는 저 술을.

달빛에 취한 피에로, 그가 울고 있다. 달빛 같은 눈물을 흘리며. 눈물이 달빛에 어린다. 그래서 달빛은 눈으로 마시는 술이 되고 만다. 인생이 다하도록 저 술 같은 달빛은 한이 없다.

그 피에로가 바로 쇤베르크 자신이었다.

"나는 달빛에 취한 피에로. 그러니 뭘 망설이랴? 취한 대로 작곡하고 살아가면 그만이지."

달빛 아래 춤추는 피에로
아돌프 빌레트(Adolphe Willette), 1885년

광대
장 앙트완 바토(Jean–Antoine Watteau), 1718～1719년

쇤베르크는 비로소 작곡에 대한 열정을 회복했고, 1912년 〈달에 홀린 피에로Pierrot Lunaire〉를 작곡한다. 이 곡에 사용된 창법이 '슈프레히슈티메Sprechstimme'다. 속삭임, 외침, 탄성 등이 선율에 실려 말하듯 노래하므로 낭송조의 창법이라고도 한다. 박자감을 잃은 무조의 선율에 낭송조의 노래가 나오면 처음 들을 때는 기이하고 쇼킹하기까지 하지만, 들으면 들을수록 빠져들게 된다.

제1차 세계대전이 일어나고 1년 뒤인 1915년, 쇤베르크는 마흔둘의 나이에 보병으로 입대했다. 인사과 장교가 신병 쇤베르크를 불러 물었다.

"자네가 음악 형식을 깼다는 쇤베르크인가? 왜 그런 작업을 했나?"

쇤베르크는 이렇게 대답했다.

"아무도 하지 않아 제가 했습니다."

1916년, 쇤베르크가 질병으로 인해 제대하고 집에 와보니 마틸데도 시름시름 앓고 있었다. 삶에 의욕이 없었던 마틸데는 끝내 병을 이기지 못했다.

영원한 75세

온갖 풍상에 찌들게 했던 아내 마틸데가 세상을 떠난 뒤, 쇤베르크는 게르트루트 콜리슈Gertrud Kolisch를 만나게 된다. 그녀는 쇤베르크가 작곡을 가르치던 바이올리니스트 루돌프 콜리슈의 누이였다.

어느덧 쉰 살이 된 쇤베르크는 여전히 슬픈 가정사에서 벗어나지 못하고 있었다. 잊을 만하면 다시 지난 일이 악몽처럼 떠올라 술과 담배

를 찾았다. 그럴 때마다 스물다섯 살
이나 어린 콜리슈가 곁에서 위로해주었
다. 그녀 덕분에 쇤베르크는 술과 담배
도 끊고 아픈 기억에서 자유로워졌다.
그리고 그제야 진정한 사랑이 무엇인
지 알게 된다.

게르트루트 콜리슈

"평생 악몽에서 헤어 나오지 못할 줄
알았어. 콜리슈가 그 악몽에서 나를 깨
어나게 해주었지. 참된 사랑이야말로 어떤 상처도 치유하는 힘이 있다
는 것을 비로소 알게 되었어."

쇤베르크와 콜리슈는 마틸데가 세상을 떠난 지 10개월 만인 1924년
8월 결혼한다. 이후 세 자녀를 낳고 안락한 가정을 꾸리고 있을 때 권
력을 잡은 히틀러가 유대인을 핍박하기 시작했다. 당시 베를린 예술대
학 교수로 재직하던 쇤베르크도 체포될 위기에 처했다. 다행히 프랑스
레지스탕스들의 도움을 받아 천신만고 끝에 프랑스를 거쳐 미국으로
망명할 수 있었다.

쇤베르크는 60세에 미국에 정착해 UCLA와 남가주대학교에서 강의
를 시작했다. 두 대학에서는 그가 퇴직한 뒤 세기적 음악가를 기리는
기념관을 설립했다.

쇤베르크는 로스앤젤레스에서 20여 년을 거주하며 〈랩소디 인 블루〉
의 작곡가 조지 거슈윈George Gershwin과 테니스 친구로 지내는 등 편안
한 말년을 보냈다. 그런데 한 점성술사가 그에게 편지를 보내왔다.

석양의 버드나무
빈센트 반 고흐(Vincent van Gogh0, 1888년, 판지에 유채, 31.5×34.5cm
네덜란드 오테를로, 크뢸러 뮐러 미술관 소장

76세가 되는 1950년을 조심하십시오.

그해 생일이 지난 뒤 매우 위험합니다.

76은 7+6=13인데, 바로 이 13이 악수惡數입니다.

그러잖아도 자신이 13일에 태어났기 때문에 곡절 많은 인생을 살았
던 게 아닌가 생각했던 쇤베르크는 이 편지를 받은 뒤로는 13에 대해
극도의 공포감을 가지게 된다. 어디를 가든 13이라는 숫자가 보이면

왠지 꺼림칙하고 불안해서 좌불안석이었다. 쇤베르크는 그것이 미신이라는 것을 알면서도 쉽게 극복하지 못했다.

그때 아내 콜리슈가 지혜를 발휘했다.

"여보, 당신의 나이를 75세로 멈추세요. 더 이상 나이를 세지 마세요. 이제 당신은 아무리 세월이 흘러도 영원한 75세랍니다. 여보세요, 75세 씨."

콜리슈의 말에 비로소 쇤베르크의 강박증이 사라졌다.

2년 뒤인 1951년 7월, 쇤베르크는 77세의 나이로 세상을 떠났다. 그날은 묘하게도 숫자 7이 세 개나 들어가는 날이었다. 평소 7이라는 숫자를 유달리 좋아했다는 쇤베르크가 그날을 정해 세상을 떠난 것일까.

2부

그대라는 이름을
화폭에 담다

레오나르도 다빈치
가깝고도 먼 당신

미켈란젤로
그대를 성모로 만들어드리겠소

라파엘로
여인의 바다를 헤엄치다

루벤스
나의 비너스여! 더 보고 싶고 알고 싶고 갖고 싶소

피카소
나에게 사랑은 무지개야

레오나르도 다빈치

가깝고도 먼 당신

세례 요한
레오나르도 다빈치(Leonardo da Vinci), 1514년 전후, 패널에 유채, 57×69cm, 프랑스 파리, 루브르 박물관 소장

Leonardo
da Vinci

맨 오른쪽 그림을 보자. 예술가적 풍채와 경륜이 묻어나는 노년의 다빈치Leonardo da Vinci(1452~1519)의 모습이다. 왼쪽 〈세례 요한〉

레오나르도 다빈치의 초상화

다빈치의 자화상(1513년경)

과 오른쪽 초상화는 전혀 다른 모습이다.

초상화 속 모자를 쓴 중년남성의 입술을 보면 야무지게 다물기는 했지만 입술이 곱고 꼬리가 올라가 있다. 왼쪽 페이지의 세례 요한과 많이 닮은 모습이다. 젊은 요한이 사색을 거듭하며 나이 들어 초상화 속 남자와 같은 장년이 되었으리라.

레오나르도 다빈치

그러나 자화상은 두 그림과 외모는 물론 분위기까지 전혀 다르다. 특히 눈빛의 차이를 보라. 초상화와 세례 요한의 눈빛은 발명가와 예술가의 것이다. 그런데 자화상의 눈빛은 강렬하다 못해 신비롭기까지 하다.

이 눈빛을 계속 바라보면 무슨 꿈이든 이룰 수 있다는 풍문이 근대 유럽인들 사이에서 돌았다고 한다. 히틀러도 그 소문을 듣고 제2차 세계대전 도중 이 그림을 손에 넣으려고 광분했을 정도였다. 그래서 이탈리아 토리노 박물관에서는 이 자화상을 은밀한 곳에 숨겨두었다.

그런데 어쩌랴. 독일 출신의 미술 사업가이자 레오나르도 다빈치 전문가인 한스 오스트Hans Ost가 이 자화상은 위작이라고 주장한 것이다. 그럼 누가 이 그림을 그렸을까? 한스 오스트에 따르면 1800년대 모사화가 주세페 보시가 다빈치 초상화를 그리면서 라파엘로의 그림 〈아테네 학당〉에 나오는 플라톤을 모사했다는 것이다. 실제 다빈치는 오똑한 콧날에 갸름한 얼굴의 꽃미남이었다. 당시 이 그림은 카를로 공작이 천문학적 액수인 4만 리라에 구입했다고 알려져 있다.

세례 요한의 모델이 누군지에 대해서는 의견이 분분하다. 분명한 것은 다빈치가 자신의 젊은 시절 모습을 염두에 두고 그린 초상화라는 것이다. 배경이 어둡다. 어깨 아래선과 살결, 웃는 모습, 이마와 눈빛조차 여성 같은데 분명히 전체적으로는 남자다. 이 그림은 잘 조화된 양성적 특징을 가감 없이 나타냈다. 그럼 다빈치가 양성적 존재란 말인가?

또한 세례 요한은 성자답지 않게 오른손 검지를 하늘로 치켜들고 있다. 그것도 살짝 웃고 있는 모습이다. 까닭 모를 눈빛으로 관람객을 바라보며……. 형식만 종교화일 뿐 경건미도 없고 오히려 하늘을 조롱하는 듯하다. 낙타 털옷을 입고 뒤편의 가늘고 희미한 십자가를 무시한 채 조롱하는 미소를 짓고 있다. 그럼 다빈치가 중세 종교사회에서 신성모독자였단 말인가?

이 그림을 그린 시기는 1514년 전후로 다빈치가 해부학 등 과학에 몰두할 때였다. 당시 사람들은 운하를 파고 성체를 건축하는 다빈치를 마술사 또는 신비한 능력을 지닌 사람으로 보았다.

그도 그럴 것이 하나님의 거처인 하늘을 날아다니는 비행기를 구상하는가 하면 "태양은 고정돼 있다"는 말까지 했다. 천동설天動說이 절대진리로 받아들여지던 시대에 이미 지동설地動說을 말하고 있었던 것이다.

다빈치의 헬리콥터 스케치

다빈치, 과연 그대의 정체성은 무엇인가?

이 물음에 대한 다빈치의 답이 앞의 세 그림(190~191쪽)에 잘 나와 있다. 다빈치는 어떤 종교나 종교적 의미, 사회적 관습을 믿지 않았다. 그가 생각한 인간의 존재 이유에 신의 은총 따위는 없었고, 그가 경험한 생의 원리에 신의 섭리는 그림자조차 없었다.

그렇기 때문에 다빈치는 당시 사회에서 발견하지 못했거나 금기시하는 분야까지 연구하는 진정한 지식인이 될 수 있었다. 그런데 책은 단 한 권도 출판하지 않았다. 왜 그랬을까? 책으로 공개돼 많은 사람이 읽다보면 이단으로 몰릴 수 있었기 때문이다. 이런 사회에서 살아야 했던 다빈치는 '사회심리적 이방인'이었다.

그럼 끝을 모르는 지적 갈망으로 가득 차 있던 다빈치의 로맨스는 어떠했을까? 그는 천재였을 뿐만 아니라 용모도 수려하고 언변도 화려했다. 그런 그에게서 다른 예술가들과 같은 애정행각은 전혀 보이지 않는다. 그래서 다빈치를 연구한 프로이트는 이런 결론을 내렸다.

"그는 로맨스를 포기하고 리서치를 택했다."

다빈치는 무엇 때문에 로맨스를 포기했을까? 그렇게 된 데는 번지수를 잘못 짚은 로맨스가 있었다.

아! 어머니였다니… 잘못 짚은 번지수

그리스신화에서 가장 비극적인 인물은 누구일까? 테베의 왕자 외디푸스다. 그의 비극은 물론 자신의 잘못에서 비롯된 것이 아니라 신탁의 저주 때문이었다.

"이 아이는 장차 아버지를 죽이고 어머니와 결혼하리라."

사람에게 따로 정해진 운명이 어디 있겠는가? 그러나 신탁을 믿게 되면 그 믿음이 운명을 만든다. 테베의 왕 라이오스는 아들을 버리고, 외디푸스의 인생은 그 믿음대로 되고 만다. 종교의 외피를 입고 행해지는 언어를 뿌리치지 못해 외디푸스의 비극을 잉태한 것이다.

친아버지 라이오스 왕이 외디푸스를 산속에 버리지만, 불행 중 다행으로 양치기가 이를 발견하고 코린토스의 폴리보스 왕에게 데려간다. 폴리보스 왕은 아이를 양자로 삼으면서 '발목이 부어 있다'는 뜻의 외디푸스라는 이름을 지어준다.

다빈치 또한 외디푸스처럼 생부 아래서 자라지 못하고 피렌체와 피사 사이의 작은 마을 빈치에 있는 할아버지 집에서 자랐다. 다빈치 집안은 대대로 공증인이었으며, 어린 다빈치는 웅장한 저택에서 조부모의 지극한 사랑을 받으며 자랐다.

이성에 한참 눈뜰 시기인 14세 때, 언제나 자신을 살갑게 돌봐주는 스무 살 연상의 하녀 카테리나가 다빈치의 눈에 아름다워 보이기 시작한다. 카테리나는 어린 다빈치를 볼 때마다 좋아서 어쩔 줄 몰라 하는 표정이 역력했고, 뭔가 자꾸 주고 계속 안아주려 했다. 모성결핍에 늘 외로웠던 다빈치는 그럴 때마다 그녀의 품이 늘 포근하게 느껴졌다. 그러다 사춘기에 접어들면서 설렘도 커져갔고, 자꾸만 카테리나의 품에 안기고 싶어졌다.

그런데 할머니는 다빈치와 카테리나를 매서운 눈으로 주시했다. 심

다빈치의 아르노 계곡 드로잉(1473년)

지어 두 사람이 같이 있는 것만 봐도 불같이 화를 냈다. 그러더니 더 이
상 만나지 말라는 금지령까지 내렸다.

"왜 카테리나를 못 만나게 해요?"

도무지 이해할 수 없어 다빈치가 몇 번이고 물어도 할머니는 대답을
하지 않았다.

그 모든 궁금증은 스무 살이 되던 1472년, 피렌체의 화가조합에 등
록하기 전날에 풀렸다. 그날 다빈치는 길가에서 밭으로 일하러 가던
카테리나의 남편을 만났다. 카테리나는 잘 있느냐는 다빈치의 물음에
그는 한참 머뭇거리다가 결국 비밀을 털어놓았다.

"너도 이제 어른이 됐으니 다 알아야겠지. 카테리나가 사실은 네 생
모야."

갑작스러운 이야기에 충격을 받은 다빈치가 쓰러질까봐 부축하며 그가 이야기를 이어 나갔다.

"네 아버지 피에로가 카테리나와 불장난을 벌여 빈치에서 너를 낳았어. 사생아의 이름을 짓듯 '빈치에서 태어난 사자'라는 뜻에서 너를 레오나르도 다빈치라 부르게 되었지. 네 할아버지 안토니오는 원치 않는 손자가 태어나자 서둘러 네 아버지를 귀족 집안의 딸과 결혼시켰어. 그리고 너는 자기에게 입적했지. 네가 두 살이 되던 해에 카테리나는 농사꾼인 나와 결혼했고, 낮에는 할아버지 집에 가서 하녀일을 하며 너를 돌본 거야. 카테리나는 너에게 젖 먹이는 시간을 가장 행복해했지."

모든 일은 하녀를 며느리로 받아들일 수 없었던 할아버지의 각본대로 이루어졌다. 그런 줄도 모르고 다빈치가 사춘기에 카테리나에게 연정을 품었으니, 할머니가 그토록 노심초사한 것은 당연했다. 그래서 다빈치가 열다섯 살이 되자 친아버지의 집으로 보냈던 것이다.

다빈치의 아버지는 첫 부인과는 이미 헤어졌고 두 번째, 세 번째 부인을 연이어 맞았다. 계모들은 다빈치와 비슷한 또래였지만 다빈치는 어머니라 부르며 잘 지냈다. 그러면서도 한편으로는 강제로 헤어진 어머니 카테리나가 그리워서 수첩에 이렇게 적어놓았다.

지금 카테리나는 무엇을 하고 있을까? 나와 각별하다는 이유로 어려움을 당하지는 않았을까?

어머니인 줄도 모르고 하녀로 대우하며 연정까지 품다니…… 다빈치는 자신이 외디푸스 같다는 생각을 지울 수가 없었다.

'이 시대의 외디푸스여! 더 이상 아무도 믿을 수 없게 된 너는 앞으로 무엇을 할 것인가? 스스로 해답을 찾는 수밖에 없지 않는가?'

또한 한 번도 아들을 아들이라 불러보지 못한 카테리나가 더 가엾게 느껴졌다.

엄청난 출생의 비밀을 안 뒤 그 충격이 얼마나 컸던지 외향적이던 다빈치의 성격도 내향적으로 변해갔다. 다빈치가 기존의 제도와 신념에 회의적이었던 것도 스무 살 나이에 전통과 권위의 이중성을 발견했기 때문이다. 이 충격적인 발견은 다빈치의 일생을 바꾸어놓았고, 그의 모든 작품을 관통하는 모티브로 작동한다. 이런 다빈치의 심리가 잘 드러난 그림 가운데 하나가 〈성 안나와 성모자〉다.

서양화는 인간의 심리를 재현하려는 욕구가 강하다. 그래서 산수화를 주로 그리는 동양화와는 달리 인물화를 많이 그렸다. 그 가운데 가장 오래된 주제가 바로 성모자상이다. 중세기에 성모마리아는 자애로운 모성의 상징이었다. 그림에서 뒷부분의 성 안나는 성모마리아의 어머니인데도 나이가 비슷해 보인다. 친어머니는 성모로, 계모는 성 안나로 표현함으로써 다빈치가 계모와도 잘 지냈음을 드러낸다.

일단 험준한 바위산의 설경을 배경으로 설정했고, 온화한 두 어머니가 바위 위에 맨발로 앉아 아이를 바라보고 있다. 그 가운데 마리아가 두 팔 벌려 아이를 안으려 하자 어린 다빈치는 희생의 상징인 양의 목주위를 잡으며 어머니를 돌아보고 있다.

어머니를 보는 아이의 눈초리와 어머니의 눈빛을 살펴보라. 자애로

성 안나와 성모자

레오나르도 다빈치(Leonardo da Vinci), 1510년경, 포플러에 유채, 130×168cm

프랑스 파리, 루브르 박물관 소장

운 어머니의 눈빛을 보는 아이의 눈초리가 전혀 아이답지 않다. 마치 "그대의 모든 아픔을 알고 치유해주겠다"는 듯한 모습이다.

마리아가 입은 푸른 치맛자락의 윤곽은 독수리의 형상을 닮았다. 그리스신화에서 바람둥이 제우스의 상징이 바로 독수리다. 바람둥이 아버지를 이런 식으로 나타낸 것이다. 아이는 사회적 체면 때문에 어머니를 버린 희생과 책임을 모르는 아버지에게 등을 돌리는 대신 어머니를 의연하고 안쓰러운 눈길로 바라본다.

마리아를 무릎 위에 앉힌 안나의 표정도 일품이다. 꼬여버린 인생을 이해하는 듯한 달관된 표정을 보이면서도 자기와 인연을 맺은 두 사람을 기꺼이 수용하는 자세다.

이 작품은 스푸마토sfumato 기법을 사용해 물체의 경계를 모호하게 처리함으로써 아스라한 감정이 들게 한다. 배경을 흐릿하게 하고 인물의 명암이 드러나게 했는데, 인물을 중시하는 서양화와 배경 및 여백을 중시하는 동양화의 차이가 여기서도 드러난다.

동성애로 연이어 고발당하다

스무 살이 될 때까지 생모를 몰라보고 하녀로 대하다가 한때는 연정까지 품었던 다빈치. 출생의 비밀을 알고 난 뒤 생모에 대한 미안함과 안쓰러움은 나날이 커져갔다. 그 시기에는 밤마다 악몽을 꾸기도 했다.

서쪽 하늘 멀리 작은 점 하나가 나타나 점점 커지더니 큰 독수리로 변해 다빈치를 덮친다. 독수리는 날카로운 발톱으로 다빈치의 입을 벌린 다음 소변을 보고 멀리 날아간다.

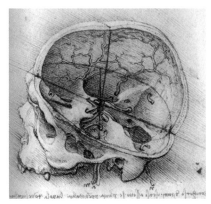

다빈치의 해부학 드로잉

가위에 눌려 깨어보면 꿈이었고, 온몸이 땀에 흠뻑 젖어 있었다. 다빈치는 반복적으로 나타나는 꿈의 정체를 밝혀보기 위해 독수리는 물론 참새 등 온갖 생물을 잡아다가 연구하기 시작했다. 이로써 다빈치는 미술은 물론 비행기와 잠수함 설계 등 기계와 건축에도 통달했을 뿐만 아니라 동물과 인체의 해부를 통해 인류 최초의 해부학자가 된다.

다른 거장들과 마찬가지로 다빈치도 새로운 화법을 창안했다. 즉, 공기 원근법aerial perspective 또는 스푸마토(연기) 기법으로 불리는 화법이다. 다빈치는 색과 색의 경계를 선이 아니라 명암으로 나타낸다. 그러면 윤곽의 색이 연기나 안개처럼 흐릿해진다. 여기에서 작가 특유의 상상력이 두드러지게 나타나며, 작품에 신비성과 깊이가 더해진다.

다빈치의 이런 천재성은 어디에서 왔을까? 세계에 대한 끊임없는 탐구에서 비롯되었다.

"모든 경험은 각기 새벽이다. 이 새벽을 지나야 미지의 세계가 저 산 너머에서 동터온다."

그래서 다빈치 식 경험은 익숙한 것과 결별하는 데서 이루어진다. 생경한 경험에서 첫새벽이 시작된다. 실수해도 좋다. 새벽은 날마다 새롭게 열리기 때문이다.

다빈치는 결혼에 대해서도 의미심장한 이야기를 했다.

"결혼이란, 뭐랄까 뱀장어를 잡아보겠다는 사람이 뱀 굴에 손을 집어넣는 것과 같다."

한마디로 결혼이란 영양가 있는 뱀장어를 잡으려다가 그만 뱀 굴에 손을 넣어 뱀에 물리는 것과 같다는 것이다. 이것이 다빈치의 결혼관이다. 다빈치는 왜 이렇게까지 결혼에 거부감을 가지게 되었을까?

먼저 이성에 대한 관심이 확 줄어든 시기는 첫 순정이었던 카테리나가 생모라는 것을 알고 나서였다. 그리고 다음 시기는 동성애자로 고발당하고 나서였다.

다빈치는 24세 때 두 번이나 소환을 당해 조사받는다. 그 시절 동성애는 하나님의 창조질서를 어기는 것으로서 종교적 이단보다 더 큰 범죄로 취급됐다. 1476년 4월 9일, 피렌체공화국 법원의 기록을 중심으로 살펴보자.

피렌체의 유명 모델 가운데 17세의 자코포 살타렐리Jacopo Saltarelli가 있었다. 그가 동성애 혐의로 풍기단속반에게 검거됐는데, 다빈치를 포함한 네 명의 청년과 문란한 행각을 벌였다는 것이다. 다빈치도 이때 체포당해 두 달가량을 감옥에 갇혀 지냈다.

이 기간에 조사를 받으면서 다빈치는 모든 가능성에 대비해 계획을 세웠다. 장기간 갇히게 되면 어떻게 자물쇠를 열고 탈출할지 등을 상세히 적어놓은 것이다. 다행히 함께 갇혔던 토르나부오니가 메디치 가문의 로렌초와 친척이어서 그 영향력으로 덩달아 석방되었다.

다빈치는 그날 노트에 이렇게 적었다.

이탈리아 전역에 동성애가 퍼져 있건만 하필 별 관련도 없는 나와 내 친구들만 불려가야 했는지, 그리고 언제까지 이렇게 혼자 살아야 하는 지 스스로도 의문이다.

본인의 의지와 관계없이 첫 순정이 꺾이고 연이어 동성애에 대한 종 교적·사회적 편견으로 시련을 당하자 다빈치는 결혼을 '위험한 도박' 으로 보게 되었다.

이후 다빈치는 〈수태고지〉, 〈동방박사들의 경배〉 등 성당화를 주로 그렸다. 특히 밀라노 대공의 전폭적 후원을 받아 밀라노에 머무르면서 회화, 건축, 기계, 해부학 등 근대 과학의 기초가 되는 많은 저술과 불 후의 명화를 남기기 시작했다.

이때 다빈치는 또 한 번 동성애 소문에 휘말린다. 처음 동성애로 곤 욕을 치른 지 14년 만의 일이었다.

살라이로 추정되는 레오나르도 다빈치 의 드로잉

다빈치는 제자나 모델을 선발할 때 재능과 함께 외모도 중시했다. 그렇게 선발한 이들 가운데 가장 이상적인 모델 은 자코모 살라이Giacomo Salai였다. 부모 가 없었던 살라이는 숱이 많은 금발 곱 슬머리에 균형감 있는 얼굴과 몸매를 지 닌 모델이었다.

살라이는 다빈치의 조수 겸 모델로 일 하면서 총애를 받았다. 멋 부리는 것을 좋아해 다빈치에게 많은 돈을 요구했는데, 넉넉히 돈을 받아도 늘 부족했다. 그럴 때는 다빈치 몰래 귀중품을 훔쳐서 저당을 잡히기까지 했다. 그러고도 거짓말로 둘러댔지만, 다빈치는 살라이를 내치지 않았다. 도리어 '내 작은 악마'라 부르며 총애했고, 후일 주택과 포도농장을 유산으로 남겨주었다.

〈최후의 만찬〉과 유다의 복권

두 번의 동성애 혐의로 크게 곤경을 치른 다빈치는 어느덧 40대 초반을 지나고 있었다. 온갖 풍문도 가라앉고 불타는 정념도 잦아든 중년의 다빈치에게 초로初老의 여인이 찾아왔다. 어머니 카테리나였다. 자신의 어릴 적 기억에 그렇게 곱게 남아 있던 어머니가 병든 몸을 이끌고 나타난 것이다.

카테리나는 다빈치가 독신으로 지내는 것이 마치 자기 탓인 양 가슴이 저며 아무 말 없이 울기만 했다.

"다 내 탓이지. 나 때문에 네가 이렇게 외로이 살고 있구나."

다빈치는 자책하는 어머니를 가만히 안고 다독였다.

"그러지 마세요, 어머니. 어머니는 저에게 세상 누구보다 훌륭하신 분입니다."

그날부터 다빈치는 시골에서 농사꾼의 아내로 힘들게 살아온 어머니를 모시고 행복한 나날을 보냈다.

그즈음 밀라노 대공이 성마리아 수도원 식당에 걸 대형 벽화를 주문했다. 어떤 그림을 그릴까 고민하고 있는데, 카테리나가 그만 고향으로 돌아가겠다고 했다. 아들에게 폐가 될까봐 내심 걱정이었던 것이다. 편히 머무르시라고 만류해도 아무 소용이 없자 다빈치는 마지막 만찬을 대접해드렸다. 다음 날 떠나는 어머니의 뒷모습을 보며 전날 밤의 만찬이 떠올랐다. 다빈치는 여기에서 착상을 얻어 세계사에 길이 남을 〈최후의 만찬〉을 구상했다.

1년 6개월 뒤 카테리나가 사망하자, 다빈치는 어머니가 살던 곳으로 내려가 장례비를 대고 모든 장례 절차를 지켜보았다. 그리고 장례를 마친 뒤 돌아와서 곧장 〈최후의 만찬〉 제작에 착수했고, 45세인 1497년에 작품을 완성했다.

당시에는 최후의 만찬을 그린 그림이 부지기수로 많았고, 대부분이 배신자인 가룟 유다를 식탁 건너편에 혼자 앉아 있는 모습으로 그렸다. 그런데 다빈치는 유다를 다른 제자와 같은 식탁에 앉게 했다.

죽음을 앞둔 예수가 슬픔에 잠겨 3개의 창문 앞에 놓인 식탁 중앙에 앉아 있다. 예수를 중심으로 제자 12명이 좌우에 6명씩 앉았는데, 3명씩 네 그룹이다. 예수의 오른쪽(독자가 볼 때 왼쪽)에는 파란 옷을 입은 유다가 오른손에 돈주머니를 쥔 채 팔꿈치를 탁자에 대고 있다. 그의 오른손 앞에 소금통이 넘어져 있다. 유다가 일부러 쓰러트린 것이다.

그런데 그 시대 성화들과는 달리 이 그림에는 열두 제자는 물론 예수까지 머리 뒤쪽에 후광이 없다. 또한 동석한 유다의 모습도 문제가 돼 성직자들 다수는 〈최후의 만찬〉이 예수의 거룩성을 침해했다고 비난했다.

최후의 만찬
레오나르도 다빈치(Leonardo da Vinci), 1495~1497년, 회벽에 유채와 템페라, 880×460cm
이탈리아 밀라노, 산타마리아 델라 그라치에 성당 소장

그림의 분위기도 동일한 주제를 담은 이전 그림들과 확연히 다르다.
그림의 중심축은 유다와 예수다. 예수는 체념하고 달관한 듯한 모습
이고, 그를 바라보는 유다는 투쟁 의지로 팽배해 있다.

예수가 "너희 중 나를 팔 자가 있다"고 말하자, 제자들은 벌떡 일어
나기도 하고 앉은 채로 "나입니까?" 하고 묻는다. 하지만 유다는 조용
하다. 도리어 몸을 뒤로 젖히며 불신과 분노의 시선으로 예수를 바라
보고 있다. 이 장면이 체념한 듯한 예수의 모습과 대조돼 그림의 중심
축이 유다에게로 이동한다.

다빈치는 왜 역사상 가장 비열하고 저주받은 인물로 취급되는 유다를 이렇게 그렸을까? 유다가 돈 때문에 스승을 판 것은 아니라고 생각했기 때문이다.

당시 이스라엘은 로마제국의 식민통치 하에 있었다. 유다는 식민통치에 맞섰던 독립운동단체 '열심당'의 일원이었다. 그는 젊은 예수가 화려한 언변으로 대중을 휘어잡는 것을 보고 독립운동에 큰 힘이 될 것으로 기대했다. 하지만 이 기대는 곧 깨졌다. 예수는 압제자들에게 저항할 의지도 철학도 없었다. 유다는 '세상의 구원자라면서 현실에 둔감하게 만드는 이런 지도자는 차라리 사라지는 게 낫다'고 생각한다.

유다가 돈주머니를 당당히 식탁 위에 올려놓은 모습은 은전 30냥에 욕심이 나서 스승을 배반했다는 편견을 일축한다. 만일 그랬다면 부끄러운 돈을 식탁 아래 감추었어야 한다.

유다는 예수 공동체의 재정을 맡았다. 그가 예수를 향해 돈주머니를 내밀고 있는 것은 천상의 언어도 좋지만 이 무리는 어떻게 먹여 살릴 것이냐는 뜻이다. 그래서 소금통도 엎어 쏟아버렸다. 압박과 설움을 당하는 사람들을 해방시키려는 의지와 방책이 없이 "너희는 세상의 소금이라"고 한 언명은 언어 유희에 불과하다. 그래서 유다는 예수와의 결별을 결심했고, 다빈치는 이를 〈최후의 만찬〉에 반영했다.

〈최후의 만찬〉을 제작한 뒤 다빈치는 회화는 물론 과학, 기술, 군사 등 모든 분야에서 밀라노를 넘어 유럽 최고의 거장이 된다.

〈모나리자〉, 수수께끼

다빈치는 거장이 된 뒤 고향 피렌체에 일시 귀국한다. 마을 사람들은 금의환향한 다빈치를 환대했다. 하지만 다빈치는 어머니와의 아픈 추억이 있고 이제 그 어머니마저 계시지 않은 곳에 오래 머무르고 싶지 않았다.

1502년, 마침 교황 알렉산드르 6세의 아들이자 교황청 군대사령관인 체사레 보르자Cesare Borgia(1475~1507)가 초청을 했고, 다빈치는 그의 군사 및 건축 기술고문이 되었다. 참고로 역사상 가장 타락한 교황으로 꼽히는 인물이 알렉산드르 6세이고, 체사레는 교황이 추기경 시절 유부녀와 관계를 맺어 낳은 아들이다.

당시 절정기였던 25세의 체사레와 50세의 다빈치는 나이를 뛰어넘어 절친한 사이가 된다. 두 사람의 역사적 만남을 일본 작가 시오노 나나미는《체사레 보르자 혹은 우아한 냉혹》에 잘 묘사해놓았다.

정말이지 다빈치는 만능이었다. 그는 체사레 공국의 건축공사를 모두 책임졌다. 처음으로 근대적 지도작성법을 만들고 필요한 토지를 측정했다. 체사레는 자신이 다빈치의 '파트롱patron(후원자)'이라며 영지 내의 각 지방장관들, 성주, 용병대장들에게 공문을 보냈다.

내 가장 친한 친구인 다빈치에게 전 지역의 자유통행을 보장하고, 만날 때마다 최고의 예우를 하라.

그 무렵 니콜로 마키아벨리Niccolò Machiavelli(1469~1527)가 체사레를 방

다빈치의 지도

문했다. 그는 체사레에게서 군주의 잔혹한 면을 보고 자신이 꿈꾸는 이상적 통치자로 여겨 이렇게 조언한다.

"전쟁을 하러 행군할 때 깃발에 이렇게 쓰십시오. '체사레냐, 죽음이냐.' 그 깃발을 휘날리십시오."

이후 체사레는 이 깃발을 들고 르네상스 시기의 이탈리아를 휘어잡았고, 마키아벨리는 체사레와의 경험을 토대로 《군주론》을 썼다. 다빈치도 체사레의 저택에서 마키아벨리와 여러 차례 만나 회화와 통치에 대해 의견을 나누기도 했다.

그런데 아쉽게도 체사레가 서른셋의 나이에 요절하는 바람에 다빈치는 다시 피렌체로 돌아와야 했다. 피렌체로 돌아온 다빈치는 이후 4

모나리자
레오나르도 다빈치(Leonardo da Vinci), 1503년~1506년, 패널에 유채, 53×77cm
프랑스 파리, 루브르 박물관 소장

년 동안 〈모나리자Mona Lisa〉를 그린다. 그러나 〈모나리자〉는 지금까지 영원한 미완성의 걸작으로 남아 있다.

그런데 〈모나리자〉의 모델은 누구일까? 어머니, 숨겨둔 여인, 동성애인, 자기 복제 등 여러 설이 있다. 어쩌면 이 모두가 합쳐져 꿈결처럼 다빈치의 손을 움직였을지도 모른다.

제작 동기는 분명하다. 고향에 온 다빈치에게 피렌체 은행가 자놀리 델 지오콘도가 찾아와 아내 리자의 초상화를 그려달라고 부탁했다. 다빈치는 모델이 유쾌한 느낌을 유지하도록 희극배우를 불러 코믹한 분위기를 연출했다. 또 음악가를 불러 르네상스 최고의 작곡가이자 여러 번 만난 적이 있는 조스캥 데 프레Josquin des Prez의 샹송을 연주하거나 노래를 부르게 했다. 이런 과정을 통해 〈모나리자〉의 신비한 미소가 탄생했다.

모나리자의 '모나mona'는 '마돈나madonna'의 줄임말로 부인을 부를 때 쓰는 경칭이다. 그러므로 모나리자는 '리자 부인'이라는 말이다.

지오콘도는 우아하면서도 생의 즐거움이 충만한 모습으로 그려진 아내 리자의 모습을 보고 크게 기뻐했다. 모델은 분명 자기 아내인데, 그림의 분위기는 뭔가 불가사의했다. 리자도 남편과 다빈치에게 "나를 모델로 삼은 그림이 어쩌면 이토록 멋지게 표현될 수 있을까?" 하며 감탄했다.

이런 경탄은 당사자에 그치지 않고 점차 주변에 번져 나가 '모나리자 신화'가 창조돼 오늘날에 이르렀다. 〈모나리자〉의 위대성은 무엇보다 멋진 그림이면서 작가의 제작의도와 관계없이 그림을 보는 이 각자가 나름대로 의미를 부여하고 즐길 수 있다는 데 있다. 걸작이란 바로 그런 것이다. 작품 자체가 살아 있어서 시대에 따라, 보는 이에 따라 다각도로 해석이 가능하다.

얇은 베일 속의 모나리자도 관객을 물끄러미 바라보고만 있다. 그림 속 배경인 알프스 호수의 물도 흐릿해 모나리자의 신비로운 미소에 시선이 더 집중될 수밖에 없다.

이 작품이 위대하게 평가받는 또 하나의 이유는 그림 자체가 스스로 명작 행세를 하지 않는다는 점이다. 불룩한 가슴 위에서 살짝 흔들리는 레이스와 그 아래 선명한 두 손의 표정을 보고 있노라면 이 작품이 왜 인류 최고의 명화인지조차 망각하게 된다. 명작 같은 명작은 싫증이 날 수 있다. 아무리 봐도 평범하기 그지없는 작품이 명작이 될 경우 영원성을 획득한다.

다빈치는 수수께끼 같은 모나리자의 웃음 배경인 호수의 물을 몽환적으로 그렸다. 이는 당대를 지배하는 도그마를 비웃고 있는 것이다.

물은 쉼 없이 연결된다. 본질에서도…….

그가 메모지에 적었던 이 문장은 의미심장하다. 물이야말로 모든 것을 생기게 하고 변화시키는 원동력이라는 뜻이다.

유체역학자, 수문학자hydrologist이기도 했던 다빈치는 세상 만물이 창조가 아니라 진화에 의해 이루어졌다고 믿었다. 그렇다고 이 신념을 떠든다면 그 순간 이단자로 종교재판을 받고 화형을 당할 터였다. 그래서 평소 '회화는 대중과의 소통수단'이라는 자신의 지론대로 그림을 통해 소신을 전파했던 것이다.

다빈치는 16세기 엄숙한 종교사회의 니체였다. 그는 당대를 옥죄고 있던 종교에서 벗어나 자유로운 영혼의 소유자였다. 종교가 지배하는 사회일수록 종교는 지배층과 결탁해 서민의 궁색함을 '겸양'으로, 무기력을 '선한 덕'으로 둔갑시킨다. 이를 잘 아는 다빈치는 당대의 전통과 기준에 대해 항상 이런 질문을 던졌다.

"왜why 그래야 하는가? 그리고 만약what if 다른 식이라면 어떤 결과가 나올까?"

그런 다빈치의 〈모나리자〉가 르네상스를 뛰어넘어 매 시대마다 진보적 문화의 아이콘이 되는 것은 어쩌면 당연한 결과다. 이런 현상은 시대의 사조를 주도하는 예술가들에 의해 앞으로도 계속될 것이다.

다빈치의 〈모나리자〉는 살바도르 달리Salvador Dali에 의해 여성 동성애자로 둔갑했고, 마르셀 뒤샹Marcel Duchamp에 의해 콧수염이 붙었다. 팝아트의 교황 앤디 워홀Andy Warhol도 예외가 아니다. 그는 복제시대에 맞게 아예 실크스크린에 〈모나리자〉를 복제해 찍어냈다.

미술뿐 아니라 음악에서도 〈모나리자〉는 항상 신선한 아이템이다. 재즈 가수 겸 피아니스트 냇 킹 콜Nat King Cole은 〈모나리자〉를 불러 팝발라드의 황제가 되었다. 그의 딸 나탈리 콜Natalie Cole도 〈모나리자〉를 다시 불러 정상에 올랐다. 부녀는 〈모나리자〉에 대해 이렇게 노래한다.

모나리자, 그대의 미소는 연인을 유혹하기 위해서인가,

마음의 깊은 상처를 숨기기 위해서인가?

Do you smile to tempt a lover, Mona Lisa

or is this your way to hide a broken heart?

프란체스코 멜치와는 어떤 사이?

시대를 뛰어넘는 문화의 아이콘 〈모나리자〉가 탄생한 뒤, 다빈치는 프랑스의 궁정화가로 초대받는다. 이때 다빈치의 나이는 64세였다.

다빈치는 고향 피렌체를 떠나기 전 지오콘도의 저택을 방문해 〈모나리자〉를 가져가게 해달라고 정중히 부탁했다. 지오콘도가 잠시 머뭇거리자 그림의 주인공 리자가 선뜻 나섰다.

"이 그림을 제 초상화로만 남겨두기엔 제게 너무 벅찹니다."

아내의 말에 지오콘도도 기꺼이 허락했다.

"내 아내를 세상에 영원히 남게 해준 것을 감사하오."

그렇게 〈모나리자〉를 돌려받은 다빈치는 프랑스로 건너가 이 그림을 다시 가다듬기 시작했다. 그는 〈모나리자〉를 평생 곁에 두고 자신의 잠재된 열망으로 만지고 또 만졌다. 모나리자의 얼굴선도 없애고, 눈썹과 속눈썹도 없앴다. 웃음도 애매모호하게 만들었다.

모나리자는 입술로만 웃고 있다. 그것도 입술을 꽉 다문 채. 관객이보기에 왼쪽은 웃지 않고 오른쪽 입꼬리만 살짝 올려 웃는다. 비대칭적 웃음이다. 이것은 다빈치 자신이 지나온 삶에 대한 웃음이다. 그런삶을 살아야만 했던 세상에 대한 웃음이다. 그는 모나리자의 웃음을 비대칭적으로 만든 뒤, 모나리자의 묶음 머리도 풀어 긴 생머리로 늘어 뜨렸다.

여기서 잠깐! 오늘날에는 찰랑거리는 머리가 멋져 보이지만 르네상스 시대엔 은밀한 성적 판타지였다. 그 당시 여자들은 집 밖으로 나갈 때 머리를 단정하게 묶거나 모자를 써야 했다. 그렇게 하지 않으면 음탕한 여자로 취급됐다.

아무 장식도 없는 수수한 옷차림으로 머리도 풀어 헤친 채 웃고 있는 모나리자. 그녀의 웃음도 묘하다. 좋아서 웃는지, 깊은 설움을 억누르려고 웃는지, 무엇을 열망해서 웃는지, 열정을 불태우고 나서 웃는지, 유혹하는 웃음인지, 비웃는 웃음인지 가늠할 수 없다. 근래 들어 레이저로 그림을 비춰본 결과 이미 그려놓은 윤곽선을 손으로 문질러 지운 것으로 드러났다.

다빈치를 초대한 프랑수아 1세(1494~1547)는 많은 성을 신축하거나 재건축했다. 또한 국가복권제도를 처음 만든 인물이기도 하다. 그에게 다빈치는 궁정화가를 넘어 정신적 스승이었다. 프랑수아 1세는 다빈치를 '나의 아버지'라고까지 부르며 클로 뤼세 성을 하사했다. 또한 성과 왕궁 사이에 비밀통로를 연결해 다빈치가 언제든 드나들 수 있게 했다. 다빈치는 이에 대한 보답으로 왕이 거주하는 앙부아즈 성을 멋지게 설계했다.

다빈치가 프랑스로 떠날 때 동행한 제자는 밀라노의 귀족 멜치 가문의 수제자 프란체스코 멜치Francesco Melzi였다. 그 시절 다빈치에게는 많은 청년들이 몰려와 제자가 되기를 원했고, 제자가 되면 부모들이

사례비를 보내주었다. 멜치도 그 청년들 가운데 한 사람이었다. 그런데 그는 예전 제자 자코모와는 전혀 달랐다. 스승의 돈이나 명성에 전혀 관심이 없었으며, 나이 들어가는 스승을 정성껏 보살폈다. 또한 그림도 잘 그려서 다빈치의 기대를 저버리지 않았다.

이 무렵 다빈치는 수전증이 생겨서 그림을 그리는 대신 바이올린을 만들었다. 그는 바이올린 통의 좌우에 에프F 자 구멍을 만들어 프랑수아 1세를 기렸다. 바이올린의 원조는 고대 아라비아인의 현악기 레바브로 알려져 있는데, 여러 단계를 거쳐 발전해오다가 다빈치에 의해 악기의 여왕이 되었다.

어쨌든 다빈치는 자신보다 마흔 살이나 어린 멜치가 자신의 동성애 상대라는 소문이 떠돈다는 것을 알면서도 전혀 개의치 않았다. 그는 교황 레오 10세의 부름을 받자 멜치를 로마로 데려갔다. 그리고 바티칸 궁의 별실에서 멜치와 함께 지내며 과학과 수학 등을 연구해 23권의 방대한 저작을 남겼다.

바티칸의 정치꾼들은 다빈치가 왼손잡이에다가 정식교육도 받지 못했으며, 라틴어와 그리스어를 잘 몰라 고대문헌도 보지 못하는 무식한 자라고 조롱했다. 하지만 다빈치는 오히려 그들을 비웃으며 멜치에게 가르침을 주었다.

"재능도 없고 단순히 암기 위주

프란체스코 멜치의 초상화

포모나와 베르툼누스
프란체스코 멜치(Francesco Melzi), 16세기 전반경, 목판에 유채
독일 베를린, 베를린 국립 회화관 소장

로 학습한 기억에만 의존하며, 자기 생각도 없이 단순히 선례만을 차용하는 자들이다. 멜치, 무지에 빠지지 마라. 무지한 자는 우울해지고 절망하게 된다. 누가 무지한 자인가? 바로 당연한 규칙과 권위만을 추구하는 자들이다. 진리는 항상 의심의 저편에서 탄생한다. 권위에만 의존하지 말고 자신만의 지성으로 탐구하고 항상 자연과 대화하며 경쟁해라."

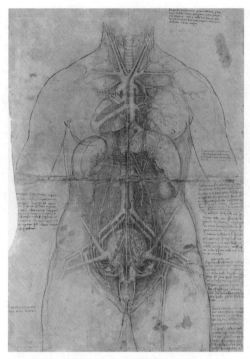

레오나르도 다빈치의 여성 해부도(1512년경)

다빈치는 오직 경험의 세계만을 치열하게 탐구해 르네상스를 대표하는 만능의 천재로 인정받았다. 67세 생일을 맞고 며칠 뒤, 그는 마지막이 가까웠음을 느끼고 유언장을 작성한다.

내 관을 80여 명의 거지가 햇불을 들고 운구하게 하라.

그 대가를 충분히 지불하고, 내 많은 재산도 가난한 자들에게 나누어주라.

모든 작품과 기록물은 멜치에게 상속하라.

다빈치는 유언 집행을 멜치에게 맡기고, 프랑스 왕실에는 〈모나리자〉만 넘겼다. 멜치의 팔에 안겨 병자성사病者聖事를 받고 유언장을 작성한 지 열흘째 되던 날, 다빈치는 프랑수아 1세의 품에서 생을 마감했다. 이후 프랑수아 1세는 퐁텐블로 성에 다빈치의 작품을 전시할 미술관을 건립했다.

다빈치는 마지막 순간까지 어머니를 회상하며 멜치에게 자주 물었다.

"멜치, 그토록 고운 시골 처녀를 본 적이 있느냐? 그녀는 아무리 낡은 옷을 입어도 화려한 옷을 입은 귀족 처녀들보다 아름답지. 어떤 화가가 그 고운 모습을 그려낼 수 있겠느냐?"

레오나르도 다빈치의 임종을 바라보는 프랑수아 1세
장 오귀스트 도미니크 앵그르(Jean Auguste Dominique Ingres), 1818년
캔버스에 유채, 50.5×40cm, 프랑스 파리, 프티 팔레 미술관 소장

미켈란젤로

그대를 성모로 만들어드리겠소

리비아의 여성 예언자
미켈란젤로 부오나로티(Michelangelo Buonarroti), 1508~1512년, 프레스코화, 395×380cm
바티칸시국, 시스티나 성당 소장

Michelangelo
Buonarroti

미켈란젤로 부오나로티Michelangelo Buonarroti(1475~1564)의 작품은 거칠다. 어떤 작품이 거칠다고 할 때는 두 가지 이유다. 하나는 작가가 실력이 형편없어서 조야粗野한 경우, 다른 하나는 출중한 작가가 작품의 질감과 역동성을 드러내려고 거칠게 하는 경우다. 후자의 경우 작품에서 보는 이를 움직이는 힘이 풍겨 나온다.

마조히즘masochism적인 성향을 지닌 작가들이 대개 투박하고 거친 에너지가 충만한 작품을 내놓는다. 미켈란젤로도 마조히즘적 경향이 있었다. 그는 미술과 조각, 건축뿐만 아니라 소네트sonnet도 많이 남겼다. 미켈란젤로의 소네트는 대상이 밝혀지지 않은 것이 대부분이다. 그만큼 속을 끓이고 살았다는 이야기가 될 것이다.

청년 후기에 쓴 시 두 편에도 그러한 기질이 잘 나타나 있다.

에로스의 신이여,

그대의 격렬한 충동에 저항할 수 있었을 때 난 무척 행복했다오

아! 눈물이 내 가슴을 적시는 이제야

그대의 힘이 얼마나 격렬한지 알 것만 같소

아! 그녀의 머리 위에 꽂힌 꽃들은 얼마나 좋을까

꽃들이 그녀 이마에 서로 입 맞추려 다투고 있네

그녀의 고운 몸매를 흘러내리는 옷은 얼마나 좋을까

그녀의 볼과 목과 어깨를 온종일 만지면서도 지치지 않는구나

그녀의 허리띠는 언제까지나 이렇게 포옹하고 싶다고 말하는구나

차라리 그녀의 머리 위 꽃이라도 되고 그녀가 입는 옷이라도 되어 그녀와 같이 있고 싶다는 것이다. 도대체 어떤 사랑을 했길래 이처럼 자신을 비하하면서까지 열정을 토로했을까?

평소 말수가 적고 내성적이었던 미켈란젤로는 누구를 사랑해도 용기를 내기보다는 혼자 속으로 삭이는 편이었다. 미켈란젤로의 사랑은 수동적이었고, 주로 혼자만의 사랑이라 더 괴로웠다.

그런데 작품을 만들 때는 달랐다. 그는 완전히 다른 사람으로 돌변해 대상 속에서 어떤 명작을 끄집어내기라도 하듯 대상을 철저히 제압하고 재창조했다. 그는 '예술과 결혼할 수밖에 없는 사람'이었다. 그만큼 작품을 사랑하고 작품 제작을 위해 작품에 푹 파묻혀 살았다.

노아의 만취
미켈란젤로 부오나로티(Michelangelo Buonarroti), 1508~1512년, 프레스코화
바티칸시국, 시스티나 성당 소장

티토스
미켈란젤로 부오나로티(Michelangelo Buonarroti), 1508~1512년, 프레스코화
바티칸시국, 시스티나 성당 소장

미켈란젤로를 가까이에서 지켜본 제자 아스카니오 콘디비Ascanio Condivi에 따르면 "작품에 대한 꺼지지 않는 열정이 미켈란젤로와 인간 사회를 격리"시켰다. 그래서 그는 늘 고독했고, 사랑하면서도 사랑받지는 못했다.

석공 아내의 젖

미켈란젤로는 무엇보다 일을 사랑한 사람이었다. 한시도 쉬지 않고 일하는 워커홀릭이었다. 한 편지에 자신의 심정을 이렇게 썼다.

낮이나 밤이나 일밖에는 생각하는 것이 없습니다.
지난 12년간 식사할 틈도 없이 계속된 과로로 탈진해 있습니다.
여기 이르기까지 내가 얼마나 일했는지 사람들이 안다면,
아마 나를 조금도 위대하게 보지 않을 것입니다.

그만큼 그는 열심히 일했다. 일에 지친 자신을 볼 때 비로소 안도하고 만족했다. 한시도 가만있지 못하고 끊임없이 움직여야 했는데, 특히 무엇인가를 직접 자기 손으로 만들어야만 직성이 풀렸다.

그에게는 아무리 일해도 채워지지 않는 심리적 허기가 있었다. 그 허기 때문에 현장 인부가 해야 할 일도 직접 했다. 스스로 석공이 되고 인부도 마부도 됐으며 노예처럼 일했다.

아늑한 휴식이 무엇인지 몰랐던 미켈란젤로. 그의 고향은 이탈리아

피렌체공화국의 작은 시골 카프레제였고, 아버지 로도비코Lodovico는 그곳의 읍장이었다. 어머니가 미켈란젤로를 낳자마자 출산후유증으로 드러눕는 바람에 석공의 아내가 유모가 되어 미켈란젤로를 길렀다. 어머니는 시름시름 앓다가 6년 뒤 세상을 떠났고, 아버지는 4년 뒤에 재혼했다.

미켈란젤로의 자화상

미켈란젤로는 갓난아이 때부터 돌먼지 속에서 살았다. 아이에게 필요한 어머니의 애정 어린 목소리 대신 돌 깨는 징소리를 들었고, 어머니의 따스한 품 대신 무덤덤한 조각상만 보고 자라났다. 아이가 울어도 대리석은 아무 대꾸가 없었다. 그래도 아이는 대리석을 어머니 삼아야 했다. 유모가 일하는 동안 대리석 위에서 놀다가 울다가 잠이 들었다.

대리석은 무슨 짓을 하든 반응하지 않는다. 미켈란젤로의 성장기는 반응이 전무한 '이해와 수용의 공백기'였다. 그래서 미켈란젤로는 일생 동안 대리석 속에 작품의 형상이 존재한다고 말하며 그 형상을 끄집어내려고 애썼다. 따뜻한 어머니를 차가운 대리석 속에서 꺼내야 한다는 잠재의식이 자리하고 있었던 것이다.

아버지 또한 따뜻한 사람이 아니었다. 그는 단지 아들을 자신이 이루지 못한 꿈을 이루는 수단으로만 여겼다. 그러나 어려서부터 자연스럽게 석공들의 데생과 조각을 보며 몸에 익힌 미켈란젤로의 모습은 아버지의 기대와는 거리가 멀었다.

아버지는 가끔 석공의 집에 들러 아들이 잘 있는지 살폈는데, 그럴 때마다 데생을 하고 있는 아이를 보고는 심하게 꾸짖었다.

"너, 커서 뭐가 되려고 이러느냐?"

에레트리아의 무녀
미켈란젤로 부오나로티(Michelangelo Buonarroti), 1508~1512년, 프레스코화
바티칸시국, 시스티나 성당 소장

어머니가 의자에 앉아 책장을 넘기고 있고, 아이가 책상 위에서 접시를 받쳐 들고 한 손으로 뭔가 바르는 흉내를 내고 있다. 어머니는 옷차림으로 봐서는 귀족인데 팔뚝과 어깨가 굵다. 보통 근육이 아니라 육체 노동자의 몸이다. 또한 눈빛도 노동에 골몰해 있다. 미켈란젤로의 유모, 즉 석공의 아내를 그려놓은 것이리라.

미켈란젤로가 커서 학교 갈 나이가 되자 아버지는 문법학교에 보내며 이렇게 훈계했다.

"너는 카노사 백작의 후손인 부오나로티 가문이다. 이 사실을 한시도 잊지 마라. 잃어버린 가문의 영광을 네가 다시 일으켜 세워야 한다."

미켈란젤로의 증조할아버지는 모직사업으로 큰돈을 벌어 피렌체 시에 대출도 해주고 명예도 누렸다. 그런데 할아버지와 아버지가 재산을 모두 탕진하고는 작은 마을의 행정관으로 전락했던 것이다. 이에 한이 맺힌 아버지는 아들이 그 한을 풀어주기를 바랐다.

그러나 미켈란젤로는 문법학교에 가서도 남몰래 드로잉을 하며 시간을 보냈다. 이 사실을 안 아버지는 미켈란젤로를 불러 심하게 두들겨 팼다.

"이놈아, 귀족의 후손이 어찌 화가가 되려 하느냐?"

아버지가 아무리 압박을 해도 미켈란젤로는 이에 아랑곳하지 않았다.

열네 살이 되었을 때 미켈란젤로는 도메니코 기를란다요Domenico Ghirlandaio(1449~1494)의 공방을 제 발로 찾아가 문하생이 된다. 뒤늦게 이를 안 아버지와 삼촌들까지 찾아와 만류하고, 그래도 듣지 않자 매질까지 했지만 미켈란젤로는 끝내 고집을 꺾지 않았다. 석공의 집에 거의 방치되어 자란 미켈란젤로는 어느덧 자신이 좋아하는 일이라면 기어이 하고야 마는 차돌 같은 성격으로 변해 있었던 것이다. 그의 시 가운데 성격을 드러내는 시가 있다.

나를 괴롭히고 방해하는 것은 무엇이든 내게 기쁨을 주나니 무슨 말인가? 보통 사람들 같으면 훼방을 받지 않고 살기를 바라지만, 미켈란젤로는 훼방을 받을 때 그 훼방을 뚫고 가는 기쁨을 인생 최고의 행복으로 느낀다는 것이다.

이쯤 되면 항상 누군가가 태클을 걸어주기를 바라게 된다. 순조롭게 일이 풀려 나가면 오히려 심심하고 재미가 없다. 미켈란젤로는 지독한 염세주의자였지만, 그 염세에서 기쁨의 씨앗을 발견했다. 그가 만일 자상한 어머니의 손에 양육되었다면, 어머니가 아니어도 아버지나 삼촌 등 누구라도 부드럽게 돌보았다면 그는 분명 가문의 영광을 회복하기 위해 행정관이나 정치인이 되었을 것이다.

이것이 역사의 아이러니다. 어떤 거장들은 자신의 뒷그림자를 먹으며 타오르는 몽상의 유성을 본다. 거기에서 명작이 쏟아져 나온다.

성장 과정의 정서불안과 번뜩이는 천부적 재능의 기묘한 만남. 이것이 미켈란젤로로 하여금 보통 사람들과 다른 관점으로 세상을 바라보게 하고 대체 불가능한 위인으로 만들었다.

뒷날 미켈란젤로도 농담 삼아 이렇게 말했다.

"내가 조각가가 된 것은 석공 아내의 젖을 먹고 자랐기 때문이야."

콘테시나 앞에서 용광로가 된 미켈란젤로

집안의 반대를 무시하고 공방에 들어간 미켈란젤로는 첫 작품부터 스

최후의 만찬
도메니코 기를란다요(Domenico Ghirlandajo), 1480년, 프레스코화
이탈리아 베네치아, 산 마르코 수도원 소장

승 기를란다요의 주목을 받는다. 잠시 기를란다요의 화풍을 이해하기 위해 다빈치가 그린 〈최후의 만찬〉과 위 그림을 비교해보자.

웅장한 건물과 화려한 식탁에 예수와 열한 제자가 앉아 있고, 그 머리 위에는 후광을 둘렀다. 반면 유다는 맞은편에 후광도 없이 앉아 있다. 얼굴이 모두 경직돼 있어 지나치게 엄숙하다. 개성도 없고 인물화가 아니라 정물화를 보는 느낌이다. 사실 예수의 최후 만찬은 마가의 초라한 다락방에서 열렸는데, 외경심이 지나친 나머지 과대포장을 한 것이리라. 다빈치가 위대한 것은 그 포장지를 벗겨냈다는 점이다.

어쨌든 기를란다요는 당시 피렌체의 최고 화가였다. 다빈치가 시대를 앞서고 초월하는 화가였던 반면, 기를란다요는 그 시대 사람들의 종교적 엄숙주의에 걸맞은 그림을 그렸다. 당연히 상상력은 떨어졌지

미켈란젤로

231

만 세밀한 화법으로 당대 귀족들의 품격을 높이는 초상화 등을 많이 그렸다.

기를란다요는 제자 미켈란젤로가 거칠고 상상력이 넘치는 작품을 만들자 처음엔 '시원하다'며 호평했지만 차츰 질투를 하기 시작했다. 미켈란젤로도 기를란다요에게 1년쯤 배우고 나니 더 배울 게 없어 르네상스 최고의 권력자 로렌초 메디치 가문의 산 마르코 성당 조각학교에 입학한다. 이 학교의 교장은 베르톨도 디 조반니Bertoldo di Giovanni(1420~1491)로 초기 르네상스의 조각가 도나텔로Donatello(1386~1466)의 제자였다.

미켈란젤로가 조각학교에 들어가는 날에도 아버지는 "화가보다 조각가가 더 낮은 신분"이라며 화를 냈다. 이처럼 아버지의 냉대가 계속되자 미켈란젤로에게는 범불안장애가 생겼다. 그도 그럴 것이 아버지의 바람을 몇 번이나 저버리면서까지 낮은 신분의 예술가를 고집했는데, 그나마 예술가로서 명성을 떨치지 못한다면 정말 설 자리가 없었다.

르네상스 시대의 미술사가로 《예술가열전藝術家列傳》을 펴낸 조르조 바사리Giorgio Vasari(1511~1574)는 미켈란젤로의 기질을 이렇게 표현했다.

> 그의 재능은 천부적이었다. 오직 예술에만 헌신하려고 고독을 선택했고, 매사에 지나치게 조심하는 사람이었다.

어느 날, 미켈란젤로가 사람 몸에 염소 다리와 뿔을 지닌 사냥과 목축의 신 파우누스를 조각할 때였다. 이를 보고 로렌초 일 마니피코(위대한 로렌초)가 물었다.

"이 작품은 목축의 신이 아닌가?"

"그렇습니다."

"그런데 원본에 비해 너무 젊군."

"조각가는 시간의 지배자일 뿐 결코 복제자는 아닙니다."

로렌초 데 메디치는 늙은 신을 파격적으로 젊게 표현한 미켈란젤로를 높이 평가해 메디치 궁에 들어갈 수 있게 했다. 그 덕분에 미켈란젤로는 피렌체의 유명 학자들의 글과 예술품을 보며 폭넓은 지식을 쌓게된다. 특히 메디치 가문이 후원하는 '플라톤아카데미' 회원들과도 교류하게 되는데, 이때 해박하고 시적인 지식을 흡수하고 고대 그리스, 즉헬라 시대를 조각해보기로 결심한다.

여기서 나온 작품이 〈켄타우로스의 전투〉다. 켄타우로스는 하반신은 말, 상반신은 인간인 전설의 동물이다. 미켈란젤로는 뽀얀 대리석에 발가벗은 참전용사들을 새겼다. 주제 인물을 특별히 설정하지 않고구성 그 자체에만 주안점을 두었다. 참고로, 미켈란젤로는 여체에 별로관심이 없어 여자 누드화는 거의 그리지 않았다.

로렌초의 총애를 받은 미켈란젤로는 로렌초의 가족들과도 친하게지냈다. 장남 피에로와 후에 교황 레오 10세가 되는 차남 조반니, 그리고 딸 콘테시나 등과 자주 어울렸다.

미켈란젤로보다 세 살이 어린 콘테시나는 학생인 미켈란젤로가 선생의 조각 방식과 조각 재료를 따르지 않고 독자적으로 힘차게 조각하는 모습에 매력을 느꼈다. 미켈란젤로도 콘테시나가 좋았지만 성격

켄타우로스의 전투
미켈란젤로 부오나로티(Michelangelo Buonarroti), 1492년
대리석 부조, 카사 부오나로티 소장

상 마음속으로만 사모했다.

어느 하루라도 당신을 보고서야 제 마음이 편해진답니다. 당신은 내
게 마치 굶주린 자의 음식과 같아요. 길에서 그대를 보든, 어디서든 그
대를 만나 그대가 웃어줄 때 나는 용광로처럼 타오르죠. 그대가 혹 한
마디라도 내게 건널 때 내 얼굴은 붉어지지만 그 순간 모든 시름이 사
라집니다.

이렇게 일기장에만 속마음을 적어두는 미켈란젤로였다. 그럴수록

콘테시나의 눈에는 미켈란젤로가 권력자의 딸인 자신과 가까워지려 애쓰는 뭇 남성들과는 달리 의연해 보였다. 그러나 눈빛만은 속일 수 없는 법. 어느덧 미켈란젤로의 눈은 언제나 콘테시나의 얼굴에 쏠려 있었다. 콘테시나도 그 시선에 일단 행복해하는 듯했다.

이런 두 사람의 관계에 아랑

콘테시나 데 메디치

곳하지 않고 로렌초는 콘테시나를 명문가의 아들 피에로 리돌피와 서둘러 정혼시켰다. 본래 로렌초는 미켈란젤로의 예술적 재능을 귀하게 여겼을 뿐 결코 사윗감으로 여기지는 않았다. 이때부터 미켈란젤로는 평생 귀족에 대해 반감을 품고 살아간다.

좋아했던 콘테시나와 더 이상 만날 수 없게 되자 미켈란젤로는 조각학교 친구들과 함께 오래된 성당을 찾아 벽화 모사에 힘을 쏟기 시작했다. 성당 벽화 가운데 요절한 천재화가 마사초Masaccio(1401~1428)의 〈낙원에서의 추방〉을 골라 모사할 때였다. 평소 깐죽대기를 좋아하던 미켈란젤로가 친구들의 서투른 그림을 보고 비웃었다.

"그것도 그림이라고 그리나?"

이에 자존심이 상한 피에트로 토리자니가 달려와 주먹을 날렸고, 미켈란젤로의 코뼈가 부러졌다. 이 일로 토리자니는 도피를 했고 미켈란

낙원에서의 추방(부분)
마사초(Masaccio), 1427~1428년
프레스코화, 이탈리아 베네치아,
산타 마리아 델 카르미네 성당 소장

젤로도 공방에서 나가야 했다.

뒷날 토리자니는 친구들에게 이때의 무용담을 이렇게 늘어놓곤 했다.

"위대한 미켈란젤로의 코에 내 이름을 새겨 넣었지."

한편, 로렌초 데 메디치는 딸과 미켈란젤로 사이를 막기는 했지만 미켈란젤로의 재능을 아껴 자신과 친한 영주의 정원사가 되도록 배려해 주었다.

어느 날 새벽, 영주는 정원에서 뭔가를 조각하고 있는 미켈란젤로를 발견했다.

"뭘 하고 있는가?"

"화분에 꽃을 조각하고 있습니다."

"내가 시키지도 않았는데 왜 새벽부터 힘들게 일하는가?"

"제가 좋아서 하는 일입니다."

"노력하는 자가 천재를 이기고, 즐기는 자가 노력하는 자를 이긴다"는 말이 있는데, 미켈란젤로야말로 즐기는 천재였다. 그러잖아도 로렌초가 소개한 사람이라 관심이 있었던 영주는 이날 이후 미켈란젤로가 자유롭게 예술에 전념하도록 적극적으로 돕는 후원자가 된다.

광신도에서 위조작가를 거쳐 불후의 거장이 되다

그즈음 도미니크수도회의 사보나롤라Savonarola(1452~1498) 신부가 《성경》의 〈요한계시록〉을 가지고 종말이 임박했다고 설교하기 시작했다.

"곧 주님이 재림하시리니 회개하라. 믿지 않는 자는 불구덩이에 빠질 것이다."

그의 설교에 수만 명의 청중이 몰려들었다. 이탈리아 전체가 들썩이며 앞다퉈 사보나롤라의 교단에 가입하려고 줄을 섰다. 당시 피렌체는 강력한 통치차 로렌초가 죽은 뒤 정치적 혼돈에 빠져 있었다. 피렌체 사람들은 도시의 혼란이 신의 진노가 임할 징조라는 사보나롤라의 선동에 쉽게 넘어갔다. 시민들은 물론 철학자, 학자, 귀족들도 두려움에 떨었고 미켈란젤로의 형은 아예 수도사가 되기까지 했다.

1493년, 혼란의 와중에 콘테시나가 결혼하자 미켈란젤로는 더욱 종말설에 귀를 기울였다. 이루지 못한 사랑의 환영은 종교적 공포심으로 대치되었다. 그래서 도망치듯 피렌체를 떠나 베네치아로 피신했는데, 이곳에서는 생계가 막막했다.

그제야 자신의 광신을 후회하며 근근이 연명하고 있을 때 한 사기꾼이 미켈란젤로에게 접근했다. 작품을 만들어 고대유물로 둔갑시켜 팔자고 꼬드긴 것이다. 당시 스물한 살의 청년 미켈란젤로는 귀가 솔깃해 〈잠자는 큐피드〉를 조각했고, 여기에 산화물질을 잔뜩 발라 몇 달 동안 밭에 묻어두었다. 그리고 조각품을 다시 꺼내 천 년 된 골동품이라고 속여 리아리오 추기경에게 팔았다.

예술에 조예가 깊었던 추기경은 곧 이 작품이 위조품이라는 것을 알

바커스
미켈란젤로 부오나로티(Michelangelo Buonarroti)
1497년, 대리석, 높이 203cm
이탈리아 베네치아, 바르젤로 국립 미술관 소장

아챘지만 미켈란젤로의 재능에 감탄해 처벌하지 않았다. 그 대신 로마에 와서 원하는 작품을 마음껏 만들어보라고 했다. 그렇게 종교의 수도 로마로 간 미켈란젤로는 이교도적인 작품들을 만들었다. 즉, 〈바커스〉, 〈죽어가는 아도니스〉 등을 조각했는데, 로마의 보수적인 귀족들은 그 작품들을 양성兩性적이며 관능의 분위기라고 비판했다.

그해에 그리스의 그림이나 조각 등 예술품을 요망한 물건이라며 불태우게 했던 사보나롤라가 궁지에 몰려 화형을 당했다. 이때 미켈란젤로의 형도 함께 처형당했다. 광신에 빠진 형의 죽음을 접하고 비탄에 빠진 미켈란젤로는 〈피에타Pieta〉를 조각했다.

자기 힘으로 어떻게 해볼 수 없는 슬픔이 '피에타'이다. 역사를 거슬러 올라갈수록 인간이 제어할 수 없는 불가항력적 슬픔이 많다. 가장 큰 슬픔은 죽어가는 자식을 봐야만 하는 어머니다. 죽어가는 아들 예수를 무릎에 안고 있는 마리아는 예수보다 더 젊고 곱다. 말로 형언할 수 없는 슬픔 가운데서도 비탄으로 무너지기보다는 상념에 잠긴 앳된 얼굴이다. 여기에 드러난 미켈란젤로의 관심은 예수가 아니라 성모다. 그에게는 성모마리아만이 최고의 아름다움이었고, 그래서 여체에도 관

피에타
미켈란젤로 부오나로티(Michelangelo Buonarroti), 1498~1499년, 대리석, 174×195cm
바티칸시국, 성 베드로 대성당 소장

심이 없었다. 필자가 보기에 성모의 얼굴은 콘테시나의 얼굴과 닮아 보인다.

1501년 봄, 미켈란젤로는 〈피에타〉를 완성한 뒤 피렌체로 돌아갔다. 새 공화국이 출범하기는 했지만 피렌체는 여전히 프랑스나 스페인 등 강대국에 둘러싸여 불안한 상황이었다. 이 시기에 미켈란젤로는 '공화국의 정신'을 고양할 조각상을 의뢰받았다. 그는 거대한 대리석 바위에서 자신의 작품 특성이 가장 잘 드러나는 〈다비드〉를 조각해냈다.

거인 골리앗과 상대해 이스라엘을 구원한 영웅이 다윗, 바로 다비드다. 고대 유럽 국가에서는 위기를 만날 때마다 예술작품으로 다비드가 자주 등장했다.

미켈란젤로의 〈다비드〉 상이 시청 광장에 우뚝 서자 독실한 신앙인들은 돌을 들고 몰려들었다.

"저렇게 야한 동상을 광장에

다비드
도나텔로(Donatello)
1425~1430년, 청동, 높이 158.1cm
이탈리아 베네치아, 바르젤로 국립 미술관 소장

세우다니, 부숴버려라!"

예수의 직계 조상이자 성군聖君이며 신앙의 용장인 다비드를 발가벗겨 세워놓다니……. 더구나 다비드는 오만하게 짝다리를 하고 유난히 큰 오른손에 돌멩이를 들고 있다. 그야말로 불경스럽고 경박스럽기 짝이 없는 모습이었다. 전통적인 다비드 상은 항상 성군다웠고 승리자의 모습이었다.

1400년 초 피렌체가 나폴리의 침공을 받고 혼란했을 때도 도나텔로Donatello(1386~1466)의 〈다비드〉 상을 시 청사 앞에 전시해놓은 적이 있었다. 르네상스 시기의 피렌체 사람들은 신앙의 힘을 완전히 믿지는 않았으나 아직 신심이 남아 있었다. 그래서 그리스적 영웅을 고대하면서도 이스라엘의 신앙 영웅이 합쳐지기를 바랐다.

이런 피렌체의 분위기는 도나텔로의 청동 〈다비드〉에 그대로 반영되었다. 부드러운 미소년 다비드가 골리앗의 목을

다비드
미켈란젤로 부오나로티(Michelangelo Buonarroti)
1504년, 대리석, 높이 434cm
이탈리아 베네치아, 피렌체 아카데미아 미술관 소장

미켈란젤로

베고 승리감에 도취돼 그리스신 제우스의 전령 머큐리의 날개를 밟고 있다.

그런데 100년 뒤에 나온 미켈란젤로의 〈다비드〉는 분위기가 확연히 다르다. 근육이 들판에서 육체노동을 하는 노예처럼 거칠다. 일전을 앞두고 이글거리는 눈동자와 결의에 차서 굳게 다문 입술, 그 아래 긴장된 근육질이 꿈틀거리며 적을 향해 힘을 집중하고 있다.

성군도, 미소년도 아닌 피 끓는 청년으로 표현된 다비드를 경건한 신앙인들은 도무지 용납할 수 없었다. 다비드가 누군가. 신의 거룩한 종이며 구세주의 조상이 아닌가. 피렌체 정부는 이들에게서 〈다비드〉 상을 보호하기 위해 병사들을 둘러 세워 밤낮으로 지키게 했다.

이처럼 처음에는 온갖 야유를 받았던 〈다비드〉는 얼마 뒤 피렌체공화국의 상징이 되었으며, 지금은 르네상스 최고의 조각품으로 남아 있다. 미켈란젤로는 시대의 편견을 이겨내고 불후의 명작을 남긴 것이다.

다음은 미켈란젤로를 아주 좋아했던 팝의 황제 마이클 잭슨Michael Jackson(1958~2009)이 남긴 말이다.

"미켈란젤로가 이렇게 말했죠. 아티스트는 떠나도 그 작품은 남는다. 저도 그런 아티스트가 되고 싶어요. 사람은 가도 작품이 남으면 영원히 사는 거죠. 제가 음악에 모든 것을 쏟아붓는 것도 다음 세대에 감동을 주어 그 속에 영원히 살고 싶어서입니다."

다빈치와의 세기적 대결

〈다비드〉 상이 크게 성공하면서 채 서른이 안 된 미켈란젤로의 위상은 오십을 훌쩍 넘긴 다빈치급 예술가로 격상된다. 정열이 넘치고 편견에도 쉽게 치우쳤던 피렌체인들은 고독한 두 천재 가운데 누가 더 뛰어난 예술가인가를 두고 논쟁을 벌이기 시작한다.

논쟁이 계속 이어지고 확대되자 피렌체 정부가 나서서 두 사람의 실력을 겨루게 했다. 두 사람은 당대 최고의 예술가로서 의례적으로라도 가깝게 지내야 했지만 성격이 워낙 까다로워 그러지 못했다. 다빈치가 회의적인 지성을 지녔다면, 미켈란젤로는 어둡고 뜨거운 신념으로 신新플라톤주의적인 내면의 미를 추구했다.

미켈란젤로는 사물 속에 순수개념concètto이 있다고 보고 그 개념을 조각 등으로 드러내려 했다. 이에 비해 아리스토텔스적 방식을 추구하는 다빈치는 현실에 충실하며 온갖 자연과학적 지식을 동원해 그림을 그렸다. 그러다보니 다빈치는 자유롭고 사교적이었으며, 미켈란젤로는 병적일 정도로 세심하고 오만하며 무례하기까지 했다.

〈다비드〉 상을 조각할 때도 미켈란젤로는 거친 돌덩이에서 다비드만 남겨두고 깎았다고 했다. 그랬기 때문에 항상 냉소를 날리며 사물을 탐구하고 자연의 원리와 힘을 파악하려는 다빈치를 미워할 수밖에 없었다. 다빈치가 위대해질수록 미켈란젤로의 반발심도 커져갔다.

어느 날, 피렌체 거리에서 시민들이 단테의 시 한 구절을 놓고 토론을 벌이고 있었다. 때마침 다빈치가 그곳을 지나가자 사람들은 그에게 설명해달라고 했다. 그때 우연히 미켈란젤로가 나타났고, 초로의 다빈치는 세상만사를 꿰뚫는 듯한 눈빛으로 젊은 미켈란젤로를 바라보았다.

"이 시의 뜻을 미켈란젤로가 잘 설명할 수 있을 것이오."

그것은 정식교육을 받지 못한 미켈란젤로를 비웃는 말이었다. 그러나 이에 뒤질 미켈란젤로가 아니었다.

"노인장이 더 잘 아시겠지. 청동기마상을 만들려다 완성도 못하고 내버리신 분이나……."

그 한마디에 다빈치는 그대로 얼어붙었다. 다빈치는 당시 청동기마상을 만들려다가 프랑스의 침입으로 중단하고, 그 대신 〈최후의 만찬〉을 제작하던 중이었다. 얼굴이 붉어져 장승처럼 서 있는 다빈치를 지나쳐 걸어가던 미켈란젤로가 뒤를 돌아보고 외쳤다.

"다빈치가 단테의 시를 설명할 수 있다고 믿는 바보들이 있다니! 하하하!"

두 사람의 관계가 나빠질수록 그 주변에 열성적 팬들이 결집하면서 묘한 긴장감이 흘렀다. 결국 이 갈등을 해결하기 위해 피렌체 장관이 나서서 두 예술가에게 시청 벽면을 장식할 그림을 그리게 했다. 이로써 르네상스 사상 유례없는 두 천재의 대결이 시작되었다.

한쪽 벽면에는 다빈치가 〈앙기아리 전투〉를, 반대 벽에는 미켈란젤로가 〈카시나 전투〉를 그리기 시작했다. 피렌체 사람들은 세기의 두 거장이 그림을 그리는 현장에 구름처럼 몰려들어 각자가 흠모하는 거장 뒤에서 완성되어가는 그림을 보며 응원했다.

용병제를 옹호하는 미켈란젤로가 그린 〈카시나 전투〉에서는 병사들이 목욕 중이다. 용병대장이 경보를 울리자 명사들이 튀어나와 전투준

카시나 전투 모사
아리스토텔레 다 상갈로(Aristotele da Sangallo), 1542년경, 패널에 유채, 130×77cm
영국 노퍽 주, 홀컴 홀 소장

앙기아리 전투
페테르 파울 루벤스(Peter Paul Rubens), 1603년, 펜·붓(데생)/흑석/물감, 63.7×45.2cm
프랑스 파리, 루브르 박물관 소장

비를 한다. 하지만 다빈치의 그림을 보면 피렌체의 요새 앙기아리에 주
둔한 용병대장이 말을 타고 흙먼지 속에서 싸우는 척만 하고 있다. 시
민군제도를 주장하던 마키아벨리가 다빈치에게 용병의 문제점을 그려
달라고 부탁했던 것이다.

두 사람의 대결이 진행될수록 피렌체의 열기는 더 뜨거워졌다. 그런
데 변수가 생겼다. 두 사람이 밑그림을 완성한 상태에서 서로 다른 지
방으로 가야 할 일이 생긴 것이다. 다빈치가 먼저 떠났고, 뒤이어 미켈
란젤로도 로마 교황의 부름을 받고 떠났다.

지금은 두 거장의 원작을 모사한 작품만 남아 있다. 〈카시나 전투〉
는 1542년 상갈로가, 〈앙기아리 전투〉는 1603년 루벤스가 모사했다.

질투에서 비롯된 〈천지창조〉

인간의 대표 아담과 백발이 성성한 하나님이 처음 만나는 장면이다. 아
담은 태초의 바위 위에 한 다리를 세우고 거만하게 누워 있다. 왼팔에
하와를 안은 늙은 하나님이 천사들의 부축을 받고, 아쉬운 듯 젊은 아
담에게 손가락을 뻗고 있다.

아담은 늙은 하나님의 손을 잡아도 그만, 안 잡아도 그만이라는 식
의 심드렁한 자세다. 마지못해 왼손을 내밀고 있는 아담의 태도는 신
성모독을 넘어 신에 대한 비하이자 무시다. 신본주의 세상에서 인본주
의를 천명한 것이다. 인간이 없으면 창조도 없고, 창조는 신과 무관한
인간의 몫이다.

천지창조 : 아담의 창조
미켈란젤로 부오나로티(Michelangelo Buonarroti), 1511년경, 프레스코화, 480.1×230cm
바티칸시국, 바티칸 미술관 소장

　미켈란젤로가 이처럼 비신앙적인 〈천지창조〉를 그리게 된 데는 묘하게도 교황 율리우스 2세가 있었다. 피렌체 벽화 대결이 계속되던 1505년 3월, 교황이 미켈란젤로를 급히 불렀다. 기독교 왕국의 황제답게 그는 자신의 묘를 미리 웅장하게 만들어놓고 싶어 했다.

　미켈란젤로는 창작욕이 불타올라 40개 이상의 조각상과 거대 건축의 계획서를 내놓았다. 이에 감격한 교황은 미켈란젤로의 손을 꼭 잡고 카라라Carrara 채석장의 대리석을 얼마든지 캐내도 좋다고 허락했다. 그날부터 미켈란젤로는 8개월가량 채석장에 머무르며 좋은 대리석만 채굴해서 로마로 날랐다.

　교황은 미켈란젤로와 수시로 만나기 위해 바티칸 궁전에서 미켈란젤로의 집까지 비밀통로를 뚫기까지 했다. 그러던 교황이 갑자기 변덕을 부리게 된다. 미켈란젤로를 시기하는 세력들은 사후에 웅장한 묘지를 자랑하는 것보다는 성 베드로 대성당을 멋지게 신축하는 것이 더 영광스러울 것이라는 그럴듯한 말로 교황을 꼬드겼다. 이들 가운데는 교황청 건축기사 도나토 브라만테Donato Bramante도 있었다. 그는 라파엘로의 친구로 횡령을 저질러 미켈란젤로에게 추궁받은 뒤 그에 대해 원한을 품고 있었다. 이들은 미신에 약한 교황에게 "살아 있는 사람의 묘를 만들면 저주를 받는다"고 주장하기까지 했다.

결국 묘소 건축은 취소되고, 미켈란젤로는 일자리를 잃고 부채까지 떠안게 되었다. 거기에 교황과의 갈등도 심각해지자 그는 참다못해 편지 한 장을 남기고 피렌체로 떠났다.

교황 성하.

선량한 자보다 교활한 자들의 허무맹랑한 말을 더 잘 들으시는군요. 앞으로 제게 부탁할 일이 있거든 로마 밖으로 나와 제가 있는 곳으로 직접 찾아오십시오.

그제야 크게 뉘우친 교황은 피렌체 시청에 압력을 넣었고, 피렌체에서는 교황과의 전쟁을 우려해 미켈란젤로를 다독여 로마로 돌려보냈다. 이때부터 미켈란젤로가 바티칸 시스티나 성당의 천장에 〈천지창조〉를 그리기 시작한다. 〈천지창조〉의 작업에는 숨은 이야기가 있다.

교황이 성당 천장에 그림을 그려 넣고 싶어 하자 브라만테는 미켈란젤로를 추천했다. 조각이 본업인 미켈란젤로를 곤경에 빠트리기 위해서였다. 아무리 천재라 해도 넓은 성당 천장을 멋진 그림으로 채울 수는 없으리라 생각했던 것이다. 브라만테는 이 기회를 이용해 아예 미켈란젤로를 형편없는 무능력자로 추락시키려 했다.

브라만테가 미켈란젤로를 돕는다며 발판도 만들어주고 화가도 몇 사람 보내주었지만 오히려 방해만 되자 미켈란젤로는 발판도 치우고 화가들도 돌려보냈다. 그리고 외부와 단절한 채 홀로 작업을 지속했다. 고개를 젖히고 천장에 그림을 그리는 일은 여간 고역이 아니었다.

그런 고충을 모르는 성미 급한 교황은 그림을 보고 싶다며 안달을 부렸다. 미켈란젤로가 작업에 방해가 된다며 거절할 때마다 두 사람은 충돌했다. 답답한 교황이 도대체 언제 끝나느냐고 묻자 미켈란젤로는 "마무리되는 날"이라고 대답했다. 교황은 "지금 나를 놀리느냐"고 화를 내며 지팡이로 내리쳤고, 그러자 미켈란젤로도 로마를 떠나겠다고 보따리를 쌌다. 그러면 교황은 또 금화를 주며 간곡히 부탁하곤 했다.

교황과 미켈란젤로 사이에는 가히 전설적인 알력이 반복되었다. 그 결과 미켈란젤로는 신의 대리자라는 교황의 변덕을 직접 경험하며 그린 〈천지창조〉, 그 핵심인 아담의 창조에 신성 부재적 장면을 그려 넣었던 것이다.

성모가 된 미망인 비토리아, 예수가 된 청년 카발리에리

곤경에 빠트리려는 정적의 계략으로 그림을 그리기 시작했는데 교황

바티칸시국, 시스티나 성당 천장화

과도 갈등을 빚었으니 얼마나 마음고생이 심했을까? 강요당하는 듯한 일을 어쩔 수 없이 고독하게 수행해야 하는 작가의 고뇌가 시스티나 성당에 가득하다. 그 힘든 과정을 거쳐 〈천지창조〉는 4년 5개월 만에 완성됐다.

이후 미켈란젤로는 목디스크와 급격한 시력저하로 고생했고, 책이나 편지도 머리 위로 들고 봐야 하는 등 심각한 후유증을 겪었다. 브라만테가 예상한 대로 너무나 힘든 일이었다.

이 그림은 1512년 11월 1일 만성절에 공개되었다. '르네상스의 모차르트'라 불리는 조스캥 데 프레의 〈아베마리아〉가 연주되는 가운데 그림을 둘러보던 교황과 일행은 입을 다물지 못했다. 프랑스 낭만주의 회화의 대표 화가인 외젠 들라크루아Eugène Delacroix(1798~1863)는 시스티나 성당의 인물상을 보고 이렇게 말했다.

"이들의 굴곡진 근육에 미켈란젤로가 벌인 영혼의 투쟁이 담겨 있다."

시스티나 성당 안 받침대 위에서 4년 반 동안이나 고독하게 작업을 했던 미켈란젤로는 그 대가로 '로마의 영광'이라는 칭호를 얻었다. 그 대신 몸과 마음이 완전히 지쳐 "고생 끝에 나는 병든 고양이처럼 되고 말았네"라는 말을 남기고 고향 피렌체로 돌아갔다.

그러나 교황청은 미켈란젤로를 그대로 두지 않는다. 새로 교황에 오른 레오 10세가 다시 미켈란젤로를 불렀다. 그가 바로 미켈란젤로가 한때 사랑했던 콘테시나의 작은오빠 조반니였는데, 그 역시 '시스티나의 영웅' 미켈란젤로를 이용해 업적을 남기고 싶어 했다.

레오 10세의 부름을 받고 로마에 와서 머물렀던 몬테카발로 언덕 위

토마소 데 카발리에리

의 집에서 미켈란젤로는 중요한 두 사람을 만난다.

먼저 1532년 가을, 22세의 멋진 귀족 청년 토마소 데 카발리에리Tomaso de Cavalieri(1509~1587)를 만난다. 이후 두 사람은 35년이라는 나이 차이를 뛰어넘어 끝까지 애정을 유지한다. 외모 콤플렉스가 심했던 미켈란젤로는 이 청년을 아껴 네 장의 드로잉 작품을 주었다. 그 가운데 〈파에톤의 추락〉과 〈티티오스〉를 살펴보자.

파에톤은 태양신 헬리오스와 님프 클리메네 사이에서 태어난 아들이다. 그는 자신이 태양신의 아들임을 증명하기 위해 태양 마차를 몰다가 추락하고 만다. 이후 타인에게 인정받고 싶은 요구가 지나칠 때 이를 '파에톤 콤플렉스'라 부르게 되었다. 이 콤플렉스는 특히 가장 안전한 장소인 모체의 자궁 속으로 퇴행하려는 욕구를 보여준다.

또한 그리스신화에 나오는 거인 티티오스는 아르테미스의 어머니 레토를 겁탈하려다가 형벌을 받는다. 티티오스는 지옥에 떨어져 영원히 독수리에게 간을 파 먹히게 된다.

토마소 데 카발리에리에 대한 미켈란젤로의 애정은 위태로웠다. 이 애정이 욕망으로 발전하면 당시 사회에서는 반신앙적·불법적인 것이 되고, 영원한 저주의 낙인이 찍히게 된다. 이 청년에게 미켈란젤로가 보낸 편지와 소네트만 300편이 넘으며, 그 가운데는 이런 내용도 있다.

파에톤의 추락
미켈란젤로 부오나로티
(Michelangelo Buonarroti)
1533년, 드로잉
영국 런던, 대영박물관 소장

티티오스
미켈란젤로 부오나로티
(Michelangelo Buonarroti)
1533년, 드로잉

그대를 잊기보다 식음을 잊는 것이 차라리 더 쉽다오.

음식이야 내 몸만 지탱할 뿐

그대야말로 내 육신과 영혼 모두를 지탱해주고 있소.

이런 편지를 받고 카발리에리는 어떤 반응을 보였을까? 그는 스승을 매우 존경하고 아끼는 참으로 지혜로운 청년이었다. 그는 자신을 사랑하고 아끼는 스승의 마음을 헤아리는 동시에 존경이 담긴 냉정함을 유지했다. 그래서 미켈란젤로와 카발리에리의 관계는 플라토닉 러

클레오파트라

미켈란젤로 부오나로티(Michelangelo Buonarroti), 1533~1534년
드로잉, 25×35.5cm, 이탈리아 피렌체, 우피치 미술관 소장

브로 정착한다.

　이후 카발리에리는 결혼해서 아들을 낳는데, 그가 바로 르네상스에서 바로크로 전환하는 시기의 유명 작곡가 에밀리오 데 카발리에리다.

　그렇게 마음이 정리된 뒤 미켈란젤로는 카발리에리에게 클레오파트라가 자살하기 직전 코브라에게 자기 팔을 내줘 물게 하는 그림을 그려 보낸다. 이후에도 카발리에리

비토리아 콜론나
세바스티아노 델 피옴보(Sebastiano del Piombo)
1520년, 725×960cm
스페인 바르셀로나, 카탈루냐 미술관 소장

는 변함없이 스승을 존경하며 죽을 때까지 곁에서 보살폈다.

　카발리에리의 지혜로운 처신으로 흔들리던 마음을 다잡은 미켈란젤로 앞에 비토리아 콜론나Vittoria Colonna(1492~1547)가 나타난다.

　미켈란젤로는 일요일마다 실베스트로 성당에 다녔는데, 여기서 비토리아를 만났다. 그녀는 마리노 영주의 딸로 페스카라 후작의 부인이었으나 젊은 나이에 남편을 잃고 실베스트로 성당의 수녀원에 들어와 마음을 달래고 있었다.

　두 사람이 만날 때 미켈란젤로는 63세로 세계적 인물이었고, 46세의 비토리아는 교양과 지성을 갖춘 귀족 미망인이자 시인이었다. 미켈란젤로는 비토리아에게 무려 143편의 시를 지어 보내고, 자신의 조각 작품 〈피에타〉를 그려준다. 이 그림은 미국에 사는 공군 예비역 중령 마

피에타(미완성)
미켈란젤로 부오나로티(Michelangelo Buonarroti), 1538년, 초크, 48×63cm
미국 보스턴, 이사벨라 스튜어트 가드너 미술관 소장

틴 코버의 집에 가보로 전해져 내려왔는데, 잊고 지내다가 2003년 우연히 발견해 미술사학자 등의 감정을 받아 진품임을 확인했다.

비토리아가 선물로 받은 〈피에타〉를 한 남작 부인이 오랫동안 가보로 보관하다가 시녀에게 주었고, 이 시녀는 미국에 있는 시동생에게 보냈다. 그때 〈피에타〉를 받은 이가 바로 코버의 증조부였다.

비토리아와 미켈란젤로는 청춘들처럼 확 타오르지는 않았지만 늦여름의 잔잔한 비처럼 서로를 달래주는 사이였다. 두 사람은 무슨 이야기든 같이 나누고 수긍해주었다.

난생처음 이런 관계를 경험하고 있던 미켈란젤로에게 새 교황 클레멘트 7세가 시스티나 성당에 〈최후의 심판〉을 그려달라고 요청해왔다. 클레멘트 7세도 레오 10세와 같이 메디치 가문 출신으로 역대 어느 교황보다 예술애호가였다.

미켈란젤로는 단테의 《신곡》에서 최후의 심판에 대한 영감을 받아 작업에 착수했지만, 교황의 죽음으로 작업이 중단되고 말았다. 이처럼 교황의 요구로 작품을 시작했다가 중단하는 일이 반복되자 미켈란젤로는 자신의 예술 인생이 응축된 조각상을 만들기 시작했다. 그는 이 작업을 하는 동안 비토리아와 함께했으며, 조각상이 완성되자 비토리아의 권유대로 〈승리자〉라 명명했다.

곱슬머리의 젊은이가 수염투성이의 늙은 포로를 굴복시키고 있다. 젊은이는 두 다리 사이에 포로를 잡고 왼쪽 무릎으로 짓누르고, 늙은 포로는 웅크린 소처럼 고개만 들어 앞을 바라보고 있다. 그런데 어찌된 일인지 젊은이는 이 포로를 오른손에 든 돌멩이로 내려치려다 멈추고 있다.

비장미 가득한 눈망울은 이미 포로에게서 시선을 거두었고, 입술을 내밀고 뭔가 찰나적인 생각에 잠긴다. 승리를 했으나 그 승리가 못내 내키지 않는 듯한 모습이다. 미켈란젤로는 이를 통해 교황에게 짓눌려 내키지 않는 작업을 해야 했던 자신의 생애를 응축하고 형상화했다.

〈승리자〉를 만든 뒤 여유가 생긴 미켈란젤로와 비토리아는 매일같이 만나며 서로에게 즐거움을 주려고 노력했다. 두 사람은 모두 플라톤 철학을 좋아했으며, 예술의 신비를 찬양했다.

미켈란젤로는 예순이 넘어서야 비로소 지성과 감성이 어울리는 여인을 만났다. 오래가는 사랑이란 그런 것이다. 수려한 미모를 보고 단번에 혹하는 것보다 서로 대화가 되고 지적인 자극을 나눌 수 있는 사랑이 소중하다. 본디 어떤 선물도 받기를 꺼리던 미켈란젤로였지만, 비토리아가 남몰래 전해주는 선물만은 무엇이든 기쁘게 받았다.

그때 후임 교황 바오로 3세가 찾아와 〈최후의 심판〉을 다시 진행하라고 독촉한다. 미켈란젤로는 카발리에리를 예수의 모습으로, 비토리

승리자
미켈란젤로 부오나로티
(Michelangelo Buonarroti)
1534년, 대리석, 이탈리아 피렌체
피렌체 국립 박물관 소장

아를 자애로운 성모마리아로 그려내며 〈최후의 심판〉을 완성했다. 특히 미켈란젤로는 자신을 살갗을 벗기는 고통 속에 죽은 바돌로매에 비유했다. 즉, 아래 그림의 피부 가죽에 매달린 얼굴이 미켈란젤로다. 〈최후의 심판〉답게 그림 전체에 소름끼치는 공포와 가혹한 증오가 가득하다.

최후의 심판(부분)
미켈란젤로 부오나로티(Michelangelo Buonarroti), 1534~1541년, 프레스코화
바티칸시국, 시스티나 성당 소장

생애의 마지막은 카발리에리의 품에서

1541년, 7년의 기나긴 작업 끝에 마무리된 그림 앞에 선 교황과 로마인들은 두 가지 이유로 경악했다. 하나는 단테의 천국과 지옥, 연옥이 너무 생생해서 놀랐고, 다른 하나는 예수를 수염도 없는 애송이로 묘사하고 성자와 성모도 알몸으로 그려놓은 데서 놀랐다.

〈최후의 심판〉에 나오는 인간만 400명 이상이고, 이들의 표정과 몸짓은 모두 다르다. 인간이 취할 수 있는 포즈는 모두 표현했다고 해도 과언이 아닌 것이다.

고위 성직자들은 그림이 너무 외설적이라며 너도나도 격렬히 비난했다.

"차라리 목욕탕이나 술집에 걸어야 한다. 화가가 이단이 아니고서야 어찌 이런 그림을 그릴 수 있는가?"

그래서 미켈란젤로는 한때 '외설의 시조'로까지 불렸다. 급기야 종교회의가 열려 성인의 알몸에 옷을 입혀야 한다고 결의했지만 미켈란젤로는 이를 거절했다. 당시 미켈란젤로는 사람들에게 신적인 존재로 추앙받고 있었기 때문에 교황청도 함부로 하지 못했다.

원시 때부터 인간은 발가벗은 존재였다. 인간의 알몸이 외설이 아니라 성의聖衣, 관복官服, 예복禮服 속에 숨긴 탐욕이 바로 외설이다. 이런 철학이 있었기에 미켈란젤로는 바티칸의 압력을 이겨낼 수 있었다. 또한 혼신을 담아 완성한 작품이 종교적 맹신 앞에 비난받을 때 비토리아의 위로가 있어 버텨낼 수 있었다.

1547년 새해 첫날, 바오로 3세가 미켈란젤로에게 '성 베드로 대성당 건축장관'에 임명한다는 친서를 보낸다. 베드로 성당은 1506년 건축가 브라만테가 교황 율리우스 2세의 명을 받아 건축하기 시작했다. 막무가내 성격의 교황은 '파괴의 대가'로 알려진 브라만테에게 무조건 옛 베드로 성당을 허물고 신축할 것을 지시했다. 그렇게 시작된 공사는 120년이 지난 1626년에야 완공되었다. 미켈란젤로는 도중에 공사를 이어받아 대성당 중앙의 거대 돔 천장을 완성했다.

교황의 임명을 받았을 때 처음에는 거부할 생각이었다. 나이도 이미 일흔이 훌쩍 넘은 데다가 그동안 교황청에서 부탁한 작품을 힘겹게 완성해주면 성직자들이 뒷말을 해대곤 해서 더 이상 일할 의욕이 없었기 때문이다. 그럴 때마다 비토리아는 "원래 무능한 사람이 남의 재능에 시기심이 많은 법"이라며 동기부여를 해주었다.

미켈란젤로에게 비토리아는 하나의 등불이었고 안식처였다. 그런데 그런 그녀가 그만 1547년 2월 세상과 작별하고 말았다. 미켈란젤로는 임종하는 비토리아를 지켜보기는 했지만 식어가는 손을 잡아주지 못하고 굳어지는 이마와 얼굴에 작별의 키스를 해주지 못한 것을 못내 아쉬워했다.

"비토리아가 떠나며 내 영혼의 날개도 가져갔다."

그러면서 이때의 외로움을 시로 적어 내려갔다.

> 이토록 나를 슬프게 하는 그대
> 그대처럼 고운 얼굴을 빚을 수 없었던 자연도 회한에 잠겨 있네.
> 태양의 빛조차 지워진 지금

그대가 남긴 추억만이 허공을 배회하고 있나니

나는 텅 빈 가난과 싸우느라 밥 먹을 시간조차 없네.

아무리 세상이 넓다 한들 내 바닥도 없는 불안을 다 담지는 못하리

이럴 때 우울해하기보다는 광기로 지내며

만 가지 기쁨을 좇기보다 격정적인 일 하나에 빠져 지내는 게 좋도다.

이 시에서 '가난'이란 자신의 빈 마음을 뜻한다. 실제로 그는 주문이 산더미처럼 밀려들어 돈을 많이 벌었다. 그리고 존재적 교류를 나누던 비토리아가 떠나고 빈 마음을 채울 길 없어 더욱 작업에만 몰두했다.

이후로 미켈란젤로는 공적인 일을 자제하고 그동안 모은 거액의 재산을 은밀히 나눠주기 시작했다. 그는 조카에게 많은 돈을 보내며 이렇게 부탁했다.

"생활이 어려워서 결혼하지 못하는 사람들을 찾아보아라. 이 돈을 그들에게 주어 결혼할 수 있게 도와주렴. 단, 아무도 모르게 해라. 내가 주는 줄 모르게."

미켈란젤로는 겉으로 경건하고 속으로는 탐욕스러운 자들을 멀리하고 오직 작품에 전념하고 말을 타며 지친 심신을 달랬다. 어느덧 나이가 아흔이 되었을 때도 그는 쉬지 않고 작업을 한 뒤, 비가 내리는데도 불구하고 말을 탔다. 그는 먼저 간 비토리아를 야속해하며 쏟아지는 빗속에서 몇 시간이나 말을 달렸다.

미켈란젤로는 그 뒤 자리에 누워 일어나지 못했다. 그러자 교황청에서는 〈최후의 심판〉을 수정하기 시작했다. 그나마 다행인 것은 미켈란

젤로의 제자 다니엘레 다 볼테라Daniele da Voltera(1509~1566)가 수정작업을 맡아 스승의 원작을 살리면서 일부 알몸에만 최소한의 옷을 그려 넣고 끝냈다는 점이다. 이처럼 종교 교리가 지배한 천년의 중세 시대를 겨우 벗어난 르네상스 시대에 미켈란젤로, 다빈치 등은 처절한 몸부림으로 시대의 선각자 역할을 했다.

미켈란젤로가 병석에 눕자 카발리에리가 어린 아들과 함께 찾아와 수발을 들었다. 한 달 뒤, 미켈란젤로는 카발리에리의 품에 안겨 이 말을 남기고 세상을 떠났다.

"이제 내 영혼에 시간이 흐르지 않으니 얼마나 좋으냐."

라파엘로

여인의 바다를 헤엄치다

라 포르나리나
라파엘로 산치오(Raffaello Sanzio), 1518~1519년, 목판에 유채, 60×85cm
이탈리아 로마, 로마 국립 고대미술관 소장

"너는 내 여자야. 네 왼쪽 팔에 내 이름만 새긴 팔찌를 둘러놓았지. 완장처럼……."

미모가 보름달처럼 훤하다. 관능이 넘치는데도 요부 같지 않고 순박하다. 봉긋한 유방을 오른손으로 살짝 가리려 하면서 검지는 라파엘로의 이름이 새겨진 팔찌를 가리키고 있다.

이런 동작이 자연스럽다. 그녀의 청아한 눈동자를 보라. 관람객이 아니라 화가만을 보고 있다. 그녀가 영혼을 다해 화가와 친숙하지 않고는 결코 나올 수 없는 포즈다. 그림의 눈빛은 500여 년이 지난 지금도 오롯이 라파엘로 한 사람만을 향하고 있다.

라파엘로 산치오Raffaello Sanzio(1483~1520)는 다빈치, 미켈란젤로와 더불어 16세기 이탈리아 미술을 시공을 넘어 세계적 예술로 만든 천재적

라파엘로

작가다. 그는 브라만테가 시작하고 뒤에 미켈란젤로도 참여한 성 베드로 대성당을 완성했다.

라파엘로는 다빈치보다 31세, 미켈란젤로보다 8세가 더 어리지만 37세에 요절하여 미켈란젤로보다 훨씬 일찍, 다빈치와는 비슷한 시기에 세상을 떠났다.

그런 탓일까. 라파엘로는 다빈치와 미켈란젤로의 성과인 구도와 드로잉은 흡수하면서도 자기만의 세계를 구축했다. 즉, 다빈치와 미켈란젤로의 작품에 보이는 강한 내적 긴장이 완화되고 그 대신 둥근 얼굴로 고요하고 원만한 분위기의 미를 창조했다. 모든 분야에 만능이며 신비롭기까지 한 다빈치, 까칠한 미켈란젤로와 달리 라파엘로는 매우 공손해 어디서나 누구에게나 환영을 받았다.

라파엘로가 요절한 이유의 하나로 과도한 연애를 꼽기도 한다. 섬세한 외모의 라파엘로 주변에는 항상 여인들이 끊이지 않았기 때문이다. 그녀들 가운데 가장 사랑한 여인이 빵집 딸 마르게리타 루티Margherita Luti였다.

많은 어머니를 둔 미소년, 사랑을 사랑하기 시작하다

그는 예뻤다. 잘생긴 소년의 전형을 보여주었다. 그래서일까. 일찍이 일곱 살에 어머니를 여읜 뒤, 궁정화가였던 아버지 조반니 산티Giovanni Santi가 돌볼 수 없어 신부神父인 숙부의 사제관사에서 홀로 자랐는데도 세상 어느 아이보다 애정을 듬뿍 받고 자랐다.

라파엘로의 어린 시절은 미켈란 젤로와 유사했다. 미켈란젤로는 석 공의 집에서, 라파엘로는 신부의 집 에서 자랐고 가끔씩 아버지가 보러 왔다. 미켈란젤로는 차가운 대리석 사이에서 자라며 위대한 조각가가 되었지만 라파엘로는 달랐다. 귀부 인들이 이 예쁜 아이를 돌봐주겠다 고 앞다퉈 나섰기 때문이다.

소년 시절의 라파엘로(자화상)

그가 열 살 때 그린 자화상을 보면 절대 어머니를 여읜 아이의 모습 이 아니다. 눈빛에 약간의 외로움이 묻어나기는 하지만 사랑을 충분히 받고 자신감도 넘치는 모습이다. 어린 라파엘로도 스스로 자신을 유 복한 귀공자로 생각했던 것 같다.

아버지와 재혼한 새어머니도 라파엘로를 따뜻하게 대했다. 그런데 열한 살 때 아버지마저 세상을 떠나는 바람에 완전히 고아가 된다. 그 런 가운데서도 부모의 돌봄 못지않게 많은 관심을 받으며 자란다. 혼 자가 된 미소년 라파엘로가 기거하는 사제관에 어머니 노릇을 자임한 여인들의 발길이 끊이지 않았던 것이다. 단지 애처로워서가 아니었다. 마치 라파엘로가 혼자가 되기를 바라기라도 한 듯 여인들은 온갖 정 성을 쏟았다.

소년 시절의 라파엘로를 만난 여성들은 누구나 자신도 모르게 강한 모성애를 느꼈다. 그런 소년이 성숙해지자 어느덧 이성을 자극하는 건

파르나소스(부분)
라파엘로 산치오(Raffaello Sanzio), 1510~1511년, 프레스코화, 바티칸시국, 바티칸 궁 서명의 방 소장

그리스신화에 나오는 신들의 영지가 파르나소스다. 비올라를 켜는 아폴론을 중심으로 시의 여신들이 있다. 비올라를 켜는 아폴론은 라파엘로였고, 주변의 여신들은 라파엘로와 함께 아름다운 예술세계를 탐닉한 여인들이었다.

장한 남성이 되었고, 이후 끝없는 유혹의 바다 속을 헤엄쳐야 했다.

라파엘로를 존경했던 미술사가 조르조 바사리는 이렇게 표현했다.

"아! 남자가 어찌 그리 보드라운지. 맹수조차도 그 앞에 서면 유순해지고 만다."

어려서 생모를 잃고 어머니를 자청하고 나선 많은 귀부인을 어머니로 둔 미소년 라파엘로. 그래서 붙은 별명이 '사랑을 사랑한 화가'다. 늘 사랑의 분위기에 휩싸인 라파엘로는 원하는 대상과 원하는 만큼 얼마든지 사랑의 과정을 즐길 수 있었다. 그래서인지 평생 결혼은 하지 않았다.

라파엘로는 로마 북쪽의 우르비노에서 태어났다. 군주 페데리고

Federigo는 자신의 저택에 유망한 예술가들을 자주 초대하는 등 예술을 크게 장려했다. 이런 도시의 예술적 생동감을 그대로 흡수한 라파엘로는 열다섯 살쯤에 이미 두각을 나타냈다. 그래서 당대 최고의 미술가 피에트로 페루지노Pietro Perugino(1450~1523)는 그를 문하생으로 불러들였다. 숙부의 집에서 페루지노의 공방으로 이사 가던 날, 새어머니를 비롯한 여러 귀부인들은 함께 배웅하며 너무 어려서 공방에서 고생을 하지는 않을까 걱정했다.

라파엘로가 스승 페루지노에게서 배운 것은 '우아미'였다. 인체의 미적 요소와 종교적 경외감을 일체화하는 것이 우아미고, 관능미는 이와 달리 고혹스러운 자태 그 자체다.

에로스와 순결의 여신의 전투
피에트로 페루지노(Pietro Perugino), 15세기경, 캔버스에 유채, 160×191cm, 프랑스 파리, 루브르 박물관 소장

용과 싸우는 성 게오르기우스
라파엘로 산치오(Raffaello Sanzio), 16세기경, 패널에 유채, 25.5×29.5cm
프랑스 파리, 루브르 박물관 소장

먼 옛날, 영국 왕의 외동딸이 바닷가에 살던 익룡에게 사로잡힌다. 왕실기사단의 성
게오르기우스가 불을 뿜는 용과 싸워 공주를 구출한다.

신이 중심이었던 중세 시대에서 인간 중심의 르네상스로 넘어오기는
했지만, 현실세계를 신의 도성처럼 이상화하려는 흔적은 여전히 남아
있었다.

고집이 세기로 유명했던 페루지노의 그림은 정갈하고 엄숙하며 원근
법에 충실하다. 성당 제단에 놓는 그림으로 제격이다. 수많은 귀부인들
이 페루지노에게 초상화를 주문했는데, 한결같은 대칭적 기법으로 기

품 있게 그려주었다. 라파엘로의 그림은 단아한 분위기에서 스승의 흔적이 엿보이지만, 여기에 자신만의 유연성과 생동감을 불어넣었다.

마침 고상하기만 한 페루지노의 그림에 따분해하던 귀부인들은 청년 라파엘로의 새로운 그림에 열광하며 묻지마 식으로 후원했다. 의복, 식량은 기본이고 페루지노 공방에 필요한 모든 물품을 헌납하기 시작했다. 후원 물품이 얼마나 많았던지 창고를 몇 채나 지어야 했다. 어쨌든 페루지노 공방은 잘생기고 성격 좋고 실력 좋은 라파엘로 덕을 톡톡히 보았다.

환대받는 방랑자

페루지노 공방에서 2년간 도제 생활을 마친 라파엘로를 이탈리아 각지에서 특히 귀부인들이 직접 초대하기 시작했다. 이후 그는 북부 도시를 돌아다니며 융숭한 대접을 받고 '유목생활'을 한다.

옆의 자화상은 피렌체에서 다빈치의 명암법을 배운 뒤 스물세 살 때 그린 것이다. 옷과 모자가 아무 무늬도 없이 어두운 톤이다. 게다가 배경마저 낮은 채도로 흐려놓아 얼굴은 더 밝고 부드럽다. 눈길도 온화해서 원만한 성품이 그대로 드러난다. 자화상에는 자신을 바라보는 화가의 시각이 어떻게든 들어가게 마련이다.

라파엘로의 자화상

천애고아로 자라 외로움이 짙게 배어 있을 만도 한데 라파엘로는 외로울 틈 없이 만인의 돌봄을 받고 자란 모습이다.

라파엘로를 초대한 귀부인들은 그가 일정을 마치고 떠나려 할 때면 더 머물러달라고 붙잡곤 했다. 하지만 다음 방문 순서가 정해져 있어 작별해야 했다. 그때부터 라파엘로의 명성은 다빈치와 미켈란젤로 수준으로 올라가기 시작했다. 특히 괴팍한 미켈란젤로에게 피로감을 느끼던 사람들의 주문이 둥글둥글한 성격의 라파엘로에게 몰렸다.

누구든 라파엘로를 한 번 만나면 그다음에는 그의 팬이 되었다. 라파엘로는 인물화도 엄격한 대칭구도보다는 피라미드로 잡고 원만하게 표현했다. 이 시기에 그는 〈삼미신三美神〉과 〈기사의 꿈〉을 그린다.

두 그림 가운데 〈삼미신〉에 라파엘로의 로맨스 심리가 드러난다. 제우스의 딸인 세 여신은 각기 '희락'과 '자비', '우아미'를 상징한다. 특히 삼미신은 사랑의 여신 아프로디테와 그녀의 아들 에로스를 시종하며 인간 세상에 즐거운 축제와 아름다움, 우아함을 선사한다. 이 때문에 고대 그리스나 이집트 등에서는 삼미신을 숭배했으며, 많은 예술가들도 수호신으로 여겨 다양한 형태의 작품을 남겼다.

그림을 보면 세 여인이 각각 황금사과를 한 알 들고 멋진 나신을 뽐내고 있다. 사과는 서양 신화에서 아담을 유혹한 하와의 선악과를 연상시키고, 이것이 하트 모양과 연결된다. 세 여인이 서 있는 형상도 사과 모양이다. 중앙 여인의 등과 옆얼굴에 희락이 배어 있고, 우리가 보기에 왼쪽 여인은 우아하고, 오른쪽 여인의 시선과 포즈에서는 자애로움이 묻어난다. 세 여인의 포즈에는 생동감이 넘치고 요염하다. 그래서

삼미신
라파엘로 산치오(Raffaello Sanzio), 15세기경, 캔버스에 유채, 17.6×17.8cm
프랑스 상티이, 콩데 미술관 소장

언뜻 보면 에로틱한 것 같지만 찬찬히 보면 거룩성을 띤다.

더구나 세 여인은 지금 인간의 어머니인 대지 위에 서 있다. 여인들이 선 땅은 작은 풀포기 하나밖에 없는 맨땅이다. 라파엘로에게 로맨스란 축제요, 자비요, 우아한 생활 그 자체다. 라파엘로는 색채와 곡선을 미묘하게 움직여 세 여인의 몸 전체 근육을 살아 움직이게 만들었다.

인간에게 기쁨을 주는 〈삼미신〉과 연속성을 띠는 작품이 〈기사의 꿈〉이다. 로마를 구한 명장 스키피오를 모델로 하긴 했지만, 그보다는

기사의 꿈
라파엘로 산치오(Raffaello Sanzio), 1504~1505년, 목판에 유채, 17×17cm
영국 런던, 런던 내셔널 갤러리 소장

아직 꿈을 좇아야 할 젊은 기사를 그렸다. 그림 중앙에 기사가 잠들어 있다. 앳된 모습을 보면 분명 철부지일 것이다. 철부지 기사의 꿈속에 두 여인이 다가선다. 기사의 머리 쪽으로 다가온 여인은 검과 책을 들고 있고, 다른 여인은 꽃을 들고 있다. 검과 책은 권력과 지혜, 꽃은 희락을 뜻한다.

　잠든 기사의 배경이 되는 작은 나무가 이채롭다. 아직은 이 기사가 꿈나무라는 뜻이다. 머리가 책과 칼을 든 여인을 향하기는 했으나 기사는 꽃을 든 여인에게 본능적으로 끌리는 모습이다. 이것은 당시 청년기에 접어든 라파엘로의 심리적 자화상이다.

안젤로 도니의 초상
라파엘로 산치오(Raffaello Sanzio)
1506년, 목판에 유채, 45×63cm
이탈리아 피렌체, 팔라티나 미술관 소장

막달레나 스트로치의 초상
라파엘로 산치오(Raffaello Sanzio)
1506년, 목판에 유채, 45×63cm
이탈리아 피렌체, 팔라티나 미술관 소장

1506년, 부유한 상인 안젤로 도니가 라파엘로를 초청해 자신과 어린 아내 막달레나의 초상화를 의뢰했다

안젤로와 막달레나의 초상화를 보면 부부는 화가를 보면서도 몸짓은 서로를 향해 있다. 그 몸짓을 보면 금슬이 좋은 게 분명하다. 두 그림의 배경인 자연풍경도 서로 연결돼 있다.

막달레나 스트로치의 의상과 장신구는 화려하고 품위가 있다. 그런데 뭔가 익숙한 느낌이다. 바로 다빈치의 〈모나리자〉와 포즈가 흡사하다. 이보다 약간 앞서 다빈치가 피렌체에서 〈모나리자〉를 제작하고 있었는데, 라파엘로가 그 현장을 가보고 감탄해 〈모나리자〉의 포즈를 그대로 차용한 것이다. 라파엘로는 그만큼 다빈치를 존경했다.

그런데 다빈치의 〈모나리자〉는 은유적이고 암시적이어서 신비한 데 비해 라파엘로의 〈막달레나 스트로치의 초상〉은 성품이 표출되게 채색돼 있어 감각적으로 포근한 느낌을 준다.

빵집의 마르게리타, 르네상스의 미녀가 되다

라파엘로는 1508년까지 피렌체를 중심으로 작업하며 유랑생활을 했다. 말이 유랑이지 요즘으로 말하자면 고급호텔 투어 식으로 귀족들의 저택을 순회했다. 그만큼 이탈리아 각지에서 초청 영순위였다.

르네상스 시기 피렌체에는 최고의 미녀 세 명이 있다. 미술사가 에른스트 곰브리치Ernst Gombrich(1909~2001)는 다빈치의 모나리자, 보티첼리의 비너스, 그리고 라파엘로의 요정 갈라테이아를 꼽는다.

두 마리 돌고래가 이끄는 조가비 수레 위에 아리따운 요정 갈라테이아가 서 있다. 강신江神 네레우스의 딸로 갈라테이아는 '우윳빛 여인'이라는 뜻의 이름이다. 튼튼한 하체, 날렵한 상체의 균형미까지 더해져 고운 피부가 빛을 발하고 있다.

포세이돈의 아들인 외눈박이 거인 폴리페모스가 갈라테이아를 짝사랑하지만 아키스를 사랑하는 그녀에게 무시당한다. 화가 난 폴리페모스가 둘에게 바위를 뽑아 던지자 아키스는 이에 깔려 죽고 갈라테이아는 바다로 피해 목숨을 건진다.

그림을 보면 그 갈라테이아가 전쟁에서 승리하고 망토를 휘날리며

갈라테이아의 승리
라파엘로 산치오(Raffaello Sanzio), 1511년경, 프레스코화, 225×295cm
이탈리아 로마, 파르네지나 궁전 소장

육지로 진입하고 있다. 승리자 갈라테이아에게 하늘에서 세 명의 큐피드가 사랑의 화살을 당기고 있다. 또 다른 큐피드는 구름 속에서 화살다발을 잡고 이 광경을 주시하고 있다. 이제 누가 갈라테이아의 마음을 사로잡을까? 누가 이 여인과 열정을 나눌까?

〈갈라테이아의 승리〉에는 승리 후 찾아올 역동적 사랑의 예감이 넘친다. 그래서일까? 이 작품이 발표되자 많은 사람들이 몰려들어 라파엘로에게 비슷한 질문을 했다.

"오! 그림이 이처럼 생동감이 있다니! 이렇게 생생하고 수려한 여인을 어떻게 그릴 수 있었습니까?"

"제 마음속에 맴도는 여인입니다."

그때부터 사람들은 과연 그 여인이 누구인지 알고 싶어 했지만, 라파엘로의 마음 깊숙이 숨은 그녀를 도무지 알 수 없었다.

그 여인은 누구일까?

〈갈라테이아의 승리〉를 그리기 4년 전인 1508년, 교황 율리우스 2세가 라파엘로를 불렀다. 율리우스 2세는 미켈란젤로에게 시스티나 성당의 〈천지창조〉를 그리도록 압박하는 등 극성스럽기로 유명했다. 이 교황 때 성 베드로 성당의 건축이 시작됐으며, 심지어 교황청이 1309~1377년 프랑스의 아비뇽에 있을 때 설치했던 창녀촌을 로마에 만들기도 했다.

율리우스 2세는 아무도 말릴 수 없고 누구와도 친하지 않은 '공포의 교황'이었지만 라파엘로와는 잘 지냈다. 라파엘로는 그만큼 적응력이 뛰어났다. 그 당시 교황청에 와 있던 미켈란젤로는 교황의 단순한 지시에도 잘 따르지 않고 버텼다. 아무리 교황이라도 예술분야만은 참견하지 말라는 식이었다.

교황과 미켈란젤로 사이의 갈등은 항상 폭풍전야처럼 팽팽했다. 그래서 교황은 신중하면서도 고분고분한 라파엘로를 더 좋아했다. 라파엘로는 교황뿐만 아니라 로마 귀족들과도 잘 어울려서 '화가 중의 왕자'라는 애칭을 얻기까지 했다.

라파엘로의 공방에는 60명 정도의 일꾼이 있었고, 이들은 쉴 틈 없이 바티칸 궁전의 장식화를 그려냈다. 라파엘로는 이 일꾼들에게 주기 위해 산타 도로테아의 빈민촌에 있는 한 빵집에 자주 들렀다. 다른 빵집도 많은데 왜 하필 이 빵집만 드나들었을까?

빵을 파는 점원이 마음에 들어서였다. 그녀는 바로 제빵사의 딸 마르게리타였다. 마르게리타를 마음에 둔 라파엘로는 빵집에 드나드는 횟수가 점점 많아졌다. 그 덕분에 공방 일꾼들은 맛있는 빵을 더 자주 먹으면서 "라파엘로처럼 인자한 화가는 없다"고 칭송했다.

빵집 여종업원과 빵을 사러 온 멋진 청년 예술가. 연인의 만남은 그렇게 시작되었다. 하루에도 몇 번씩 찾아오는 꽃미남 라파엘로에게 마르게리타도 점차 설레기 시작했다. 라파엘로 또한 마르게리타에게서 그동안 수없이 만난 귀족 부인들과는 다른 면을 발견했다. 아직 세상 때가 덜 묻어 청순했고, 욕정에 빠지지 않은 서글서글한 두 눈은 더 매혹적이었다.

라파엘로는 마르게리타에게 점점 빠져들었지만 오직 눈빛으로만 그녀를 흠모하고 있었다. 그러던 어느 여름날, 작열하는 태양열을 식히기

라파엘로와 라 포르나리나
장 오귀스트 도미니크 앵그르(Jean Auguste Dominique Ingres), 1814년, 캔버스에 유채, 54.6×66cm
미국 케임브리지, 포그 미술관 소장

위해 마르게리타가 빵집을 나가 교황청 부근의 테베레 강에 뛰어들었다. 빵을 사러 왔던 라파엘로는 그녀가 보이지 않자 빵도 사지 않은 채 허겁지겁 찾으러 다녔다. 그리고 강물에서 수영하는 그녀를 발견하고는 몰래 다가가 그녀의 옷을 감추었다.

수영을 마친 마르게리타가 옷이 없어진 것을 알고 당황해서 두리번거릴 때 바위 뒤에 숨어 있던 라파엘로가 나타났다.

"젊은 화가 선생이 어찌 이렇게 무례한 짓을……."

마르게리타가 따지려는데 라파엘로가 막았다.

"우리 사이에 이 정도는 이미 무례가 아닌 줄 알고 있소."

두 사람의 웃음소리가 로마 창공에 퍼졌다.

그날부터 미술 역사상 최고의 로맨스가 연출되기 시작한다. 또한 로마의 허름한 빵집 종업원이었던 마르게리타는 라파엘로의 최고 모델이 된다. 그 뒤로 라파엘로는 무슨 그림을 그리든 꼭 마르게리타를 보고 나서야 붓을 잡았다. 얼마나 그녀를 의지했던지 누가 거액을 주며 작품 의뢰를 해도 바로 작업하지 않고 그녀가 도착한 뒤 시작했다.

500년이 지난 지금도 두 사람이 사랑을 속삭인 골목은 그대로 남아 있다. 우리와는 달리 옛 거리를 그대로 보존하는 로마인의 정신이 부럽다.

〈라파엘로와 라 포르나리나〉는 라파엘로의 생애에 감명을 받은 화가 장 오귀스트 도미니크 앵그르Jean Auguste Dominique Ingres(1780~1867)가 그린 그림이다. 마르게리타를 모델로 세우고 그림을 그리던 라파엘로가 잠시 쉬며 마르게리타와 포옹하고 있다.

라파엘로에게 안겨 희락을 나누는 마르게리타를 잘 보라. 〈삼미신〉에 배어 있던 라파엘로의 로맨스 심리에 적중하는 인물이다. 우아한 데다 어린 라파엘로에게 어머니 역할을 했던 여인들처럼 자비로워 보인다. 그러니 마르게리타가 라파엘로의 미학적 환상으로 작동한 것은 당연한 일이다.

라파엘로와 마르게리타가 결혼까지 약속하고 거칠 것 없는 애정의 향연을 즐길 때 귀족들이 성모마리아 그림을 주문한다. 이때 라파엘로는 마르게리타를 모델로 세운다. 이로써 그녀는 세상에서 가장 포근하고 순결하고 자애로운 여인으로 역사에 남게 된다.

중세 초기만 해도 성모는 많은 성인 가운데 하나였으나, 이른바 거룩한 중세 중기에 와서는 우상화가 이루어진다. 성모숭배는 순결하고 고귀한 이상적 여성을 추구한 기사도정신과 맞물려 강화되었다.

이때부터 성모의 탄생, 수태고지, 동방박사 경배 등 성모를 주제로 한 그림이 무수히 쏟아져 나온다. 그 많은 그림 가운데 최고의 그림이 라파엘로가 그린 것들이다. 이 그림들 속에는 여인의 총체적 이미지가 들어 있다. 그리운 연인, 다정한 누나, 애잔한 누이동생 등 보는 이들 각자에게 필요한 매력을 그림 속에서 유추해낼 수 있는 것이다.

〈아테네 학당〉과 디오게네스

라파엘로가 고된 작업을 하며 버틸 수 있었던 것은 마르게리타 덕분이었다. 그녀는 라파엘로에게 청정한 숲이었다. 당연히 두 개의 대작이 나온다. 먼저 〈갈라테이아의 승리〉다. '갈라테이아의 승리'는 곧 '마르게리타의 승리'다. 마르게리타가 라파엘로의 마음을 점령한 직후 이 작품이 나왔기 때문이다.

두 번째가 조화와 균형을 중시하는 르네상스 예술의 걸작 〈아테네학당〉이다. 마르게리타는 라파엘로가 철학 있는 예술가가 되기를 바랐다. 그래서 평소 자신이 즐겨 읽던 고대 사상가들의 책을 라파엘로에게 주었다.

〈아테네 학당〉에는 르네상스 양식의 거대 건축물을 배경으로 고대 그리스 철학자들이 대거 등장한다. 이들은 지난 2천 년간 인간 정신을 풍미한 사상가들이다.

중앙에 플라톤과 아리스토텔레스가 각기 《티마이오스》와 《윤리학》이라는 책을 들고 걸어 나오고 있다. 플라톤은 오른손을 들어 하늘을 가리키며 만물의 근원인 이데아를, 아리스토텔레스는 땅을 가리키며 자연이 곧 진리임을 이야기하고 있다.

왼쪽에 녹색 옷을 입고 앞머리가 반쯤 벗겨진 소크라테스가 등을 돌린 채 알렉산드로스 대왕을 향해 "너 자신을 알라"고 떠들고 있다. 왼쪽 아래 구석에서는 피타고라스가 무릎 위에 노트를 놓고 기하학을 정리하고 있다.

피타고라스 약간 위쪽에는 4세기경 알렉산드리아의 여성 수학자이자 철학자인 히파티아Hypatia가 서 있다. 지성과 미모를 갖춘 그녀의 강의를 듣기 위해 다른 지방에서도 찾아오는 사람들의 마차가 끝없이 이어졌지만, 그녀는 기독교 광신도들의 습격을 받고 사순절에 온몸이 찢겨 죽는다. 순백의 옷차림의 히파티아는 고요한 침묵 가운데 큰 눈을 뜨고 정면을 응시하고 있다. 모두 자기 사상을 전파하기에 여념이 없는데 오직 그녀만이 말없이 화면 밖의 관람객과 시선을 교환하고 있다.

그녀와 함께 또 하나의 시선이 정면을 바라보고 있다. 오른쪽 아래 두 번째 검은 모자를 쓴 사람, 바로 라파엘로 자신이다. 이 두 사람만이 정면을 응시하는 이유는 무엇일까? 주교가 히파티아를 지우라고 압력을 넣었지만 라파엘로는 굽히지 않았다. 히파티아와 라파엘로는 탁상공론만 무성한 현실을 직시하고 있는 것이다.

계단 가운데에는 디오게네스가 누워 있다. 과연 그는 걸어 나오는 플라톤과 아리스토텔레스에게 길을 비켜줄까, 아니면 두 사람이 피해 갈까?

디오게네스는 일광욕을 즐기던 중 인도 정벌을 앞둔 알렉산더 대왕이 찾아와 "선생이 무엇을 원하든 내가 다 들어주겠소" 하고 말했을 때 "햇빛을 가리지 말고 조금만 비켜 서시게" 했던 인물이다. 그러자 알렉산드로스 대왕은 이렇게 탄식했다.

"내가 왕만 아니었다면 디오게네스처럼 되고 싶구나."

단순한 자유를 좋아한 디오게네스가 이상과 합리성의 플라톤과 아리스토텔레스를 보고 일어날 리 만무하다. 그림을 봐도 그냥 누워 있을 기세다. 플라톤의 모델은 괴팍하고 독선적인 다빈치다. 또 디오게네스 앞쪽에 우울하게 턱을 괴고 있는 헤라클레이토스의 모델은 미켈란젤로다. 오른쪽 구석에서 라파엘로와 이야기를 나누고 있는 사람은 조로아스터와 프톨레마이오스다.

아테네 학당
라파엘로 산치오(Raffaello Sanzio), 1510~1511년, 프레스코화, 700×500cm
바티칸시국, 바티칸궁 서명의 방 소장

이 방대한 사상가들을 충분히 이해하고 작품에 투영한 라파엘로의
지식이 놀랍기만 하다. 역시 불후의 명작이란 작가의 폭넓은 시야에서
탄생한다.

라파엘로가 교황의 부탁을 받고 바티칸 궁전에서 작업하던 방은 4
개였고, 그 가운데 〈아테네 학당〉이 장식된 방은 '서명의 방'이다. 이곳
은 라파엘로 외에는 아무도 들어갈 수 없었다. 라파엘로는 이 방문을
걸어 잠그고 혼자 그림을 그렸는데, 유일하게 드나든 사람은 마르게리

타였다.

서명의 방은 오롯이 두 사람의 정열과 환희의 방이었고 라파엘로의 창조적 예지가 빛나는 공간이었다. 이때까지만 해도 마르게리타는 단지 라파엘로의 모델 정도로만 알려져 있었다. 히파티아를 그릴 때도 마르게리타를 세워놓고 바라보며 그렸다. 그림에 나온 두 사람의 눈빛은 세계의 영적 중심이라는 바티칸의 실상을 속속들이 알고 있는 듯한 느낌이다.

이런 속마음을 알 리 없는 교황은 라파엘로에게 브라만테와 미켈란젤로 등이 참여했던 로마의 성 베드로 대성당 건축을 맡겼다. 라파엘로는 방사형 그리스 양식이던 기존의 설계를 길쭉한 라틴 양식으로 변경했다. 이런 평이한 구도와 유연한 형태로 신플라톤주의의 이상을 시각화했다는 찬사를 들었고, 심지어 추기경으로 추대하자는 여론까지 일었다.

로마에서 인기가 급상승하던 가운데 라파엘로에게 예상치 못한 일이 일어났다. 라파엘로가 아무래도 빵집 딸과 애인 사이인 것 같다는 소문이 나기 시작했던 것이다. 만일 사실이라면 '신플라톤주의적 시대 정신을 구현하는 라파엘로와 어울리지 않는 짓거리'라는 비난 여론도 높아졌다.

두 사람의 관계는 떳떳한 사랑으로 시작해 어이없게도 상황에 밀려 부적절한 연인처럼 되었고, 이후로는 더 은밀하게 사랑을 이어가야 했다.

추기경 조카와의 강제 약혼

로마 귀족들은 르네상스의 3대 작가가 된 라파엘로가 자신들과 같은 계층이어야만 한다고 생각했다. 그래서 라파엘로가 빵집 아가씨와 연애를 한다고 하자 자신들의 명예도 실추된다며 걱정스럽게 지켜보았다.

1514년, 로마 교황청의 실권자 비비에나 추기경이 라파엘로를 찾아왔다.

"자네에 대한 풍문을 걱정스럽게 듣고 있네. 혹시 사귀는 여자가 있다면 이쯤에서 정리하게. 그러지 않으면 로마 귀족들의 분노를 살 수 있어. 오해를 불식시키기 위해서라도 약혼하게. 자네에게 어울리는 사람이 있네. 내 조카딸 마리아 비비에나일세."

라파엘로는 당시 서른을 훌쩍 넘긴 나이였으며, 추기경의 은근한 협박이 담긴 정략결혼 제의를 받고 한동안 심한 두려움에 떨었다. 라파엘로를 측은하게 여긴 마르게리타는 이렇게 애원했다.

"내 걱정은 말고 일단 추기경이 하라는 대로 약혼을 하고 이 위기를 벗어나요."

라파엘로는 버림받을지도 모르는 상황 속에서 새카맣게 탔을 그녀의 속마음을 누구보다 잘 알았지만, 어쩔 수 없이 추기경의 제안을 받아들였다. 그 대신 약혼을 하되 결혼은 3~4년 뒤에 한다는 단서조항을 달았다.

결국 교황까지 참석한 가운데 라파엘로와 마리아의 약혼 만찬이 열렸다. 약혼식에 참석하기 전 라파엘로는 마르게리타에게 비밀리에 쪽지를 전했다.

라파엘로와 비비에나 추기경 조카딸의 약혼
장 오귀스트 도미니크 앵그르(Jean Auguste Dominique Ingres), 1813~1814년
캔버스에 종이를 얹은 뒤 유채, 46.5×59.1cm, 미국 볼티모어, 월터스 미술관 소장

기다려줘. 당신 외에 다른 누구도 사랑하지 않겠어.

교황청의 약혼식 전통은 이노센트 3세 때 조촐하게 시작되었으나 유흥을 즐기는 교황 레오 14세 때 와서는 더 화려해졌다. 약혼 만찬이 시작되자 광대와 난쟁이들이 나와 익살을 부리고 교황이 좋아하는 공작새 혀 요리가 나왔으며, 뒤이어 파이 속에서 나이팅게일 새가 날아올랐다.

그날 라파엘로는 처음이자 마지막으로 크게 취했다. 그는 그동안 귀족들이 다빈치, 미켈란젤로와 자신을 비교하며 질투심을 유발해도 술 한 잔 마시지 않았다. 맨정신으로 그들처럼 위대해지기 위해 노력했고, 기어이 그 뜻을 이루었다.

그러나 온 맘을 다해 사랑하는 여인을 놔두고 권력에 눌려 약혼을 하게 된 현실을 맨정신으로는 버틸 수가 없었다. 그래서 교황과 추기경, 신부 측 하객들이 따라주는 대로 술을 마셨다. 결국 그는 몸을 가누지 못할 정도로 취해 돌아와 기다리고 있던 마르게리타를 붙잡고 울었다.

"당신만이 내 삶의 영원한 원천이야!"

사실 라파엘로는 청년 시절부터 바람둥이였지만 마르게리타를 만나 정착하게 되었다. 그녀로 인해 들뜬 마음이 차분히 가라앉았고, 그녀가 곁에 있어야만 그림에 집중할 수 있을 정도였다. 당연히 마르게리타는 바다의 요정 갈라테이아를 비롯해 성모마리아, 성녀 세실리아 등 라파엘로의 여러 작품 속에 모델로 등장한다.

의자에 앉은 성모마리아
라파엘로 산치오(Raffaello Sanzio), 1513〜1514년, 패널에 유채, 71×71cm
이탈리아 피렌체, 팔라티나 미술관 소장

압권은 1513~1514년에 그린 작품으로 원형화 그림 가운데 최고로 평가받는 〈의자에 앉은 성모마리아〉다.

종교의 시기인 중세에 성화를 그릴 때는 교리적인 묵계가 있었다. 붉은색 상의와 푸른색 망토의 성모라는 회화의 관례다. 거기에 성모나 성인의 머리에 빛나는 광채를 그려 넣었다. 〈의자에 앉은 성모마리아〉에서 강한 악센트를 주는 것이 빨간 옷을 입은 팔이다. 이 팔로 안은 어린이가 앉아 있는 무릎 위의 망토는 파란색이다. 여기에 아이가 노란 옷을 입고 있어 빨강, 노랑, 파랑이라는 삼원색의 조화를 이루고 있다.

성모는 빨강과 최고의 보색 관계인 녹색의 숄을 걸쳤다. 성모의 머리 위에는 언뜻 봐서는 표가 나지 않을 정도로 가는 금색 원을 둘렀다. 그림을 보면 종교적 엄숙미는 전혀 없고 젊은 여인이 아이를 안고 매혹적인 눈으로 바라보고 있다. 그 눈빛은 라파엘로를 바라보는 마르게리타의 것이다.

이 그림의 경우 종교적 이미지는 전혀 없고 인간적인 정경이 가득하다. 그림을 보는 사람들도 얼마나 친숙하게 느꼈던지 그림과 관련된 전설까지 생겨났다.

옛날 옛적에 숲속의 한 은자를 이리떼가 습격했다. 떡갈나무 위로 도망쳐서 떨고 있는 은자를 마침 근처를 지나던 양조장집 딸이 구해주고, 자기 집에 데려가 융숭하게 대접했다. 다음 날, 성자는 그 집을 떠나며 선행을 베푼 떡갈나무와 딸이 불멸의 생명을 누릴 것이라고 예언했다. 몇 년 뒤 떡갈나무는 양조장의 술통이 되었고 딸은 결혼해서 아들 둘을 낳았다. 그런데 라파엘로가 이 양조장 앞을 지나다가 아이 안은 딸을 보고 떡갈나무 술통에 〈의자에 앉은 성모마리아〉를 그렸다. 그리하여 마침내 양조장집 딸과 떡갈나무가 불멸의 생명을 얻었다는 것이다.

물론 이 전설은 사실이 아니라 서정 넘치는 그림을 숭배한 사람들이 지어낸 아름다운 이야기다. 만일 마르게리타와 라파엘로가 자식을 두었다면 분명 이 그림 속의 아이들과 흡사했을 것이다.

어느덧 라파엘로와 추기경의 조카 마리아가 약혼한 지 3년이 되었다. 그런데 라파엘로는 여전히 석연치 않은 이유를 대며 계속 결혼을 미루었다.

미루는 결혼식, 절벽 위의 사랑

라파엘로가 마음에도 없는 정략결혼을 이 핑계, 저 핑계를 대며 자꾸 미루자 추기경은 최후통첩을 했다.

"내 조카와의 결혼을 더 이상 미루면 가만두지 않겠다."

그러나 라파엘로에게는 마르게리타야말로 '유일한 삶의 원천'인데 어쩌겠는가. 궁지에 몰린 라파엘로의 번민이 깊어질 즈음 뜻밖의 사건이 일어났다. 마리아 비비에나가 이름 모를 병으로 시름시름 앓다가 세상을 떠나고 만 것이다. 라파엘로의 입장에서는 마르게리타와 결혼할 최소한의 여건이 다시 마련된 셈이었다.

그러나 두 사람의 결혼은 결코 쉽지 않았다. 당시 로마 사회의 분위기도 그랬고, 무엇보다 추기경이 라파엘로를 곱게 보지 않았기 때문이다. 어쩔 수 없이 두 사람은 비밀리에 혼인을 했다.

라파엘로는 혼인의 영원한 징표로 마르게리타의 누드 초상화 〈라 포르나리나〉를 그리기 시작했다. 세상 어느 누구도 알아서는 안 되고, 알 필요도 없이 오직 두 사람만을 위한 증거로 왼손 약지에 혼인반지를 그리고 머리에는 진주알도 달아주었다.

라파엘로는 이처럼 그림에 '내 여자'라는 도장을 쾅쾅 찍으면서 무려 1년 동안 정성을 들여 〈라 포르나리나〉를 완성했다. 마르게리타를 데려와 완성된 그림을 보여주자 감동한 그녀는 펑펑 울며 라파엘로의 품에 안겼다.

"마르게리타, 이제 조금만 기다려요. 모든 것을 다 정리할 거요."

약속대로 라파엘로는 마르게리타와의 삶을 위해 주변을 하나씩 정리하기 시작했다. 1년쯤 지나자 대부분 정리가 되었고, 이제 남은 것은 두 사람의 결혼식을 기다리는 일뿐이었다.

그날도 두 사람이 밤새도록 채워지지 않는 정을 나누었는데, 어느새 동이 트기 시작했다. 그런데 라파엘로가 탈진상태에 빠져 일어나지 못했고, 마르게리타는 라파엘로를 등에 업고 의사를 찾아갔다. 의사는 열이 너무 높다면서 우선 더운 피를 빼서 몸을 식혀야 한다고 했다. 그래서 의사가 피를 뽑기 시작했는데, 그만 의료사고가 나서 어이없게 목숨을 잃고 말았다. 안타까운 것은 라파엘로의 열병은 그냥 두었더라면 자연치유가 될 수도 있었으리라는 점이다.

이때 라파엘로의 나이는 겨우 서른일곱 살이었다. 우연인지 그와 비슷한 나이에 요절한 예술가들이 적지 않다. 밀밭에서 생을 마감한 반 고흐, 결핵으로 세상을 등진 모딜리아니, 창조성을 주체할 수 없어 폭풍우 치는 인생을 선택했던 카라바조…… 이들은 모두 서른일곱 언저리에서 유명을 달리했다. 그래서 이들의 작품이 더 생생하고 가슴 먹먹한 걸작으로 남아 있는지도 모른다.

라파엘로는 세상을 뜨기 전 르네상스의 고전 양식을 마무리하는 동시에 동적 표현을 덧붙여 17세기 바로크 양식의 문을 열었다.

12년 동안이나 몰래 했던 사랑을 잃은 마르게리타는 수녀가 되어 남은 생을 라파엘로를 기리며 살았다. 그리고 라파엘로가 그려놓은 마르게리타의 모습은 이후 천 년 이상 미의 기준이 되었다.

그런데 라파엘로의 제자 줄리오 로마노Giulio Romano는 이 그림의 모델이 마르게리타이며 스승과 은밀한 사이였다는 것을 알고 난 뒤, 스승의 명예를 지킨다는 명목으로 마르게리타의 손가락에 있던 혼인반지를 지워버렸다. 그리고 481년이 지난 2001년, 복원 전문가들이 루비 반지를 다시 드러나게 했다. 라파엘로와 마르게리타의 애틋하고 강렬한 사랑이 마침내 세상 빛을 보게 된 것이다.

루벤스

나의 비너스여! 더 보고 싶고 알고 싶고 갖고 싶소

비너스와 아도니스
페테르 파울 루벤스(Peter Paul Rubens), 1635년경, 캔버스에 유채, 243×197cm
미국 뉴욕, 메트로폴리탄 미술관 소장

여신이 사냥을 떠나려는 청년을 만류한다.

"가지 마세요. 이번 사냥은 위험해요."

어린 에로스(큐피드)도 청년을 붙들며 어머니의 사랑을 지켜주려고 애쓴다. 진한 어둠으로 닫혀 있는 비너스의 배경과 열려 있는 청년의 배경이 떠나야 하는 자와 머무르게 하려는 자의 마음 같다. 어느 모로 보나 아쉬울 게 없는 미의 여신 비너스는 왜 자신보다 열악한 인간 청년에게 이렇게 집착할까?

어느 날 비너스는 아들 큐피드와 놀다가 그만 큐피드의 실수로 화살에 찔리고, 그 상처가 낫기 전 꽃미남 아도니스를 본다. 사랑에 깊이 빠져버린 비너스는 허구한 날 아도니스 곁에만 머무르려 한다. 아도니스가 사냥할 때도 따라 나서고 물을 마실 때도 곁에 있으려 하는 등

도무지 하늘로 돌아갈 생각을 하지 않는다.

신의 체면이 말이 아니다. 오직 아도니스 곁에 있고만 싶은 것이다. 그런데 지하세계의 신 하데스의 아내 페르세포네도 아도니스에게 눈독을 들이기 시작한다. 비너스는 혹시 아도니스를 빼앗길까봐 가슴을 졸이는데, 아도니스가 사냥을 나가면 큰 변을 당하리라는 불길한 예감이 든다. 여신의 틀릴 수 없는 직감이다. 그래서 사냥을 가지 말라고 만류한다.

하지만 아도니스는 비너스가 잠깐 자리를 비운 사이 멧돼지 사냥에 나섰다가 그만 멧돼지의 송곳니에 찢겨 죽고 만다. 그 소식을 들은 비너스가 백조가 끄는 이륜차를 타고 달려온다. 비너스는 한참을 통곡한 뒤 아도니스를 아네모네 꽃으로 피어나게 한다. 그래서 아네모네는 바람으로 인해 피어나고 바람으로 인해 지고 마는 바람꽃이다.

그림을 보며 드는 생각이 있다. 비너스는 아도니스가 사랑하는 이의 만류에도 취미를 버리지 않았기 때문에 더 애가 탄 것은 아닐까? 비너스 같은 유형은 연인의 관심을 독점해야만 직성이 풀리는데, 그러지 못했기에 아도니스에 대한 집착이 더 강해진 것이다.

그렇다면 애착과 집착의 경계는 무엇인가? 애착은 상대의 취미와 성품을 존중하는 것이고, 집착은 상대의 모든 것을 내 소유물처럼 다루고 싶은 것이다. 그런데 아도니스를 대하는 비너스를 보면 애착과 집착, 존중과 소유욕의 경계가 모호하다. 사랑의 신뢰가 굳건할수록 서로의 취미와 성향에 관대해진다. 사랑한다고 해서 모든 것을 독점하려는 집착이 사랑을 힘들게 한다.

그래서 페테르 파울 루벤스Peter Paul Rubens(1577~1640)는 비너스의 배경을 진한 어둠의 닫힌 세계로 그렸다. 그는 8년 동안 로마에서 유학하며 티치아노, 다빈치, 미켈란젤로, 라파엘로, 카라바조 등 대가의 작품을 수없이 모사했다. 여기에 천재적 재능이 더해져 루벤스는 화가들의 군주, 군주들의 화가가 되었다.

세계적인 예술가들 가운데는 한곳에 닻을 내리고 종착하기보다는 부평초처럼 바람 따라 떠도는 유랑자가 많다. 그런데 루벤스만은 예외다. 그는 누구보다 가정에 충실했고 평범한 행복을 추구했다. 〈비너스와 아도니스〉의 비너스도 아내 엘렌을 모델로 해서 그렸다. 애정 없이는 아내의 모습을 저렇게 그릴 수 없다.

특히 루벤스가 우리나라 사람들에게 더 친숙한 이유가 있다.

루벤스의 드로잉 〈한복 입은 남자〉는 임진왜란 때 일본으로 끌려간 한 조선 청년이 모델이다. 이탈리아 상인 프란체스코 카를레티Francesco Carletti가 이 청년을 이탈리아로 데려갔다. 그의 후손이 지금도 이탈리아 남부의 알비 마을에 '코레아'라는 성을 쓰며 살아가고 있다.

루벤스는 라파엘로가 싹을 틔워놓은 바로크 화풍을 완성했다. 바로크는 1600년경부터 1750년경까지 유럽을 풍미한 예술 경향을 말한다. 로마에서 시작해 왕권신수설王權神授說을 주장하며 절대군주의 나라 프랑스로 번겨갔다. 이후 프랑스나 이탈리아에서는 궁정 취향으로, 네덜란드 등에서는 부르주아 취향으로 나타났다.

그리하여 17세기에 활짝 꽃피운 바로크 미술의 주요 특징은 생동하는 힘으로 스케일이 웅장하고 화려한 연극적 스펙타클이다. "보고 싶

한복 입은 남자
페테르 파울 루벤스(Peter Paul Rubens), 1606~1608년/1617년
종이에 검은색과 붉은색 초크로 드로잉, 23.5×38.4cm, 미국 로스앤젤레스, 장 폴 게티 미술관 소장

고 알고 싶고 갖고 싶다." 이러한 바로크 예술의 모토에 가장 충실한
루벤스의 그림도 그림 속 인물이 밖으로 걸어 나와 함께 이야기를 나
누기라도 할 것처럼 생생하다.

온화한 이사벨라 브란트

1608년, 로마에서 화가로 명성을 날리던 루벤스는 어머니 마리아 페이
펠링크스가 위독하다는 기별을 받는다. 급히 안트베르펜으로 돌아갔
지만 어머니는 이미 운명한 뒤였다. 고향 사람들이 플랑드르(벨기에 서부
를 중심으로 네덜란드 서부와 프랑스 북부에 걸쳐 있는 지방) 최고의 화가가 금의환
향했다며 크게 환영했지만, 루벤스는 이제 어머니를 볼 수 없다는 사실
에 괴로워했다.

　루벤스에게 가슴 아린 존재였
던 어머니. 그 시신 앞에서 루벤스
는 비로소 어머니의 초상화를 그
렸을 것이다.

　루벤스의 아버지 얀 루벤스는
신교도에 대한 박해를 피해 당시
가톨릭 국가였던 벨기에를 떠나
독일로 망명했다. 그 뒤 그는 빌
렘 1세 치하에서 행정장관을 지내
며 빌렘 1세의 부인 안나 공주와

어머니 마리아 페이펠링크스의 초상
페테르 파울 루벤스(Peter Paul Rubens)

남몰래 연애를 시작한다. 두 사람의 은밀한 관계는 2년간 지속되었고, 둘 사이에 딸 크리스티나가 태어난다. 결국 둘의 관계가 발각되자 평소 과묵하기로 소문난 빌렘 1세는 크리스티나를 죽여 없앤다.

얀 루벤스가 감옥에 갇히고 사형당할 위기에 봉착하자 마리아는 급히 피신해 남편의 석방을 위해 고군분투했다. 마리아는 안나 공주의 오빠인 나사우-딜렌부르크 백작 요한 6세 등에게 구명 편지를 쓰는 등 피나는 노력을 기울이던 와중에 홀로 루벤스를 낳았다. 같은 해에 안나 공주가 죽고, 석방되었던 얀 루벤스도 얼마 안 있어 죽고 말았다. 결국 마리아는 혼자 일곱 자녀를 길러야 했다.

마리아는 더 이상 돈벌이가 안 되자 랄랭 백작부인의 하녀로 들어갔다. 당시 루벤스는 열네 살로 가톨릭 학교를 다니고 있었는데, 마리아는 아들이 상류사회와 교분을 맺을 수 있도록 학교를 그만두고 백작부인의 시동으로 들어가게 했다. 이때 처음 귀족문화를 접한 루벤스는 비로소 화가가 되기로 결심한다.

루벤스는 차츰 궁정 생활에 익숙해지자 백작부인에게 허락을 받아 1년 뒤부터 아담 반 노르트Adam van Noort, 오토 반 벤Otto van Veen에게 그림을 배웠다. 그리고 23세에 자신이 꿈꾸던 대로 이탈리아로 유학을 떠나 8년 동안 거주하며 명성을 얻었다.

루벤스는 그렇게 성공한 모습을 적어도 어머니에게만은 보여드리고 싶었는데 그만 기회를 영원히 잃고 만 것이다. 루벤스가 그린 어머니의 초상화에는 대형 사고를 친 남편 대신 자식들을 위해 모진 인생을 감수해야 했던 강인한 어머니상이 잘 드러난다.

루벤스는 자식의 도리를 다하지 못한 회한을 안고 어머니의 장례식을 치른 뒤 플랑드르 알브레히트 Albrecht 대공의 궁정화가가 된다. 그리고 이곳에서 첫 아내 이사벨라 브란트 Isabella Brant(1591~1626)를 만난다.

그녀는 궁정의 변호사이자 인문학자인 얀 브란트 Jan Brant의 딸로 뛰어난 미인은 아니었지만 따뜻한 가정에서 잘 자란 여성이었다. 인문학자의 딸답게 교양이 몸에 밴 그녀는

이사벨라 브란트의 초상
페테르 파울 루벤스(Peter Paul Rubens)
1625년, 캔버스에 유채, 62×86cm
이탈리아 피렌체, 우피치 미술관 소장

처음 궁정화가가 된 루벤스가 궁정 일에 잘 적응할 수 있게 세심하게 도와주었다.

이사벨라가 루벤스에게 즐겨 들려준 이야기는 조반니 보카치오의 《데카메론 Decameron》이었다. '데카메론'이라는 말에는 그리스어로 10이라는 뜻이 담겨 있다. 페스트가 유행하자 피렌체의 세 청년과 일곱 처녀, 즉 10명의 젊은이가 교회 별장으로 피신해 순서대로 10일 동안 나눈 100가지 이야기를 기록한 책이다.

이사벨라가 루벤스에게 《데카메론》을 이야기해줄 때는 마치 모노드라마를 연기하는 것 같았다. 루벤스가 이사벨라의 이야기를 얼마나 흥미롭게 들었던지 나중에 《데카메론》의 한 장면을 모티브로 한 〈시몬과 에피게니아〉라는 대작이 나온다.

시몬과 에피게니아
페테르 파울 루벤스(Peter Paul Rubens), 1617년, 캔버스에 유채, 282×208cm
오스트리아 빈, 빈 미술사 박물관 소장

엉망진창으로 살던 귀족 청년 시몬이 시골 농가로 쫓겨난다. 그리고 우연히 동네 처녀 에피게니아가 잠든 모습을 보고 첫눈에 반한다. 이 그림은 그 순간을 포착한 것이다.

새하얀 피부에 발그레한 볼과 보드라운 살결이 육감적이다. 발 주변에 개와 원숭이가 있어 신뢰와 재미를 모두 지닌 여인임을 알 수 있다. 비로소 정신을 차린 시몬은 열심히 노력해서 에피게니아의 사랑을 얻는다.

풍파가 많은 가정에서 자랐고, 어머니를 잃은 슬픔에서 헤어나지 못하던 루벤스에게 이사벨라는 따뜻한 봄 같은 존재였다. 무엇보다 이사벨라의 아버지는 무책임했던 얀 루벤스와는 달라도 아주 달랐다. 언제나 가족을 중시했고, 딸과 루벤스가 좋아하는 눈치를 보이자 직접 나서서 두 사람의 사랑을 맺어주었다.

비로소 가족이 무엇인지를 경험한 루벤스는 결혼을 앞두고 친구에게 이렇게 자랑했다.

"이사벨라는 변덕스럽지 않아. 늘 선량하고 성숙하다네. 내게는 과분한 여인이지. 그뿐만이 아니야. 이사벨라의 가족은 늘 봄날이라네."

두 사람의 결혼생활은 안정적이고 평화로웠다. 결혼하고 1년쯤 뒤, 루벤스는 결혼 기념으로 〈인동덩굴 그늘의 루벤스와 이사벨라 브란트〉를 그렸다.

인동초 아래서 해맑은 남편이 젊고 고운 아내의 손을 받치고 있다. 더 이상 바랄 게 없이 지금 이대로가 만족스럽다. 색조가 어둡지만 대상이 더 품격 있고 명확하게 두드러져 보이는 카라바조풍이다. 루벤스는 로마 유학 시절 카라바조Michelangelo da Caravaggio(1573~1610)에게 영향을 받았으며, 여기에 어릴 때 다녔던 가톨릭 학교의 종교적 정서가 덧붙여져 가톨릭적 바로크 양식이 형성되었다.

변함없이 따뜻한 이사벨라와의 결혼생활은 루벤스 특유의 우아하고 활기 넘치는 초상화와 풍경화의 밑거름이었다. 두 사람 사이에서는 클라라, 니콜라스, 알베르트가 태어났으며, 특히 클라라의 초상화는 유럽 미술사에서 가장 아름답다는 평가를 받고 있다.

클라라 세레나 루벤스의 초상
페테르 파울 루벤스(Peter Paul Rubens)
1618년, 캔버스에 유채, 27×37cm
오스트리아 빈, 리히텐슈타인 박물관 소장

인동덩굴 그늘의 루벤스와 이사벨라 브란트
페테르 파울 루벤스(Peter Paul Rubens), 1610년, 캔버스에 유채, 143×174cm
독일 뮌헨, 알테 피나코테크 소장

황금 족쇄를 차고 다작의 왕이 되다

난생처음 따뜻한 아내와 함께 안정적이고 꿈같은 나날을 보내는 가운데 루벤스의 그림에는 더욱 자신감 넘치는 시각의 통합이 이루어진다. 거대한 화면에 현실과 환상, 이성과 감성, 땅과 하늘 등이 하나가 된다. 행복한 가정생활을 기반으로 〈삼손과 데릴라〉라는 특유의 장대하고 화려한 작품도 탄생했다.

삼손이 데릴라의 치마폭에 쓰러져 있다. 데릴라가 자신을 속이는 줄 알면서도, 또 몇 번이나 당했으면서도 삼손은 그저 속아주고 싶은 것이다.

"이스라엘의 운명과 영광이 뭐 그리 중요해요? 당신의 신보다 내가 더 중요한 것 아닌가요?"

데릴라의 그 야릇한 질문에 삼손의 맥이 다 풀려버린다. 이 그림에는 루벤스의 다음 고백도 담겨 있다.

"이사벨라, 당신이 비록 데릴라처럼 나를 속인다 해도, 그대로 인해 삼손처럼 삶이 파멸된다 해도 나는 기꺼이 그대 품속에서 쉬리라."

루벤스의 명성이 나날이 높아져가자 당시 플랑드르를 통치하던 스페인 합스부르크 왕가에서도 루벤스를 탐냈다. 하루는 루벤스를 불러 오로지 합스부르크 왕가만을 위해 봉사할 것을 요구했다. 물론 그 대가는 충분히 지불하겠다고 약속했다. 일종의 '황금 족쇄'였다.

그 밖에도 세 가지 특권을 주었다. 즉, 화가들의 독점조합인 길드에 가입하지 않아도 되고, 길드의 규정을 지키지 않아도 되며, 왕실의 허락 없이도 어디든 가서 원하는 대로 살 수 있었다. 이때부터 루벤스는

삼손과 데릴라
페테르 파울 루벤스(Peter Paul Rubens), 1609~1610년, 목판에 유채, 185×205cm
영국 런던, 런던 내셔널 갤러리 소장

왕실 인물들의 초상화와 대성당의 종교화 등을 도맡아 그리며 명성과
존경을 두루 얻었다.

　루벤스가 이사벨라와 함께 직접 지은 집은 플랑드르의 명물이 되었
다. 아내는 골동품을 좋아하는 남편의 취미를 고려해 르네상스 시대에
서 고대 로마 시대에 이르기까지 시대별로 그림과 조각, 동전, 보석과
장신구 등을 진열해놓았다. 넓은 정원을 조성하고 그리스신화의 여신
들을 조각한 여신상을 아름답게 배치했다. 루벤스의 저택은 한마디로
'예술의 사원'이었다.

루벤스는 스페인 왕실의 특별대우 속에서 무엇 하나 부족함 없이 지내며 역대 왕들의 초상화를 주로 그렸다. 명성이 나날이 높아지면서 제자가 되겠다는 이들도 많아져 1611년에만 300여 명의 지원자를 거절해야 했다.

역대 화가들 가운데서 결핍을 모르고 풍요 속에 살았던 화가 루벤스는 최다 작품수를 자랑한다. 그래서 유럽 어느 갤러리에서나 루벤스의 작품을 만날 수 있을 정도다.

루벤스의 화실은 일종의 그림공장이었다. 주문이 쇄도하면 작업을 배경, 얼굴, 의상 등으로 세분화하고 각 과정마다 최고 실력을 갖춘 전문화가를 배치했다. 그렇다면 루벤스는 무엇을 했을까? 그는 그림 전체의 윤곽과 명암을 지정해주고 최종 구성 단계에 악센트와 리듬을 부여했다. 그래서 다작을 할 수 있었던 것이다. 회화 수집상들이 "아무래도 그림이 공동작품 같다"고 꺼림칙해하자 루벤스는 우려를 불식시키기 위한 이벤트도 열었다.

그는 장인이 선물해준 초호화 전시관에 미술상들을 불러들여 작품 감상회를 시작했다. 인문학과 철학에 정통한 이사벨라가 루벤스의 여러 작품에 대해 설명을 하면, 그다음에는 루벤스가 직접 그림을 그리는 식으로 진행되었다.

루벤스는 전시관 중앙에 설치된 커다란 캔버스에 직접 큰 붓을 휘둘러 그림을 그렸다. 이사벨라는 옆에서 고전을 읽고 있다가 그림을 그리던 루벤스가 급히 연락할 일이 떠올라 내용을 말해주면 대신 편지를 작성했다. 그런 퍼포먼스를 벌이면서도 루벤스는 계속 그림을 그렸고,

그림이 완성되면서 펼쳐지는 화려한 색채의 향연에 관람자들은 경탄을 금치 못했다.

이 광경을 직접 본 미술상들은 그때부터 루벤스가 멀티태스킹 능력을 갖췄다고 믿었다. 사실 루벤스는 맡은 일의 규모가 클수록 더 잘해내는 기질이 있었다. 그에 걸맞게 자신의 전시관은 물론 화실 규모도 라파엘로의 로마 화실 이후 가장 큰 규모로 만들었다.

루벤스의 전시관에서 세계 최고의 색채 향연이 펼쳐진다는 소문은 전 유럽에 퍼졌다. 그 결과 마리 드 메디시스 왕비, 이사벨라 대공 부부 등 유럽 각국의 왕족과 귀족의 방문이 이어졌다.

덴마크 왕을 대동하고 방문했던 왕실 주치의는 당시 광경을 이렇게 회고했다.

대화가 루벤스가 그림을 그리고 있다.

착하디착한 아내가 호메로스를 읽고 헤라클레이토스를, 알렉산드로스를 읽는다. 루벤스는 아내의 고운 목소리를 들으며 그림도 그리고, 아내가 적을 편지 내용도 일러준다.

덴마크 왕과 대화하면서도 그는 여전히 그림을 색칠하고 있다.

낭독과 대화, 경청, 회화의 네 가지가 동시에 진행되고 있었다.

앙리 4세의 미망인

루벤스가 스페인 합스부르크가의 초상화를 그리자 유럽 전역의 주요

정치인들과 지식인들도 몰려왔다. 라틴어, 프랑스어 등 6개 언어에 능통했던 루벤스는 어느 나라 귀빈과도 통역 없이 대화했다. 그는 미술과 언어에만 뛰어났던 것이 아니라 다른 예술가와는 달리 성격도 관대한 편이었다. 특히 아내 이사벨라의 영향으로 고대 인문학에 정통한 데다 유머가 넘쳤으며 지칠 줄 모르는 건강까지 갖추고 있었다.

당시 복잡한 유럽 정세 속에서 각 나라는 루벤스 같은 대리인agent을 필요로 했다. 각국 고위층들은 루벤스를 자신들의 대리인으로 세우기 위해 접촉했다. 이를 지켜보던 스페인 왕 필립 4세는 루벤스를 자신의 비밀외교관으로 임명했다. 당시 네덜란드는 스페인의 지배를 받고 있었으며, 루벤스는 이때부터 화가의 신분으로 각국을 방문해 외교관 역할도 수행했다.

1622년, 프랑스 왕 앙리 4세의 미망인이자 루이 13세의 어머니인 마리 드 메디시스Marie de Médicis(1573~1642)가 루벤스를 파리로 불렀다. 그녀는 피렌체의 메디치 가문 출신으로(이탈리아 이름은 마리아 데 메디치) 앙리 4세와의 결혼식 날 잠깐 눈인사를 나눴던 루벤스를 기억하고 있었다.

피렌체의 여인이 프랑스 왕비가 된 데는 사연이 있었다. 1600년 앙리 4세가 이혼한 뒤 프랑스는 재정위기 상태에 빠졌고, 이를 타개하기 위해 이탈리아 피렌체의 메디치 가문 출신 마리와 재혼했다. 당시 스물일곱 살이었던 마리는 결혼지참금으로 15만 파운드라는 막대한 현금을 가져왔다. 그런데 어느 정도 여유가 생기자 앙리 4세는 여색을 밝히며 마리를 방치했고, 마리는 낭비와 사치를 즐겨 하루 종일 보석만 구입하는 날도 있었다.

마르세유에 도착한 마리 드 메디시스
페테르 파울 루벤스(Peter Paul Rubens), 1622~1625년, 캔버스에 유채, 295×394cm
프랑스 파리, 루브르 박물관 소장

1610년, 앙리 4세가 한 가톨릭 광신도에게 암살을 당한다. 이때 로마 가톨릭을 옹호하던 마리가 배후에 있었다는 설이 유력하다. 이후 어린 아들을 대신해 마리가 섭정을 했고, 아들 루이 13세가 성장한 뒤에는 모자간에 권력다툼이 벌어지기도 했다.

마리는 한 편의 드라마처럼 사연 많았던 자신의 일생을 연속 그림으로 남겨두고 싶어 했고, 플랑드르의 작업실로 돌아온 루벤스는 총 21점의 역사화를 완성했다. 그 가운데 〈마르세유에 도착한 마리 드 메디시스〉는 마리가 앙리 4세와 결혼하기 위해 프랑스의 마르세유 항구에 위풍당당하게 도착하는 장면을 그리고 있다.

한편, 영국과 일전을 앞두고 있던 스페인은 루벤스를 통해 프랑스와 영국을 함께 공격하기로 하는 밀약을 맺는다. 1628년, 루벤스는 국제전 발발의 위기 속에서 스페인 마드리드를 비밀리에 다시 방문해 영국과 평화협정을 맺으라고 조언한다. 그는 이때 왕 부부의 초상화를 멋지게 그려주었고, 궁정화가 디에고 벨라스케스Diego Velázquez(1599~1660)와도 친해진다. 1629년, 왕의 칙사 자격으로 영국에 간 루벤스는 영국 왕에게 스페인과 평화협정을 맺는 것이 유리하다고 조언한다.

그런데 하필 이 시기에 상황이 묘하게 전개된다. 영국이 이미 프랑스와 동맹을 맺은 뒤였던 것이다. 영국은 스페인과 프랑스 등의 틈바구니에서 왔다 갔다 했고, 그 바람에 루벤스만 미술가인 척하며 이중첩자 노릇을 한다는 의심을 받게 되었다. 당시 왕실과 귀족들 사이에서는 "여러 나라를 돌아다니는 예술가나 장사꾼들을 가까이하면 비밀이

샌다"는 말이 돌았다.

밀짚모자
페테르 파울 루벤스(Peter Paul Rubens)
1622~1625년, 떡갈나무 목판에 유채, 54×79cm
영국 런던, 런던 내셔널 갤러리 소장

루벤스는 아내와 장인의 도움으로 이 위기를 잘 벗어나고 더욱 성숙한 예술혼을 발휘했다. 〈밀짚모자〉를 보면 하늘색 배경에 빨간색, 검은색, 하얀색으로 채색된 젊은 여인이 있다. 반지를 낀 것으로 보아 결혼한 모양인데, 눈동자도 해맑고 봉긋 솟아오른 유방이 싱그럽다. 그림의 제목은 〈밀짚모자〉지만, 사실 융단으로 만든 모자를 쓰고 있다.

모델은 수잔나 푸르망Susanna Fourment(1599~1628)으로, 그녀의 동생 엘렌은 나중에 루벤스와 결혼하게 된다. 수잔나의 아버지 다니엘 푸르망은 직물장사로 큰돈을 벌었고, 유명화가의 그림을 수집하는 컬렉터로서 루벤스의 그림도 자주 구입했다.

1626년, 루벤스의 아내 이사벨라가 흑사병으로 세상을 떠나고 만다. 루벤스에게 이사벨라는 지난 17년 동안 가족의 안정과 평화를 지켜준 아내, 유럽 각국을 돌아다닐 때 궁정에서 자신의 입지를 다져준 동반자였다. 그런 아내가 떠나자 루벤스는 상실감에 빠져 한동안 두문불출했고, 그 슬픔을 그림 한 장에 녹여냈다.

시몬과 페로(로마인의 자비)
페테르 파울 루벤스(Peter Paul Rubens), 1630년경, 캔버스에 유채, 155×190cm
네덜란드 암스테르담, 레이크스 미술관 소장

　한 노인이 젊은 여인의 배꽃같이 하얀 젖을 빨고 있다. 언뜻 보면 부적절한 애정 행각 같다. 그러나 세상일이란 보이는 것이 전부가 아니다. 이 그림에도 보기와는 달리 눈물겨운 사연이 담겨 있다.

　자세히 보라. 노인의 양손이 등 뒤에 묶여 있다. 이 노인은 3세기경 투옥되었다. 나라에서 음식물을 주지 않아 피골이 상접한데, 마침 해산한 지 얼마 안 된 딸이 면회를 왔다가 굶주려 죽어가는 아버지를 보고 자기 옷을 풀어 헤친다. 내 아버지가 죽어가는데 부끄러움 따위는 아무 문제도 되지 않는다. 그렇게 딸은 아버지에게 젖을 물리고, 이 소식을 들은 당국도 감동해 이 노인을 방면한다.

루벤스는 이 슬프고도 아름다운 이야기 〈시몬과 페로〉를 그리며 아내 잃은 슬픔을 달랬다. 그리고 이중첩자 혐의에서 벗어나는 지름길인 영국과 스페인의 갈등 해소를 위해 영국으로 건너갔다. 그는 혼신의 노력을 기울여 영국-스페인 평화협정을 성사시켰다. 영국 왕 찰스 1세는 이 공로를 인정해 루벤스에게 기사작위를 수여했고, 루벤스는 '그림 그리는 외교관'으로서 전 유럽에 명성을 떨쳤다.

루벤스가 대성공을 거두고 돌아오자 스페인 왕도 그제야 오해를 풀고 비밀외교 임무를 면제해주었다. 이후로 그림에만 전념할 수 있게 된 루벤스의 작품에 변화가 일어났다. 아내와 사별하기 전에는 박력 넘치는 장면이 주요 소재였다면 사별 후에는 바로크적 종교화를 더 많이 그리게 된다.

엘렌, 평범한 그대가 귀족 여인들보다 더 좋구려

참으로 애지중지한 아내 이사벨라가 세상을 떠난 뒤, 루벤스는 4년 동안 외롭게 지냈다. 그러던 어느 날 다니엘 푸르망이 찾아와 자신의 초상화를 부탁했다. 그날 초상화를 그리던 루벤스는 한 여인에게 신경이 쓰여 그림에 집중하지 못했다. 왕들 앞에서도 원하는 대로 척척 그림을 그리던 천하의 루벤스가 아닌가. 그런 루벤스를 꼼짝 못하게 만든 여인은 바로 다니엘의 막내딸 엘렌이었다.

엘렌 푸르망Hélène Fourment(1614~1673)은 루벤스보다 36세나 어린 열

여섯의 처녀였다. 앞서 엘렌의 바로 위 언니 수잔나가 〈밀짚모자〉의 모델을 할 때 루벤스는 그녀의 청초한 모습에 깊은 인상을 받았다. 하지만 그 당시에는 기혼자였으므로 수잔나에게 그저 호감을 느낄 정도였다. 이사벨라가 죽은 뒤 여러 귀족 여인들이 무수히 구애를 했지만 루벤스는 이를 거절했다. 귀족 여인과 부부의 연을 맺고 싶지 않았기 때문이다.

루벤스는 화가이자 외교관으로서 유럽 여러 나라의 궁정을 드나들며 무수히 많은 귀족을 만났고, 형식과 의례 속에 숨은 그들의 허영과 이기심을 뼈저리게 확인했다. 그래서 귀족 여성을 마다했던 것이다. 그런데 사실 마음속 깊이 또 다른 이유가 있었다. 수잔나를 그린 뒤 기름진 여인보다 청초한 여인이 어느덧 루벤스의 이상형이 되었던 것이다.

그런데 그 수잔나마저 이사벨라가 죽고 2년 뒤 겨우 스물아홉의 나이로 세상을 떠나고 말았다. 그 이후로 결혼할 마음을 접었던 루벤스 앞에 다니엘 푸르망이 수잔나와 아주 닮은 동생 엘렌을 데리고 나타났던 것이다. 루벤스가 그림에 집중하지 못한 것은 당연했다.

다니엘 푸르망은 나이가 한참이나 많은 루벤스가 막내딸을 좋아하는 기색을 보이자 깊은 고민에 빠졌다. 아내 클라라에게 고민을 털어놓으니 아내도 "나보다 몇 살 아래인 남자가 사위가 된다는 게 말이 되느냐"며 펄쩍 뛰었다.

그런데 엘렌조차 루벤스가 좋다며 결혼을 허락해달라고 조르기 시작했다. 결국 다니엘과 클라라는 많은 고민 끝에 결혼을 허락했다. 일단 루벤스가 어떤 청년보다 건강하니 오래 살 것이고, 인격이 훌륭하니

혼례복을 입은 엘렌 푸르망의 초상
페테르 파울 루벤스(Peter Paul Rubens), 1630~1631년경
목판에 유채, 135×164cm, 독일 뮌헨, 알테 피나코테크 미술관 소장

막내딸을 잘 돌볼 것이라 믿었던 것이다.

　루벤스가 평범한 집안의 딸과 결혼하기로 했다는 소문이 돌자 귀족들은 루벤스를 비웃었다.

　"유럽 최고의 명사가 보통 집안 딸과 결혼하다니, 한심하군."

　이에 대해 루벤스는 지인들에게 이렇게 말했다.

　"주위에서 다들 귀족 가문의 여인과 결혼하라고 강요해. 하지만 솔직히 말해 그들의 이중성이 두렵다네. 특히 귀족 여인들의 하늘을 찌르는 자만심을 감당한 자신이 없어. 나는 내 붓칠을 조금도 부끄러워하지 않는 아내가 좋네. 엘렌은 평민 출신이지만 내게는 미의 여신 비너스

화가와 그의 아내 엘렌, 아들 프란스
페테르 파울 루벤스(Peter Paul Rubens), 1635년, 패널에 유채, 158.1×203.8cm
미국 뉴욕, 메트로폴리탄 미술관 소장

보다 더 아름답다네."

그는 평범하지만 자신의 이상형인 청초한 엘렌과 더불어 평범한 화가로 살고 싶었던 것이다.

아니나 다를까, 결혼식장에 나타난 어린 신부가 얼마나 곱던지 귀족들을 포함한 모든 하객이 입에 침이 마르도록 칭찬을 했다. 신부가 그리스신화의 절세미녀 헬레네보다 아름답다는 것이다. 역시 루벤스는 노련한 화가답게 평범한 신분 뒤에 숨은 엘렌의 미모를 꿰뚫어보았던 것이다.

천진난만한 엘렌과 재혼한 뒤 루벤스의 예술은 종교적 분위기를 접

삼미신
페테르 파울 루벤스(Peter Paul Rubens), 1636~1638년, 캔버스에 유채, 181×221cm
스페인 마드리드, 프라도 미술관 소장

고 더욱더 관능적으로 나아간다. 마음에 품은 이상형과 결혼한 뒤 루벤스는 회춘을 했다. 50대 중반이라기엔 워낙 청년처럼 건강했던 루벤스가 어린 신부와 결혼한 뒤로는 더욱 젊어진 것이다. 이와 함께 그의 작품도 빛을 통해 감각의 세계를 구현하기 시작한다.

〈삼미신〉의 나체는 르네상스 시기 라파엘로의 그림보다 훨씬 더 자연에 가깝게 그렸다. 주름은 주름대로 다듬지 않고 풍만한 여체를 그려 과장된 효과가 역동성 있게 나타난다. 라파엘로와 루벤스의 〈삼미신〉을 비교해보면 르네상스 예술과 바로크 예술의 차이점이 드러난다. 르네상스 예술은 비교적 정교하고 선도 분명한 데 비해 바로크 예술의 경우 선적인 것보다 회화적인 것을 선호해 그림에서도 투박하게 어떤 인상을 던져주어 생동감이 넘친다.

더욱이 루벤스는 약간 비만에 가까운 여체를 선호했다. 그래서 두 아내도 풍만한 편이었고, 그는 그런 아내들을 즐겨 그렸다.

"지구 최고의 작품은 여성의 나신裸身이오. 내 그림에서 통통한 여체를 선호하는 까닭은 마른 체형이 여성의 박력감과 행복감을 표현하는 데 어울리지 않기 때문이오."

이에 대해 일부에서는 너무 적나라하다고 불쾌감을 드러냈지만, 르누아르Auguste Renoir(1841~1919) 같은 화가는 감탄을 표현했다.

"내면이 다 드러나도록 투명하다. 이 속에 루벤스만의 독특한 광채가 빛나고 있다. 여기에 매료되지 않는 자가 누구랴."

루벤스의 몸에 대한 시각 변화는 바로 엘렌 푸르망에 대한 설렘에서 비롯된다. 그녀를 곁에 두고도 루벤스는 늘 설렘을 느꼈다. 〈비너스와

아도니스)의 비너스도 엘렌을 모델로 삼아 그렸다. 누구라도 이 그림
을 보면 루벤스가 엘렌을 얼마나 사랑스러워하는지 알 수 있다.

사랑의 정원

엘렌은 평범한 신분이었지만 루벤스에게 늘 신선한 자극과 판타지를
주는 특별한 신부였다. 이런 아내와는 굳이 복잡한 도시에 머무르고
싶지 않았다. 그래서 루벤스는 1635년에 한적한 시골의 헷 스테인을
통째로 사들였고, 엘렌과 함께 이곳에 살며 전원생활과 풍경을 화폭에
담기 시작했다.

　노화가의 마음을 빼앗은 젊은 아내는 변함없이 늘 매력 넘치는 모델

이른 아침의 헷 스테인 풍경
페테르 파울 루벤스(Peter Paul Rubens), 1636년경, 오크 패널에 유채, 229.2×131.2cm
영국 런던, 런던 내셔널 갤러리 소장

사랑의 정원
페테르 파울 루벤스(Peter Paul Rubens), 1633년경, 캔버스에 유채, 283×198cm
스페인 마드리드, 프라도 미술관 소장

이 되어주었다. 엘렌은 총명했다. 유럽 궁정 정치와 외교 분야에서 다양한 경험을 쌓은 남편과 눈높이를 맞추기 위해 많은 노력을 기울여 '교양 있는 부인'이라는 평판을 들었다.

루벤스의 미술은 엘렌을 만나 회춘했고, 루벤스의 작품 가운데 최고의 명작으로 꼽히는 〈사랑의 정원〉도 이 시기에 나왔다.

중세 유럽의 정원은 연인들이 사랑을 나누는 장소로도 역할을 했다. 루벤스는 자신의 저택을 배경으로 큐피드가 날아다니는 상상을 하며 낙천적 관능의 물결이 충만한 그림을 그렸다. 정원의 하늘에 큐피드가 날아다니고, 오른쪽 위에 앉은 비너스의 젖가슴이 분수 기능을 하고 있다.

〈사랑의 정원〉 그림 왼쪽을 보면 이 사교 잔치에서 루벤스는 아내와 춤추고 있다. 작품의 주제에 대해서는 다양한 주장이 나오지만, 행복한 연인들의 도취를 그린 것만은 분명하다. 루벤스는 그림을 하도 많이 그려서 손가락 관절염이 심했지만, 어린 아내를 그릴 때만은 그 고통을 싹 잊었다.

루벤스는 세상을 떠날 때까지 10년간 엘렌과 함께 이 정원에서 지냈다. 이때 나온 그림에는 모두 축제 분위기가 감돈다. 그는 더 이상 엄숙한 종교적 주제를 그리지 않았으며 엘렌을 비너스로, 때로는 아테나 여신으로 그렸다. 그렇게 신화의 세계에 몰두해 잃어버린 파라다이스를 찾는 화가로 살았다.

1640년, 작품에서도 현실에서도 엘렌에게 푹 파묻혀 살던 루벤스는 팔의 통풍이 심장까지 전이되는 바람에 64세의 나이로 세상과 작별했다. 그리고 며칠 뒤 엘렌은 막내 콘스탄스를 낳았다.

피카소

나에게 사랑은 무지개야

투우 : 투우사의 죽음
파블로 피카소(Pablo Picasso), 1933년, 나무판에 유채, 40×30cm
프랑스 파리, 피카소 미술관 소장

Pablo Picasso

"나는 보이는 대로 세계를 그리지 않고 생각하는 대로 그린다."

– 파블로 피카소Pablo Picasso(1881~1973)

보이는 대로의 사물에 집착하지 않기 때문에 피카소는 어제나 오늘뿐 아니라 앞으로도 영원히 현역으로 남을 것이다. 그는 하나의 예술은 파괴의 총체라는 신념 때문에 고독했고, 그래서 더욱 사물을 파괴하고 포기하며 새로운 세계를 발견했다.

피카소의 예술적 동지인 시인 폴 엘뤼아르Paul Eluard(1895~1952)는 피카소의 그림에 깊이를 더해주었고, 피카소는 그의 시작詩作에 영감을 주었다. 엘뤼아르의 시 〈아무도 나를 알 수 없다〉를 읽다보면 피카소의 작품세계를 어느 정도 이해할 수 있다.

그대 나를 아는 것보다, 아무도 나를 더 잘 알 수 없으리

우리 단둘이 누워 잠든 그대 두 눈은

내 인간적인 빛으로 세계世界의 어둠조차 밝게 해주었지

나는 그대의 눈을 따라 여행하면서야 대지大地와 초연해졌다네

그대 눈 속에서 우리가 알던 무한고독은 다른 모양이 되었어

내가 그대를 아는 것보다 아무도 그대를 더 잘 알 수 없으리

이 시에서 내가 너를 아는 것은 객관이 아니라 내 감성이 깃든 주관이며, 내 기호가 만든 추상이다. 엘뤼아르는 이런 앎이 세계의 어둠도 밝히고 인간의 기반인 대지조차 초연하게 한다고 했다. 이것이 인간 심층의식의 정체를 드러내려는 초현실주의자들이 지니는 독특한 이미지다.

현대예술의 선구자 피카소의 사랑의 색은 무엇이었을까? 무지개였다. '왜 무지개인가'라는 질문에 답하기 전 그림에 대한 피카소의 이야기를 종합해보자.

나는 어린애 같은 데생을 한 적이 없다. 그림이란 미리 정해놓고 그리는 것이 아니다. 그리는 도중에 사상이 변하면 달리 그린다. 진리란 없기에 완성된 그림도 보는 사람에 따라 다르게 본다. 그래야 생명력을 지닌 그림이다.

이 말 속에 피카소의 애정관이 들어 있다. 그는 애정도 미리 데생하지 않았으며, 애정의 평가도 의도가 아니라 결과다. 피카소에게 사랑이란

'예술의 청량제'였다. 이런 사랑은 유동적이며, 사랑의 대상이 어떠한가에 따라 주체의 정체성도 변한다.

그래서 피카소에게는 사랑이 예술의 청량제였지만 그 대상이 된 여인들에게는 삶의 질곡이었다. 피카소의 여인 일곱 명은 각기 뚜렷한 특성을 보인다. 이 일곱 여인과의 교감이 무지개처럼 피카소의 작품세계에 드리워져 있으며, 그곳에서 피카소의 큐비즘cubism(입체파)이 활짝 피어났다.

첫 번째 여인은 인기 절정의 모델 페르낭드 올리비에였다. 그녀는 장대한 체격에 조각 같은 몸매를 지녔다. 그녀와 사랑에 빠지면서 피카소는 여체화의 기틀을 다졌으며, 우울한 청색 시대를 지나 장밋빛 시대가 시작되었다.

두 번째 여인 에바 구엘은 페르낭드와는 정반대로 가냘픈 여자였다. 생활력도 강하고 질투도 강했던 페르낭드와 달리 사색적이며 온유했다. 피카소는 에바에게서 어려운 시절 페르낭드에게 압도당하며 느끼지 못했던 안도감을 찾는다.

그러나 에바가 3년 만에 결핵으로 죽자, 피카소는 생동감 있고 품격 넘치는 러시아 발레리나 올가 코클로바를 만나 처음으로 결혼한다. 그리고 이때 신고전주의 화풍을 지향한다.

독선적이고 사치스러운 올가로 인해 괴로워하던 중 거리에서 천진난만한 열일곱 살 소녀 마리 테레즈 발테르를 만난다. 그러나 피카소는 너무 순응적인 데다 세련되지 못하고 무식하다고 그녀를 버린다. 그런 다음 만난 여인이 지성미 넘치고 세련된 사진작가 도라 마르였다. 그리고 신경이 날카로워진 도라 대신 선택한 여섯 번째 여인이 프랑수아즈 질로였다. 그녀는 완벽주의자였고 독립적이어서 다른 여인들과는 달리 도리어 피카소를 버린다. 그 뒤 피카소는 일곱 번째 여인 자클린 로크를 만나 죽을 때까지 함께 살았다.

피카소의 인생을 나눠 가진 일곱 여인은 제각기 다른 특징을 보여준다. 새로운 여인을 만날 때마다 그는 매너리즘을 극복하고 새로운 예술의 경지를 보여줬다. 피카소에게 일곱 빛깔의 무지개 사랑은 축제였다. 축제는 기다림이었으며, 새로운 사랑과의 생경한 경험은 새로 예고된 예술로의 승화를 약속하는 것이었다.

피카소의 화풍畵風이 변할 때는 언제나 그 배경에 새로운 여인이 있었다. 그는 평생 변신과 변혁을 휴식으로 삼고 살면서 그림뿐 아니라 판화, 벽화, 도자기, 스케치, 조각, 무대미술, 그래픽아트 등 다양한 예술품을 5만여 점이나 남겼다.

피카소가 태어난 스페인의 말라가는 무지개가 아름답기로 유명한 지중해의 해변도시다. 어린 시절 피카소는 이곳의 중심지 메르세르 광장에서 비둘기 떼를 휘저으며 뛰놀았다. 피카소는 비둘기를 평생 좋아해

평화의 얼굴
파블로 피카소(Pablo Picasso), 1951년

서 막내딸의 이름을 비둘기를 뜻하는 '팔로마paloma'라고 짓기까지 했다. 130여 년이 지난 지금도 메르세르 광장에는 여전히 비둘기 떼가 날고 있다. 피카소가 비둘기를 그린 뒤로 비둘기는 평화의 상징이 되었다.

장수한 피카소는 아흔 살이 되도록 청춘으로 살았다. 오죽하면 피카소의 70회 생일날 폴 엘뤼아르가 "오늘이 세상에서 가장 젊은 화가 피카소의 생일"이라고 말했을 정도다. 죽는 순간까지도 피카소의 정신과 육체는 청춘이었으며, 죽은 뒤에도 그의 작품이 초시대적 청춘 스타일로 남아 있는 이유는 분명하다. 한 영역에 머무르지 않는 유유자적한 창조자가 되어 새로운 돌파구를 찾는 작품을 남겼기 때문일 것이다. 남긴 작품도 워낙 방대해서 도서관의 도서목록을 정리하는 일에 비유될 정도다.

비에 젖어 만난 페르낭드

장대비가 갑자기 쏟아지던 1904년 8월 4일, 새끼고양이 한 마리가 길가에서 울고 있었다. 피카소는 빗줄기를 피해 근처 건물로 급히 뛰어들어갔다. 그리고 그 건물 복도에서 새끼고양이를 찾아 헤매던 여인을 만난다. 주인을 알아본 새끼고양이가 비에 젖은 그녀의 가슴으로 뛰어든다.

"고맙습니다. 이 빗속에서 제 고양이를 찾아주시다니……."

"당신은 누구십니까?"

"페르낭드 올리비에입니다."

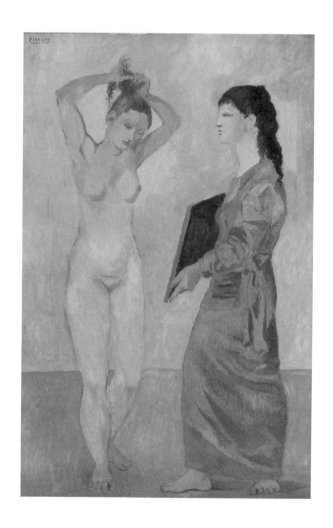

몸단장
파블로 피카소(Pablo Picasso), 1906년, 캔버스에 유채, 99×151cm
미국 뉴욕, 올브라이트 녹스 아트 갤러리 소장

이 그림에서 페르낭드가 몸단장을 하고 있고, 피카소는 거울을 든 하녀 이미지로 그
려져 있다. 비너스 같은 자태의 페르낭드는 비너스와 달리 적극적이고, 피카소는 그
런 그녀를 흠모하고 있다.

"나이는?"

"스물셋입니다."

"저와 같군요."

당시 피카소는 고향
스페인을 떠나 낯선 프
랑스, 몽마르트르의 '세
탁선Bateau-Lavoir'이라
불리는 허름한 목조 연

〈세탁선〉
라비냥 가 13번지에 자리잡은 세탁선의 정면 사진

립주택에 살고 있었다. 센 강을 오가는 세탁선과 비슷하게 생겼다고
해서 시인 막스 자코브Max Jacob가 붙인 명칭이었다.

그 무렵이 피카소의 일생에서 가장 춥고 배고픈 시절이었다. 마침 빗
속에서 잃어버린 새끼고양이를 찾다가 비에 홀딱 젖은 몸으로 서 있던
페르낭드와 최고의 교감을 나눌 수 있는 정황情況이었다. 이 시기의 피
카소는 옷도 청색만 입고 그림도 청색 일색으로 그려 마치 온 세상을
청색 렌즈로만 바라보는 듯했다. 고향을 떠나 함께 파리로 왔던 유일
한 친구 카를로스 카사헤마스마저 자살한 직후여서 피카소의 청춘은
그야말로 고뇌로 물들고 있었다.

〈맹인의 식사〉(336쪽 그림)를 보면 맹인이 오른손으로 물병을 더듬고
왼손에는 빵을 들고 있는데 모두 청색이다. 맹인은 세상의 온갖 화려
한 것을 볼 수는 없지만 만질 수는 있다. 그림을 태워 얼음장 같은 방
을 녹여야 했고, 차가운 빵조각으로 연명하며 영양실조로 눈이 멀지는
않을까 걱정하던 피카소의 심정이 그림에 그대로 담겨 있다.

피카소

맹인의 식사
파블로 피카소(Pablo Picasso), 1903년, 캔버스에 유채, 95.3×94.6cm
미국 뉴욕, 메트로폴리탄 미술관 소장

그런 가운데 피카소는 여름 폭
우를 피해 만난 페르낭드 올리비에
Fernande Olivier(1881~1966)와 서로 자석
처럼 끌렸다. 피카소는 별말 없이 비
에 젖은 페르낭드를 끌어안고는 그
대로 빗줄기를 뚫고 몽마르트르 언
덕을 올라갔다. 그리고 세탁선 안으
로 들어간 두 사람의 애정이 빗줄기
와 천둥소리에 묻혔다.

사진작가 장 아제루가 찍은 페르낭드
(1910~1917)

　　피카소의 첫사랑은 이렇게 찾아왔
다. 계획도 기대도 없이 번개처럼. 페르낭드의 인생 궤적 또한 그랬다.
그녀는 어머니가 유부남을 만나 낳은 혼외자식이었다. 숙모에게서 자
라 결혼도 했지만, 폭력적인 남편을 피해 도망쳐야 했다. 이후 이름까
지 바꾸고 모델 생활을 한 페르낭드는 독창적 포즈로 조각가와 미술
가들에게 큰 인기를 끌었다.

　　비 내리는 날 번개 같은 사랑을 시작한 두 사람은 세탁선에서 동거
를 시작한다. 후일 페르낭드는 무명의 피카소를 처음 만났던 그때의
느낌을 이렇게 회상했다.

　　"그의 몸짓은 너무 불안했어요. 하지만 눈빛이 얼마나 강렬한지 도
저히 저항할 수 없었죠."

　　그녀와 함께 살면서 피카소는 질투를 부렸다. 다른 유명 작가들의
모델 일을 그만두라며 문을 잠그고 외출하고, 심지어 시장도 혼자 보

러 갔다. 페르낭드는 누추한 아틀리에 안에만 있으려니 답답해서 아예 누드로 배회했고, 피카소는 이런 그녀를 마음껏 화폭에 담았다. 그리고 그녀를 달래주듯 정열을 다해 품에 안았다.

아직 불어에 서투르던 시기에 피카소는 워낙 쾌활한 페르낭드 덕분에 실컷 웃을 수 있었다. 또한 육감적으로 균형 잡힌 최고의 모델을 독점하며 눈부신 누드 작품들을 내놓는다. 세탁선의 피카소에게는 페르낭드가 구세주였던 셈이다. 차츰 생활이 안정되어감에 따라 피카소의 그림도 고뇌의 청색 빛깔에서 노랑, 빨강, 장밋빛 등 따뜻한 색으로 변하며 장밋빛 시대로 접어든다.

이렇게 페르낭드를 만나 사랑을 나누면서 화폭의 색깔도 변했고, 화풍도 회화 양식을 입체적으로 표현해 큐비즘으로 발전했다. 피카소는 이 시기에 20세기 최고의 예술 대작인 〈아비뇽의 처녀들〉을 그렸다.

이 그림을 그릴 때 피카소는 1년 동안 캔버스와 붓을 멀리한 채 오직 드로잉만 하며 고전적이고 전통적인 작품을 떠나 전위적 작품을 구상했다. 무명의 화가가 감히 기존 미술계에 대한 도발을 꿈꾸었던 것이다.

〈아비뇽의 처녀들〉은 회화 기법이 하나의 고정된 시점이 아니라 다양한 시점이어서 인물마다 각양각색이다. 오른쪽 두 여인은 당시 작업실에 놓여 있던 아프리카 여인 조각상을 닮았다. 중앙의 두 여인은 스페인 양식으로, 왼쪽 여인은 이집트 양식으로 그렸다. 또한 여인들의 뒤틀린 얼굴은 노골적인 에로티시즘을 과시했다.

이 그림 한 장으로 르네상스 이후 확립되어 온 미의 기준이 무너진다. 춥고 배고픈 시절의 피카소가 페르낭드와의 번개 같은 열정을 불

아비뇽의 처녀들
파블로 피카소(Pablo Picasso), 1907년, 캔버스에 유채, 233.7×243.9cm
미국 뉴욕, 뉴욕 현대미술관 소장

태우며 획일적 미가 아니라 각자의 고유미를 추구해낸 것이다.

〈아비뇽의 처녀들〉 이후 피카소는 파리 보헤미안들의 우상이 되었으며, 작품도 비싼 가격에 팔리기 시작했다. 그런데 피카소는 뭔지 모르게 불편했다. 그리고 자신은 파리의 다듬어진 정원이 아니라 태양이 이글거리는 산맥의 원시림에 갈급하다는 것을 깨달았다.

1906년 6월 초, 피카소와 페르낭드는 바르셀로나행 열차표를 샀다. 그리고 나귀를 타고 피레네 산맥에 있는 고솔 지방으로 간다. 두 사람은 돌집 수십 채가 옹기종기 모여 있는 이 산악 동네에서 그해 여름을 보낸다. 피카소는 그제야 마음의 평정을 찾고 평생 자신이 추구할 작

부채를 든 여인
파블로 피카소(Pablo Picasso), 1908년

품의 방향을 정립한다.

근원으로의 회귀. 보이는 것이 다가 아니다. 근원으로 돌아가야 하는데, 현실적인 근원이어야 한다. 현실적인 근원은 획일화할 수 없다. 사물에 개인의 창조적 상상력을 결부해야 전적으로 현실의 근원이 된다. 이후 피카소의 작품은 전적인 근원 회귀라는 방향으로 나아가게 된다.

1908년 페르낭드를 위해 그린 〈부채를 든 여인〉을 보자. 피카소를 새파랗게 질리게 만들었던 가난을 몰아내듯 분홍빛 얼굴의 페르낭드가 청색 부채를 들고 있다. 그런데 페르낭드의 머리 위에 파란 고깔이 씌어 있다. 마치 가난을 견디게 해주었던 페르낭드를 머잖아 가난과 함께 떠나보내려는 듯. 자신이 새로운 시적 상상력을 불러일으킬 대상을 찾아다녔던 것처럼.

과연 피카소는 키가 크고 억척스러운 페르낭드 올리비에에게 더 이상 예술적 감흥을 느끼지 못하게 된다.

친구의 애인, 청순가련한 에바

서른 무렵의 피카소는 이미 명성도 얻었고 재력도 충분했으므로 더 이상 낡은 세탁선에 머무를 이유가 없었다. 그는 번화가에 멋진 아틀리에를 마련하고 하녀도 두는 등 풍족한 생활을 시작했다. 보통 예술가들이 젊은 나이에 이 정도의 부와 명예를 누리게 되면 현실에 안주해 더는 명작을 내놓기 어렵다. 그런데 피카소는 정반대였다. 그는 물질적 부와 명성의 외피를 뚫고 항상 근원으로의 회귀를 겨냥했기 때문에 더 많은 명작을 쏟아낼 수 있었다.

이 그림 〈정원의 집〉을 보자. 갈색톤이 주조를 이루며 포근하고 정겹다. 그런데 회색빛 하늘로 뭉툭하게 나무가 솟아 있다. 뭔가 신천지를 갈망하고 있는 것이다. 이때부터 어려운 시절 페르낭드에게 나타냈던 피카소의 광기 어린 집착도 감소하고 시큰둥해진다.

정원의 집(House in a Garden)
파블로 피카소(Pablo Picasso)
1908년, 캔버스에 유채
60.5×73.6cm
러시아 상트페테르부르크
에르미타주 미술관 소장

피카소

1911년 어느 봄날, 페르낭드와 산책을 하던 피카소의 눈에 한 여인이 들어왔다. 유달리 하얀 피부에 마른 체형이 페르낭드와 대조를 이루었다. 이제 자신도 저런 여인을 아껴주며 울타리가 돼주고 싶다는 보호본능이 꿈틀거렸다. 피카소가 추구하는 조형적 관심이 육감적인 데서 청순가련형으로 이동하고 있었던 것이다.

그녀를 눈여겨본 뒤 수소문해보았다. 그녀는 친구이자 라이벌인 폴란드의 화가 루이스 마르쿠스의 애인 에바 구엘Eva Gouel(1885~1915)이었다.

그러나 피카소가 누구인가. 그는 에바와 연인이 되기 위해 자신의 명성과 재력을 총동원한다. 이 사실을 안 페르낭드는 피카소의 질투를 유발하기 위해 일부러 이탈리아 출신의 미남 화가 우발도 오피Ubaldo Oppi와 보란 듯이 밀월여행을 떠난다.

예술가와 모델(자화상)
1920년, 우발도 오피(Ubaldo Oppi)

그런데 피카소는 질투를 하기는커녕 해방감을 느끼며 페르낭드 앞에서까지 에바를 '나의 이브'라 부른다. 그러자 페르낭드는 쿨하게 피카소 곁을 떠난다. 두 사람이 만난 지 9년째 되던 해였다.

자신의 언덕이 되어주던 페르낭드와 헤어진 피카소는 이제 자신이 에바의 언덕이 된다.

애인을 빼앗긴 마르쿠스는 피카소를 풍자하는 만화를 신문에 실었고, 파리 사람들은 이를 보고 수군댔다. 그러나 피카소는 전혀 개의치 않고 에바와 함께 남프랑스로 밀월여행을 떠난다.

바로 그해에 〈옷을 벗은 에바〉를 그린다. 피카소는 가냘픈 에바와 그녀를 안고 있는 자신을 기하학적으로 그렸다. 수백 년 동안 화가들의 철칙이었던 원근법은 해체되었고, 대상을 다각도로 관찰한 뒤 부

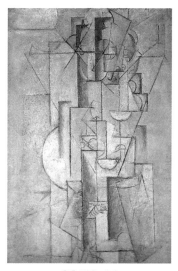

옷을 벗은 에바
파블로 피카소(Pablo Picasso)
1912년, 캔버스에 유채
미국 오하이오, 콜럼버스 미술관 소장

분 부분을 화면에 재조합했다. 그래서 큐비즘은 추상화와 흡사하다.

기둥 같은 페르낭드 대신 갈대 같은 에바와 손잡은 피카소의 화풍은 분석적 큐비즘에서 점차 종합적 큐비즘으로 전환된다. 그러나 아쉽게도 1915년 12월에 에바가 결핵으로 죽고 만다. 병약한 그녀를 피카소가 너무 격정적으로 대했다는 비난도 일었다.

귀족풍의 발레리나 올가 코클로바

에바를 잃은 슬픔이 얼마나 컸던지 피카소는 한때 공황장애까지 겪으며 더 많은 여자를 만났지만 공허한 마음은 채워지지 않았다. 자신이

자청해 언덕이 되어준 에바의 자리에는 어느 여인도 안착하지 못했다.

그렇게 2년이 지난 1917년, 장 콕토Jean Cocteau의 작품 〈퍼레이드 Parade〉를 공연하기 위해 러시아발레단이 파리에 왔다. 이때 의상과 소품 등 전반적 무대장치는 피카소가 맡았고, 무대음악은 천재음악가 에릭 사티Erik Satie(1866~1925)가 맡았다. 에릭 사티는 배경음악으로 유명한 〈짐노페디〉를 작곡한 사람이다.

러시아발레단 단원 가운데 스물네 살의 발레리나 올가 코클로바 Olga Khokhlova(1891~1955)가 있었다. 다른 여인들과는 달리 올가는 피카소에게 별로 흥미를 보이지 않았다. 당대 유명인사인 피카소는 어디를 가든 여인들의 관심을 한 몸에 받았으나 올가만은 피카소를 본체만체했다. 그녀는 귀족 출신인 데다 아버지가 러시아 육군대령이었다.

피카소는 올가에게서 페르낭드와 에바에게선 볼 수 없던 귀족의 품격을 보았다. 올가의 몸에 밴 규칙적 행동을 보며 그녀와 안정된 가족을 꾸리고 싶다는 생각이 들었다. 장 콕토가 중간 역할을 잘해주어 두 사람은 연인이 된다. 이듬해에 결혼을 앞두고 양가를 찾았지만 피카소 집안에서는 올가를 외국 댄서라며 반대했고, 올가 집안에서는 피카소를 바람둥이라며 반대했다. 결국 두 사람은 장 콕토를 증인 삼아 러시아정교회에서 작지만 화려한 결혼식을 치르고 파리 상류사회에 발을 디디게 된다.

피카소는 올가에게서 첫아들 파울로를 낳고 39세에 비로소 안정된 삶을 맛본다. 그래서 옷도 단정하게 입고 규칙적으로 생활하며 화풍도 큐비즘에서 고전주의로 변하게 된다.

안락의자의 올가의 초상
파블로 피카소(Pablo Picasso), 1917년, 캔버스에 유채, 88×130cm
프랑스 파리, 피카소 미술관 소장

1917년, 러시아발레단이 남미공연을 떠날 때 피카소 곁에 남기로 한 올가를 그린 그림이 〈안락의자의 올가의 초상〉이다. 잘 정돈된 머리와 의상에서 러시아 귀족 특유의 우아한 멋이, 세련된 얼굴과 굳게 다문 입술에서 강한 꿋꿋함이 묻어난다.

해변의 여인들
파블로 피카소(Pablo Picasso), 1918년, 캔버스에 유채, 22×27cm
프랑스 파리, 피카소 미술관 소장

〈해변의 여인들(해수욕하는 여인들)〉은 올가와 결혼하고 여름에 지중해에서 그린 그림이다. 화면 전체를 에메랄드빛으로 깔고 세 여인이 초록색, 붉은색, 보라색 수영복을 입고 차분한 조화를 이루고 있다.

한 여인이 고개를 들어 하늘을 보는데 머리가 바람에 날리자 붙잡고 있고, 맨 오른쪽 여인은 수평선을 응시하며 머리를 매만진다. 가운데 여인은 모래에 기대고 있다. 세 여인 모두 팔다리를 보통사람보다 길게 그려 발레리나인 올가의 모습을 연상시킨다.

피카소와 올가는 파리의 부촌인 라보에티 거리에 정착했다. 큰 아파트에 작은 화실 하나만 두고 모든 공간을 귀족풍으로 꾸몄다. 피카소는 이때 유모와 하녀, 요리사, 운전사까지 두고 고급 파티를 즐기기 시작했다. 올가의 취향대로 명품 의상도 걸쳤다.

마침 샤넬이 전설적인 향수 넘버 파이브No.5를 내놓으며 파리 사교계에 사치가 만연했으며, 크리스찬 디올은 라보에티 거리에 갤러리를 오픈했다. 올가는 피카소에게 원근법으로 그려야만 잘 팔린다며 난해한 큐비즘을 버리라고 다그쳤다. 올가의 강요에 못 이겨 피카소는 스스로 표현한 대로 '16세기 라파엘로처럼 화려한 솜씨로 사실화 위주의 그림'을 그리기 시작한다.

그러나 개성을 억압당한 예술가는 날개가 잘려 창공을 날지 못하는 독수리와 같다. 그 시기의 피카소도 그랬다. 그는 올가를 만족시키기 위해 개성을 억누르며 화풍까지 바꾸었다. 다행히 그는 보여주기 식의 틀에 박힌 삶에 자신의 예술적 영감이 고갈되고 있다는 것을 깨닫는다.

끝없이 반복되는 가면무도회 같은 상류생활에 지쳐가던 1927년 어느 날, 그는 오직 예술의 자유를 위해 결단을 내렸다. 올가가 사다준 명품 옷을 벗고는 깊이 숨겨두었던 오래되고 낡은 옷을 꺼냈다. 그 옷을 입고 털털한 모습으로 밖에 나오니 그제야 본래의 자신으로 돌아온 기분이었다.

갤러리 라파예트 백화점 근처를 지날 때였다. 47세의 피카소의 눈이 휘둥그레지는 장면이 펼쳐졌다. 지하 계단에서 18세의 마리 테레즈 발테르Marie-Thérèse Walter(1909~1977)가 올라오고 있었다. 고전적인 올가에게 신물이 난 피카소의 눈에 마리 테레즈는 최고의 모델로 보였다.

굴곡 있고 풍만한 육체는 외투로도 감출 수 없었고 금발머리와 오똑한 콧날, 파란 눈동자가 얼굴을 더욱 빛나게 했다. 당시 법적으로 기혼자였던 피카소는 마리 테레즈에게 어떻게 접근했을까?

"너와 내가 함께 위대한 명화를 만들자."

마리 테레즈, 그녀는 앵무새였다

올가의 미가 고색창연했다면 마리 테레즈는 자연 그대로였다. 형식과 구색 맞추기에 싫증이 났던 피카소는 그날부터 마리 테레즈의 뒤를 따라다닌다. 그리고 6개월쯤 정성을 기울인 끝에 자기 집 근처로 이사를 오게 한다. 물론 올가는 전혀 모르게 한 일이다. 그러다가 마리 테레즈가 임신을 하게 된다.

마침내 올가가 마리 테레즈의 존재를 알아챘다. 그녀는 그래도 아들을 생각해서 살아보려고 했지만, 냉랭한 피카소와 더는 함께 지낼 수 없자 아들을 데리고 떠난다. 그러나 자신이 사는 동안에는 법적 혼인 관계를 포기하지 않았고, 피카소는 이들에게 그동안 모은 재산을 모두 주었다.

올가와 헤어질 무렵 피카소도 시 한 수를 남긴다.

빛깔만으로도 꿀벌은 버둥거리고

냄새만으로 새의 꼬리는 퍼덕인다

그들의 몸은 오로지 베개 위에서 뒤틀린다

제비가 앉은 강철 레일도

머리카락 한 올만큼의 사랑만으로도 녹는

올가가 떠난 뒤 피카소는 홀가분한 기분으로 마리 테레즈를 작업대 앞에 세웠다. 이때 나온 그림이 〈거울 앞의 소녀〉다.

거울 앞의 소녀
파블로 피카소(Pablo Picasso), 1932년, 130×162cm, 미국 뉴욕, 현대미술관 소장

그림에는 마리 테레즈가 임신한 아이도 묘사돼 있다. 거울에 비친 마리 테레즈와 거울을 보는 그녀의 모습이 단순한 반사 영상이 아니라서 더욱 서정적이다. 이런 분위기는 고전적인 선의 리듬과 큐비즘적이고 환상적인 색채 패턴이 결합해 나타난다.

피카소의 사랑은 두 형태로 나타난다. 페르낭드와 에바처럼 그의 주관이 강하게 작용될 때는 불같이 타오르다가, 올가처럼 상대의 주관이 강할 때는 물처럼 더 깊고 자유로운 곳으로 흘러간다.

피카소는 올가와의 생활을 이렇게 회고했다

"내 인생에서 최악의 시기였지. 올가는 자기 방식대로만 하려 했고, 내게 너무 많은 것을 강요했어."

마리 테레즈는 올가와는 정반대였다. 피카소에게 절대적으로 순종했다. 근래에 공개된 〈꿈〉을 보자. 피카소는 대상을 그대로 그리지 않고 자기 내면의 느낌을 그렸으므로 이 그림에는 마리 테레즈를 바라보는 피카소의 시선이 담겨 있다. 올가에게 시달렸던 피카소가 마리 테레즈에게서 얼마나 편안한 기분을 느꼈는지 알 수 있다.

이때만 해도 온 맘을 다해 존중하는 마리 테레즈에게서 피카소는 많은 예술적 영감을 취했다. 그런데 마리 테레즈가 딸 마리아를 낳고 나서부터 상황이 달라졌다. 피카소의 눈에는 헌신적인 마리 테레즈가 무식해 보였고, 그녀의 자연스러운 모습은 세련미가 없어 보였다. 그래서 피카소가 짜증을 내면 그녀는 말없이 다 받아주었다. 마리 테레즈도 피카소의 여성편력이 심하다는 것을 알았지만, 그렇기 때문에 더욱더 자신이 지켜줘야 한다고 생각했다.

꿈
파블로 피카소(Pablo Picasso), 1932년, 캔버스에 유채, 97×130cm, 개인 소장

마리 테레즈는 피카소가 무엇을 하든 무슨 말을 하든 굳세게 지조를 지켰다. 그녀는 피카소의 주변만 맴도는, 피카소의 영원한 앵무새였다.

얍삽한 고양이 도라 마르

1936년 가을, 파리의 레두마고 카페에서 피카소는 장미가 그려진 장갑을 낀 아가씨를 만난다. 폴 엘뤼아르가 소개해준 그녀는 29세의 도라 마르Dora Maar(1907~1997)로 머리도 눈동자도 새까맣고 얼굴 윤곽선도 분명했다.

도라는 피카소 앞에서 말없이 장미꽃 장갑을 벗더니 예리한 칼을 집어 들었다. 그러고는 테이블 위에 한 손을 쫙 펼치고 손가락 사이사이를 칼로 찍어대기 시작했다. 속도가 점점 빨라짐에 따라 실수로 조금씩 상처가 나면서 손이 피로 물들었다. 피카소는 희한하게도 이러한 도라의 내면적 폭력성에 매료됐고, 도라가 그날 끼고 있던 장갑을 정표로 간직했다.

만 레이가 찍은 도라 마르의 사진

도라 마르는 거칠긴 했지만 매우 지적인 여인으로 스페인어에 능통하고 현대미술에도 조예가 깊은 화가이자 사진작가였다. 따라서 순진한 마리 테레즈와는 전혀 달랐다. 마리 테레즈는 피카소가 자신을 떠나 다른 여인에게 갔어도 죽을 때까

도라 마르의 초상
파블로 피카소(Pablo Picasso), 1937년, 캔버스에 유채
65×92cm, 프랑스 파리, 피카소 미술관 소장

지 정절을 지키며 피카소 곁을 떠나지 못했다. 그러나 도라는 얍삽한 검은 고양이처럼 여러 친구를 사귀며 피카소의 애를 태웠다. 그녀가 만난 이들 가운데는 철학자 조르주 바타유Georges Bataille와 사진작가 만 레이Man Ray, 정신분석가 자크 라캉Jacques Lacan도 있었다.

피카소와 도라는 열정이 가득한 지적 관계였다. 도라의 협조를 받으며 피카소의 최고 걸작 〈게르니카〉가 나온다.

1937년 6월, 스페인 북부의 게르니카에서 비행기 폭격으로 수천 명의 민간인이 희생당했다. 이 소식을 들은 피카소는 하던 작업을 멈추고

게르니카
파블로 피카소(Pablo Picasso), 1937년, 캔버스에 유채, 776.6×349.3cm
스페인 마드리드, 레이나소피아 국립 미술관 소장

한 달 반 동안 미친 듯이 전쟁의 참상을 담은 그림을 거대한 화폭에 담는다. 그리고 파리 국제박람회에 이 작품 〈게르니카〉를 내놓아 전 세계인에게 알린다.

전쟁이 빚어낸 참사의 잿빛이 화폭에 가득한 가운데 도라 마르는 오른쪽 끝에서 두 손을 들고 하늘을 향해 절규하고 있고, 마리 테레즈는 왼쪽 끝에서 죽은 아이를 붙들고 오열하고 있다. 두 여인 사이에 칼에 베여 울부짖는 말, 초점 잃은 눈동자로 어디론가 행하는 여인, 램프를 든 여인 등이 보인다.

이 작품으로 피카소는 예술가란 결코 사회와 유리된 존재가 아니며, 하나의 예술작품으로 어느 정치인보다 더 큰 사회적 파장을 일으킬 수 있다는 것을 보여주었다. 〈게르니카〉 이후 피카소는 찬사와 비판을 동시에 받았다. 비판은 주로 나치 등 파쇼정권에서 나왔다.

한편, 도라도 재능 있는 예술가였지만 워낙 거장인 피카소의 그늘에

우는 여인
파블로 피카소(Pablo Picasso), 1937년, 캔버스에 유채, 49×60cm
영국 런던, 테이트 모던 갤러리 소장

가려 성장하지 못했다. 그래도 피카소만 확실히 소유할 수 있었다면 견뎠을 것이다. 그런데 피카소의 아이를 낳은 마리 테레즈가 도무지 피카소 주변을 떠나지 않자 도라의 신경은 더 날카로워졌다.

도라는 감정기복이 심해져 툭하면 울었고, 그녀의 충혈된 눈을 보며 피카소가 앙드레 말로Andre Malraux에게 말했다.

"도라는 우는 여자야. 그녀에게는 안됐지만, 노년이 되어가는 내게는 안락의자 같은 여자가 필요한데……. 그래서 도라를 우는 여자로 그렸다네."

이후 도라에 대한 피카소의 애정은 평행선을 그었다. 그렇게 고정된 관계 속에서 나온 그림이 〈앙티브의 밤낚시〉다.

그림을 보면 바닷가에서 한 여인이 자전거 옆에 서서 다른 여인과 함께 바라보는 가운데 한 남자는 뱃머리에 엎드려 물속을 들여다보고, 다른 남자는 물고기를 향해 작살을 들고 있다. 밤바다인데도 물빛이 연한 청색이며 달도 환히 비치고 있어 대체로 행복한 분위기다.

1940년 파리가 독일에 점령당한 뒤 피카소는 주로 정물화만 그렸다. 그리고 3년 뒤 피카소는 한 레스토랑에서 우연히 우아하면서도 당당한 아가씨를 만난다. 예순둘의 피카소와 무려 40년이 넘게 나이 차이가 나는 프랑수아즈 질로Françoise Gilot(1921~1995)는 법대를 졸업하고 대학원에서 미술을 공부하는 학생이었다. 피카소는 그 즉시 자신의 아틀리에로 와달라고 했고, 프랑수아즈는 흔쾌히 이에 응했다.

앙티브의 밤낚시
파블로 피카소(Pablo Picasso), 1939년, 캔버스에 유채, 345.4×205.8cm
미국 뉴욕, 현대미술관 소장

피카소를 버린 프랑수아즈 질로

피카소의 아틀리에를 방문한 프랑수아즈는 당대 최고의 화가 앞에서도 전혀 위축되는 기색 없이 자기 의견을 분명히 말했다. 학생답지 않게 조금도 주저하지 않는 그녀의 자유분방한 모습에 피카소는 푹 빠져들었다.

어느 날 피카소는 회화에 대한 토론을 하던 중 "아예 나랑 같이 살자"고 말한다. 프랑수아즈는 부모가 결혼을 강력히 반대하자 피카소의 작업실로 들어와 동거를 시작한다.

둘 사이에서 아들 클로드와 딸 팔로마가 태어나자 프랑수아즈는 이 아이들을 생동감 있게 그렸다. 그림에는 두 아이를 책임지고자 하는 강렬한 모성애가 절절하게 드러난다.

한편, 도라는 피카소 주변에서 징징대던 마리 테레즈를 힘겹게 밀어내고 나니 프랑수아즈가 나타나자 "새까맣게 어린 여자에게 늙은이가 빠졌다"며 피카소를 닦달했다. 그런데 그녀를 어떻게 달랬는지 피카소는 프랑수아즈와의 동거를 공식화하고 도라와도 몰래 만나는 이중적 애정 행각을 벌인다.

피카소는 전에도 그랬다. 도라와 마리 테레즈, 마리 테레즈와 올가 식으로 새로운 여자와 살면서도 그전 여인과 한동안 애정을 지속했던 것이다. 그러나 프랑수아즈는 이를 용인하지 않았다. 그녀는 이중적 연애정 행각을 안 뒤 피카소의 결단을 요구했다. 결국 피카소는 이에 굴

피카소의 아틀리에, 프랑스 파리, 1944년.

복해 도라에게 이별의 대가로 집과 그림 등을 주었고, 이후 도라는 종교에 의지해 은둔적인 삶을 살았다.

천하의 피카소가 왜 이렇게 프랑수아즈에게만은 약했을까? 나이가 든 탓도 조금 있겠지만, 비결은 프랑수아즈의 태도에 있다. 그녀는 세계적 명사 피카소가 아니라 인간 피카소를 사랑했다. 피카소가 우선이었던 만큼 명성은 그에게 부가된 하나의 장식물에 불과했다. 이렇듯 자신의 실체와 직면하는 프랑수아즈였기에 피카소도 위세를 부리지 못했던 것이다.

불세출의 사진작가 로버트 카파Robert Capa가 1948년에 찍은 사진을 보면 예순을 훌쩍 넘긴 피카소가 해변에서 우산을 받쳐 들고 새파랗게 어린 프랑수아즈를 따라가고 있다. 그녀는 이처럼 피카소에게 환한 꽃, 찬란한 태양이었다.

젊은 연인 프랑수아즈와 만나면서부터 피카소는 회화에 기쁨이라는 주제를 많이 담는다. 두 사람은 무엇보다 대화가 잘 통했다. 프랑수아즈가 나이 많은 피카소를 좋아한 이유 가운데 하나도 의사소통이었다.

"부모님은 물론 같은 또래의 남자들도 말이 안 통하는데, 나보다 나이가 세 배나 많은 피카소와는 아주 잘 통해요. 참 신기해요."

이토록 두 사람의 사이는 원활했지만, 프랑수아주가 힘겨워하는 다른 문제가 있었다. 두 아이의 어머니이자 아내로서 그녀는 피카소의 복잡한 사생활을 함께 헤쳐 나가는 것을 힘겨워했다.

그런데 피카소가 또 새로운 여자를 만나기 시작했다. 자신을 취재하던 주느비에브 라포르트Genevieve Laporte 기자와 보통 사이가 아니라는

《피카소와의 삶》 표지

풍문이 돌기 시작한 것이다. 더구나 주느비에브는 프랑수아즈의 친구였다. 완벽주의자였던 프랑수아즈는 둘 사이가 단지 취재원과 기자가 아니라 연인이라는 것을 확인하자 피카소와의 10년 생활을 청산하기로 결심한다.

"똑똑히 들으세요, 피카소. 나는 사랑이 좋았지, 당신의 노예는 아니란 말이에요."

이때 피카소가 얼마나 당황했을까? 그전까지는 자신이 만난 어느 여자도 먼저 등을 돌린 적이 없었다. 상상도 못할 일이 벌어지자 피카소는 뭉개진 자존심을 살리기 위해 온갖 방법을 동원해 달랬고, 심지어 자살하겠다고 협박까지 했다.

그러나 담담히 피카소의 그늘을 빠져나온 프랑수아즈는 법정 소송까지 벌여 아이들을 피카소의 호적에 올림으로써 뒷날 큰 유산을 받게 했다. 그녀는 나중에 소아마비 백신을 개발해 특허권 없이 인류에 선사한 조너스 솔크Jonas Salk 박사와 재혼했고, 미국으로 건너가 《피카소와의 삶Life with Picasso》이라는 책도 펴냈다.

요리 잘하는 자클린

프랑수아즈와 결별하고 홀로 남은 피카소는 도자기에 심취해 외로움

의자에 앉은 질로(폴란드 망토)
파블로 피카소(Pablo Picasso), 1949년, 종이에 석판화, 51.1×68.8cm
영국 런던, 테이트 갤러리 소장

그림을 그리는 프랑수아즈와 팔로마, 클로드
파블로 피카소(Pablo Picasso), 1954년, 캔버스에 유채, 89×116cm
프랑스 파리, 피카소 미술관 소장

을 달랜다. 1952년, 도자기 공장 사장을 만나러 갔던 그는 사장의 조카 자클린 로크Jacqueline Roque(1926~1986)를 만난다. 자클린은 딸을 둔 이혼녀로 도자기 판매일을 하고 있었다. 융통성 있는 성격이 완벽주의자였던 프랑수아즈와는 정반대여서 피카소는 그녀를 대하는 것이 편했다.

두 사람은 8년간 동거했고, 1961년 3월 2일 비밀리에 결혼식을 치렀다. 여든 살의 피카소가 서른다섯 살의 자클린과 결혼한다는 것이 가십거리가 될 것을 우려해서였다.

결혼 사실이 알려진 뒤, 많은 사람이 자클린에게 물었다.

"아직 젊은 여자가 어떻게 내일모레 죽을지도 모르는 고령의 노인과 결혼했나요?"

자클린은 이렇게 대답했다.

"이분에게 나이는 숫자에 불과해요. 세상 어느 청년보다 정열적이어서 그에 비하면 내가 더 늙었답니다."

결혼 뒤 피카소가 작품에만 매달리며 자발적 고립을 선택하자 자클린은 흔쾌히 지지하며 헌신적으로 보살폈다. 그녀는 피카소가 외로워할 때마다 "나의 주인이여, 이 노래를 들어보세요" 하며 전설적인 샹송 가수 에디트 피아프Edith Piaf의 〈사랑의 찬가〉를 불러주었다.

1973년, 피카소가 저녁식사를 마치고 아내에게 말했다.

"여보, 날 위해 건배해주오. 나는 더 이상 술을 못 마시니 날 위해 당신이 건배."

그날 밤, 격정적인 피카소의 삶이 마무리되었다. 피카소처럼 평생 넘

꽃을 들고 있는 자클린
파블로 피카소(Pablo Picasso), 1954년, 캔버스에 유채, 81×100cm
프랑스 파리, 피카소 미술관 소장

50년의 나이 차이를 극복하고 결혼한 여인답게 유난히 큰 눈망울과 긴 목에 강한 의지가 서려 있다.

치게 누리고 마지막 순간까지 행복하게 산 사람이 또 있을까?

소식을 들은 마리 테레즈 발테르가 소복을 입고 장례식장으로 달려 왔지만 자클린의 반대로 멀리서 지켜봐야만 했다. 4년 뒤, 마리 테레즈 는 딸에게 유서를 남기고 자살했다.

내가 저세상에 계신 아빠를 돌봐주어야 해.

록밴드 비틀스의 멤버였던 폴 매카트니는 〈타임〉지에 실린 피카소의 사망 기사를 읽고 〈피카소의 마지막 이야기〉라는 노래를 만들었다. 다 음은 가사의 일부다.

아직 그의 그림은 벽에 있건만
떠나기 전 그가 인사했지
모두들 잘 자라고
날 위해, 내 건강을 위해 건배를
더 이상 난 술을 못 마시니
날 위해 건배를, 내 건강을 위해 건배를
더 이상 난 술을 못 마시니
His paintings on the wall
Before he went he bade us well
And said goodnight to us all
Drink to me, drink to my health

You know I can't drink any more

Drink to me, drink to my health

You know I can't drink any more

사실 피카소의 그림은 일반인에게 너무 어려워 그리 큰 감동을 주지 못한다. 그런데 싫증은 나지 않는다. 아무리 보고 또 보아도, 오히려 보면 볼수록 더 흥미롭고 이런 그림이 세상에 또 나올 수 있을까 하는 생각이 든다. 그래서 불후의 명작이 된 것이다.

파블로 피카소 기념 우표
1998년, 기니공화국
(gors4730 © 123RF.COM)

그의 삶은 그다지 교훈적이거나 감동적이지 않지만, 스토리를 들여다볼수록 인생의 진미眞味가 우러난다. 아니, 무엇을 인생이라고 해야 하는지에 대해 고고한 철학 서적보다 더 많은 지혜를 준다.

피카소의 작품은 그를 스쳐간 여인들의 향취가 만들어낸 결과물이다. 그는 평균 10년 주기로 일곱 여인과 동거했으며, 새 연인이 생겨도 이전 여인과의 관계를 지속했다. 그 가운데 두 사람과만 결혼했는데, 이는 첫 번째 아내 올가가 이혼을 거부했기 때문이다.

자, 이제 피카소의 그림을 볼 때는 일곱 여인을 위해 감사의 건배를 드려야 한다.

그대 나의
소설이어라

에밀리 브론테
샬럿 브론테
앤 브론테
언덕 위의 폭풍 같은 삶

생텍쥐페리
장미를 품은 어린 왕자

어니스트 헤밍웨이
꽃이 지고 상록수를 그리워하다

에밀리 브론테
샬럿 브론테
앤 브론테

언덕 위의 폭풍 같은 삶

샬럿 브론테

에밀리 브론테

앤 브론테

Brontë

날마다 똑같기만 해. 내 나이 곧 서른이 되는데도.

무거운 표정으로 아무 생기도 없이 사는 분들 속에,

이곳에 나는 하염없이 묻혀 있는 것 같아.

서른 살 무렵의 샬럿 브론테Charlotte Brontë(1816~1855)가 도시에 있는 친구에게 쓴 편지다. 샬럿 브론테의 《제인 에어》와 그녀의 여동생 에밀리 브론테Emily Brontë(1818~1848)의 《폭풍의 언덕》은 세계 문학의 금자탑이다. 세 자매의 막내 앤 브론테Anne Brontë(1820~1849) 또한 영문학의 고전인 《아그네스 그레이》의 저자다.

한 가정에서 어떻게 세 자매가 동시에 세계 문학사의 기념비적 인물이 될 수 있었을까? 그것도 남성 중심의 사회에서 교육도 많이 받지 않은 자매들이……

　브론테 자매의 생가는 바람이 많이 불어 '폭풍의 언덕'이라 불릴 만큼 황량한 장소에 있다. 자매들이 살던 가옥은 지금까지 잘 보관돼 있다. 동생 에밀리가 서른의 나이에 요절하자 샬럿은 이렇게 회고했다.

　"내 동생은 이 황무지를 사랑했지요. 그 사랑이 마치 병처럼 깊기만 했답니다."

　영국에서 황무지moor란 야생화 히스가 자라는 고원을 가리킨다. 브론테 자매들의 문학적 토양은 거센 바람이 부는 황량한 언덕이었다. 최악의 조건인 바람 부는 언덕을 지독히 사랑했던 세 자매는 역사를 뛰어넘는 작품을 남겼다.

　이들은 원래 6남매였으나 두 언니 마리아와 엘리자베스는 각각 11세, 10세에 전염병으로 숨졌다. 그리고 남동생 브란웰Branwell Brontë(1817~1848)은 31세에, 여동생 에밀리와 앤은 각각 29세와 27세에 삶을 마감했다.

　샬럿은 그래도 40세까지 가장 오래 살며 가슴 설레는 로맨스를 경험한다. 이제 샬럿을 중심으로 브론테 자매들의 작품과 삶을 따라가보자. 비슷한 시기 영국 풍경화의 대가인 헨리 존 인드 킹Henry John Yeend King(1855~1924)과 존 컨스터블John Constable(1776~1837), 벨기에의 상징주의 화가 페르낭 크노프Fernand Khnopff(1858~1921)의 그림을 함께 감상하며.

자작 스토리로 공부하다

영국 국교회 목사였던 브론테 자매의 아버지는 1820년 여섯 자녀를 데리고 요크셔 지방의 황무지에 정착했다. 바람이 어찌나 강했던지 풍력 발전소가 많은 벌판이었다.

이 벌판에 작은 예배당과 목사관이 있었고, 그 앞에 공동묘지가 있었으며, 뒤쪽은 어두운 계곡이었다. 그런데 쓸쓸하고 우중충한 이곳으로 이사를 온 지 1년 만에 어머니가 죽고 말았다. 당시 여섯 살이었던 샬럿 브론테는 어두운 골방에 들어가 몇 날 며칠을 웅크리고 울었다.

쌍무지개가 있는 풍경
존 컨스터블(John Constable), 1812년, 캔버스에 종이를 얹은 뒤 유채, 33.7×38.4cm
영국 런던, 빅토리아 앤 알버트 뮤지엄 소장

꽃 따기(Gathering Flowers)
헨리 존 인드 킹(Henry John Yeend King), 캔버스에 유채, 76.2×50.8cm

다행히도 독신 이모가 목사관으로 와 살림을 챙겨주었다. 이때부터 브론테 집안의 아이들은 황량한 벌판을 마음껏 뛰어다니며 놀았다.

1823년, 아이들이 학교 갈 나이가 되자 아버지는 근처의 코완브리지에 먼저 큰딸 마리아와 둘째딸 엘리자베스를 보냈고, 다음 해에는 셋째 샬럿과 넷째 에밀리를 보냈다.

1825년, 학교에 전염병이 돌아 마리아와 엘리자베스가 죽자 이에 놀란 아버지는 남은 두 딸을 집으로 데려왔다. 두 언니의 죽음으로 큰 충격을 받은 샬럿은 이제 자신이 맏이로서 두 여동생과 남동생 브란웰을 돌봐야 한다는 책임감을 떠안게 된다.

아이들은 집에서 독서 위주로 공부했고, 아버지가 사다준 병정인형 등을 가지고 이야기를 만들어 공상놀이를 했다. 샬럿은 열여섯 살이 돼서야 동생들을 가르칠 목적으로 로헤드 마을의 '글방'을 다니기 시작했다. 이곳에서 샬럿은 평생 친구 엘렌 너시Ellen Nussey를 만난다. 두 친구는 평생 편지를 교환하며 변함없는 우정을 나누었고, 샬럿은 그 우정의 힘으로 인생의 고비마다 불현듯 닥쳐온 세파를 이겨냈다.

스무 살 때 샬럿은 자신이 다니던 글방의 선생이 된다. 그런데 이때 엘렌 너시가 함께 북해로 여행을 가자고 제안한다. 왜 그런 제안을 했을까?

첫 프러포즈는 드라큘라에게서

엘렌에게는 헨리 너시Henry Nussey라는 오빠가 있었다. 성공회 부사제였던 그는 잘생기고 온순한 성격이었다. 엘렌은 친구 샬럿을 볼 때마다 오빠의 짝으로 최고라고 생각했고, 헨리 또한 샬럿에게 호감을 느끼고 있었다. 그래서 엘렌은 두 사람을 엮어주기 위해 북해 여행 계획을 세웠던 것이다.

여행지로 출발하는 날, 헨리가 나와 있는 것을 본 샬럿이 당황하자 엘렌은 여자 둘만의 여행이 위험할 것 같아 오빠에게 동행해달라고 했다며 양해를 구했다. 그래서 세 사람은 함께 북해로 향한다. 그 뒤의 일정은 이런 시나리오로 진행되었을 것이다.

엘렌은 오빠와 샬럿이 둘만의 시간을 갖도록 배려했다. 일단 샬럿이 오빠와 잘 지내자 엘렌은 결정적 순간을 기획했다. 북해 연안의 항구 도시 휘트비의 한 수도원에 전해 내려오는 '드라큘라놀이'를 하자고 제

입스위치 근처 오웰에 있는 선박(Shipping in the Orwell near Ipswich)
존 컨스터블(John Constable), 1806~1809년, 보드에 유채, 23.5×20.2cm
영국 런던, 빅토리아 앤 알버트 뮤지엄 소장

안한 것이다. 드라큘라 백작으로 분장한 엘렌이 샬럿을 자신의 성 안
으로 유혹해 피를 빨려는 순간, 사제인 헨리가 마늘과 십자가를 들고
나타나 구출해낸다는 시나리오였다.

　다음 날 대낮에 고래잡이 어선에서 드라큘라놀이가 시작된다. 출렁
이는 배 위에서 샬럿의 목에 드라큘라가 긴 이빨을 꽂으려 한다. 이때
헨리가 나타나 드라큘라를 쫓아내고 갑판 위에 쓰러져 있는 샬럿을
일으키며 나지막이 사랑을 고백한다. 이 장면은 세 사람이 합의한 각
본이 아니었지만, 샬럿도 심장의 더운 피로 얼굴이 새빨개졌다.

　북해 여행에서 돌아온 뒤 샬럿은 헨리의 청혼에 대해 이런저런 생각
을 해보았다. 결국 샬럿은 헨리는 좋은 사람이지만 자신의 성격이 사
제 부인이 되기엔 적합하지 않다는 결론을 내렸다. 그리고 그런 심경을

담은 편지를 친구 엘렌에게 보냈다.

　　네 오빠는 인상도 선하고 착한 분이야. 나도 많이 좋아하지. 하지만
그뿐이야. 내가 오빠를 위해 뭐든 할 수 있겠다는 열정이 없어. 그저 존
경한다고 결혼할 수는 없잖니.

　　오빠도 내가 어떤 사람인지 알면 기절할 거야. 내가 얼마나 로맨틱한
격정을 지녔는지 알면 도망갈 거야. 난 냉담과 냉소를 좋아해. 온종일
닥치는 대로 떠드는 타입이지. 이런 내가 어떻게 근엄한 사제 부인 역할
을 할 수 있겠니?

편지
헨리 존 인드 킹(Henry John Yeend King), 캔버스에 유채, 55×70cm

이후에도 샬럿은 여러 총각 사제들에게 청혼을 받았으나 모두 거절했다. 그리고 오직 문학에만 열중하며 습작 소설을 런던의 한 유명 시인에게 보냈지만 혹평을 들었다.

"이게 무슨 소설이란 말인가? 공증인 서기나 정신착란증이 있는 가정부가 쓴 일기장 같네."

그즈음 영국은 빅토리아 여왕의 64년 통치가 시작되고 있었다. 이 시기에 영국은 '해가 지지 않는 나라'로 불리며 전무후무한 번영을 누린다. 영국의 전통이 확립되는 가운데 여자는 《성경》대로 인내하고 순종하고 봉사해야 한다는 분위기가 주를 이뤘으며, 교양을 쌓아 결혼을 잘하는 것이 처녀의 최고 미덕으로 꼽혔다. 이런 시대에 여자가 글을 쓴다는 것은 사회적으로 용납되지 않는 일이었다.

브론테 집안의 세 자매는 이런 성경적이고 전통적인 여성상에 반발했다. 그래서 샬럿은 한 시인의 혹평에도 불구하고 문학의 길을 열정적으로 추구했으며, 다른 두 자매도 작가에 대한 희망을 포기하지 않았다. 여성에 대한 종교적·사회적 압박과 죽음에 짓눌린 가족사의 뿌리는 오히려 세 자매의 천재성을 더 자극했다.

한편, 세 자매가 워낙 영민했던 까닭에 외아들인 브란웰 브론테는 그 틈바구니에서 존재감을 찾지 못했다. 브란웰은 그림에 재주가 많았지

브란웰 브론테의 자화상(1840년)

만 엄격한 아버지의 기대를 충족시키지 못한다는 자괴감에 빠져 살았다. 그가 그린 네 남매의 초상화를 보면 왼쪽부터 차례로 앤, 에밀리, 샬럿이 그려져 있고 자신의 모습은 중앙에 노란색으로 유령처럼 표현돼 있다. 아버지와 다툴 때마다 자신을 지워서 흐릿하게 만든 것이다.

　남성우월주의가 판치던 시대에 워낙 영민한 누이들 틈에 끼어 존재감을 보여주지 못했던 한 남자의 고뇌가 형체 없는 노란색으로 남아 있다.

브란웰 브론테가 그린 네 남매의 초상화(1834년)

에밀리 브론테 / 샬럿 브론테 / 앤 브론테

막내 앤 브론테를 울린 청년 목사 웨이트먼

세 자매 가운데 가장 먼저 사랑의 소용돌이에 빠진 주인공은 막내 앤 브론테였다. 상대는 1839년 가을 요크셔 지방 하워스 마을의 한 교회에 부임한 청년 목사 윌리엄 웨이트먼William Weightman이었다. 그는 훤칠한 미남에다 재치 있고 말솜씨가 좋았으며 설교도 유창했는데, 경건함과는 거리가 멀어 수시로 여인들과 뱃놀이 등의 유흥을 즐겼다.

마을 처녀들은 경쟁적으로 웨이트먼 목사와 뱃놀이를 가려 했다. 그는 전형적인 바람둥이여서 한 여자에게만 눈길을 주지 않고 동시에 여러 여자들에게 은근히 추파를 던졌다. 물론 상대 여자들은 웨이트먼이 자신에게만 관심을 보인다고 착각했다.

웨이트먼이 마을에 나타난 지 6개월쯤 지나 밸런타인데이가 되었다.

강변 소풍
헨리 존 인드 킹(Henry John Yeend King), 캔버스에 유채, 76.2×50.8cm

그날 아침 브론테 세 자매와 엘렌 너시를 포함한 마을 처녀들은 제각기 익명의 밸런타인 카드를 받았다. 모두 난생처음 받은 것이어서 두근거리는 마음으로 자신을 사모하는 사람이 누군지 궁금해했다.

그 카드는 웨이트먼이 일일이 필체를 달리해 가며 작성한 뒤 마을에서 멀리 떨어진 우체국까지 걸어가 부친 것이었다. 카드의 문구도 '나의 천사여', '내 영혼의 배필이여', '저 멀리 사랑을 찾아' 등등 각기 다른 표현을 적어 넣었다.

브론테 자매들과 엘렌은 함께 모여 이 카드를 보낸 사람이 누군지에 대해 이야기를 나누었다. 샬럿이 카드의 문구를 종합해볼 때 웨이트먼이 틀림없다고 단정했고, 네 여자는 함께 웨이트먼에게 답장을 보낸다.

> 우리를 잠시 웃게 해주어 고맙습니다.
> 언제나 당신이 잘되길 기도하지만,
> 이 간절한 기도가 당신 삶의 방식을
> 도와주지 않기를 바랄 뿐.

더 이상 여자들에게 추파를 던지기 어렵게 되자 웨이트먼은 그 가운데서 가장 순박한 앤을 집중 공략하기 시작했다. 그는 앤이 교회에 올 때마다 곁에 앉았고, 또 곁눈질하며 꾸준히 앤의 관심을 끌었다. 어느덧 앤의 마음속에서 웨이트먼의 존재는 달덩이처럼 커져 있었다. 웨이트먼은 브론테 가족에게 앤만 사랑하기로 다짐하고 공식 연인이 되었다. 그리고 한동안 이 약속을 잘 지키나 싶더니 결국 마을 여자들과 염문을 뿌리다가 큰 분쟁에 휘말리고 말았다.

웨이트먼은 더 이상 마을에 남아 있을 수 없어 밤중에 멀리 도망을 치고 말았다. 젊은 성직자가 마을에 남긴 상처는 꽤 깊었고, 특히 정숙하고 얌전한 앤은 힘겨운 나날을 보내야 했다. 샬럿은 이런 동생을 감싸주면서 잘 극복할 수 있게 도왔다. 그리고 2년 뒤 웨이트먼이 콜레라로 죽었다는 풍문이 전해진다.

생활비가 필요했던 세 자매는 의논 끝에 불어를 공부해서 마을에 글방을 열기로 했다. 때마침 이모가 후원해주어 샬럿과 에밀리는 벨기에의 수도 브뤼셀로 갔다. 브뤼셀의 에제 기숙학교에는 백여 명이 재학하고 있었는데, 자매는 다른 학생들과는 잘 어울리지 않고 오직 공부에만 열중했다. 그 결과 점점 두각을 나타냈고, 그런 브론테 자매를 눈여겨본 사람이 있었다. 이 학교의 경영자 콩스탕틴 에제Constantin Héger 였다.

첫사랑 에제 교수

어느 날 에제 교수가 브론테 자매를 불러 말했다.

"두 사람은 탁월한 재능을 지녔으니 내가 특별지도를 해주겠네."

그날부터 에제 교수는 브론테 자매에게 철학, 예술, 과학 등 다양한 학문을 개별적으로 지도해주었다. 당시 에제 교수는 서른넷의 나이에 다섯 자녀를 둔 유부남이었다. 그런데 수업이 계속되면서 스물일곱 샬럿의 마음에 야릇한 감정이 피어났다.

'내가 지금 무슨 생각을 하는 거지?'

샬럿은 애써 그 감정을 외면하면서도 에제 교수의 눈길을 끌기 위해 더 열심히 공부했다. 에제 교수에게 흔들리는 언니와는 달리 에밀리는 냉정하게 공부에만 집중했다. 그녀는 프랑스어는 물론 독어까지 습득해 학교에 있는 독일 낭만주의 소설을 거의 읽다시피

콩스탕틴 에제

했다. 현실에 초연한 에밀리에게 에제 교수는 '천재 중의 천재'라며 경탄했다.

에제 교수는 간혹 샬럿을 칭찬할 때도 있었는데, 그럴 때면 샬럿은 온 세상을 얻은 것 같은 기분이 들었다. 샬럿은 그때의 마음을 친구 엘렌에게 보내는 편지에 이렇게 털어놓았다.

세상에, 어쩌면 좋니?

에제 교수, 정말 볼품없어. 추남인 데다 다리도 짧고, 착 가라앉은 머리카락에다 피부는 왜 그리 새까만지…….

그런데 그런 사람이 왜 이렇게 자꾸 떠오르니?

엘렌이 샬럿에게 답장을 보냈다.

일단 지도 교수로만 생각해. 만일 이성적인 감정이 떠오르면 그땐 네

샬럿은 그 말대로 에제 교수를 만날 때마다 평소 혐오하는 스타일로 연결해 바라보려고 노력했다.

'저 표정 좀 봐. 완전히 사나운 들고양이 같아. 아니지, 시체만 찾아다니는 하이에나가 더 어울리네. 겉은 신사처럼 차려입었어도 속은 늑대같이 표독한 인간이야.'

그렇게 자기암시를 해보았지만, 그럴수록 자꾸만 끝없는 미궁 속으로 빠져드는 것 같았다. 샬럿에게 에제 교수는 이미 유부남도 아니었고 스승은 더더욱 아니었다. 그저 사모의 불길이 쏠리는 한 남성이었다. 평소 내성적이고 낯을 많이 가리는 샬럿이 에제 교수만 보면 얼굴에 화색이 돌고 눈빛이 반짝였다.

열 겹의 비단이 송곳 하나를 감추기 힘들 듯 샬럿이 감추려 할수록 애정은 더 치솟았다. 결국 주변 사람들이 수군거리기 시작했고, 마침내 에제 교수의 아내까지 이 사실을 눈치채고 샬럿을 경계하기 시작했다. 워

송어 감상(watching the trout)
헨리 존 인드 킹(Henry John Yeend King)

낙 말이 없던 샬럿의 말수는 더 줄어들었으며, 틈만 나면 개울가에 나가 하염없이 앉아 있곤 했다.

엘런 너시는 친구를 아끼는 마음에서 샬럿의 이모에게 그 사실을 귀띔했고, 마침 병석에 누워 있던 이모는 자신의 병을 핑계로 자매를 불러들였다. 이모의 소식에 깜짝 놀란 자매는 잠시 잊고 지냈던 죽음의 공포가 떠올라 울면서 짐을 쌌고 함께 고향으로 향했다. 그 학교에 온지 겨우 6개월이 지났을 때의 일이었다.

고향으로 가는 배 안에서도 샬럿은 '기어이 에제 교수 곁으로 다시 돌아가리라'고 다짐한다.

에제 교수 부인에게 발각된 고해성사

고향에 와보니 이모는 이미 세상을 떠난 뒤였다. 어머니와 두 언니에 이어 이모에게 연이어 들이닥친 죽음의 그림자 앞에 자매의 눈물은 그칠 줄 몰랐다.

두 자매가 브뤼셀에 공부하러 가 있는 동안에는 막내 앤이 가정교사를 하며 집안 살림을 돕고 있었다. 남동생 브란웰도 그림을 그리는 한편 철도회사 일을 조금씩 도와 돈을 벌기는 했지만 술값으로 다 탕진했다. 자매는 집안 살림을 돕기 위해 일단 집에 글방을 열었다.

몇 달 뒤 에제 교수가 두 자매에게 편지를 보내왔다. 재능을 썩히지 말고 도시로 와서 공부를 계속하라는 내용이었다. 에밀리는 그 제안을 거절했지만, 샬럿은 다시 에제 교수 생각에 들떠 지내다가 봄이 되자

비구름이 있는 바다 풍경 습작
존 컨스터블(John Constable), 1827년, 아교를 칠한 종이에 유채, 31.1×22.2cm
영국 런던, 로열 아카데미 소장

'하던 공부를 마무리'하겠다는 핑계를 대고 혼자 브뤼셀로 가는 배를 탔다. 아직 추위가 덜 풀린 영국해협을 건너는 동안 하늘에는 비와 구름이 가득했다. 어쩌다 비치는 한 줄기 햇빛을 볼 때면 샬럿은 에제 교수를 떠올렸다.

브뤼셀 학교에 도착한 뒤, 샬럿은 불문학을 배우는 한편 에제 교수와 학생들에게 영어를 가르치기 시작했다. 그렇게 에제 교수와 샬럿은 서로에게 스승과 제자가 된다. 두 사람의 관계가 어느 정도 수평을 이루게 되면서 에제 교수의 마음속에도 샬럿에 대한 사랑이 싹트기 시작했다.

어느 날 두 사람은 함께 오솔길을 걷게 된다.

"저요, 지금 막 갖고 싶은 게 하나 생겼답니다."

"뭐지?"

"꽃송이."

"응. 얼마나 필요해? 한 아름?"

"아니, 한 송이면 돼요. 하지만 교수님이 꺾어주셔야만 해요."

두 사람 사이에 애정이 아기자기하게 깊어가자 에제 교수 아내의 눈초리도 점차 날카로워졌다. 그녀는 샬럿과 에제 교수가 수업하는 동안 교실 밖에서 기다리고 있다가 수업이 끝나자마자 남편을 데려갔다.

에제 교수와 샬럿은 이제 더 이상 사적인 만남을 가질 수 없게 되었다. 샬럿은 에제 교수와 자주 거닐던 시내 거리나 교외 오솔길을 혼자 배회했고, 외로움은 더 깊어져만 갔다.

외로운 마음을 털어놓을 곳을 찾던 샬럿은 어느 날 성당의 신부에게 고해성사를 한다.

"스승을 사랑했어요. 하지만 그 사람은 유부남이에요."

그러고 나니 머릿속이 좀 개운해져서 후련한 마음으로 하루를 보냈는데, 다음 날 친구가 찾아와서 말했다.

"애, 어떻게 고해성사를 했길래 에제 교수가 어제 부인한테 엄청나게 혼나더라."

샬럿의 고해성사가 어떤 경로를 통해 에제 교수의 아내에게 전달된 것이다. 이후로 에제 교수의 아내는 아예 교실에 앉아서 남편의 수업을 지켜봤다. 더 이상 견딜 수 없게 된 샬럿은 불어교사 자격을 취득한 뒤 귀향했다.

메아리 없는 러브레터

고향에 돌아온 샬럿은 에밀리와 함께 이모가 남긴 유산으로 글방을
더 확장하기로 했다. 그래서 새로 광고도 하고 다양한 노력을 기울이
는데도 어쩐 일인지 지원하는 학생이 전혀 없었다. 이유를 알아보니 직
업도 없이 동네를 돌아다니며 망나니 노릇을 하는 남동생 때문이었다.
자기 동생도 제대로 교육시키지 못하면서 어떻게 남의 자식을 교육시
키겠느냐는 것이었다.

 샬럿은 날마다 착잡한 마음으로 정원에 나와 신입생을 기다리면서
에제 교수에게 편지를 쓰곤 했다. 처음에는 주로 불문학과 사상에 대
한 내용이 주를 이뤘는데, 차츰 애정이 듬뿍 담긴 러브레터로 발전했
다. 샬럿이 주기적으로 자신의 심경을 담은 편지를 보내는 데 반해 에

정원의 사색
헨리 존 인드 킹(Henry John Yeend King)

제 교수는 가끔 형식적인 답장만 보내왔다.

따듯한 위로의 말을 기대했던 샬럿은 어느 날 에제 교수에게 진심을 물었다.

선생님.

어제, 오늘, 내일, 매일 답신을 기다렸지만 함께하리라는 소망은 한갓 구름 되어 멀리 날아가는 것 같습니다.

말씀해주세요. 이 달콤한 소망이 저만의 환상인가요? 세상에서 가장 슬픈 일은 기대해서 안 되는 일을 혼자 기대하는 것이지요.

말씀해주세요. 제 기대가 저만의 꿈이었던가요?

이 편지를 보내고 식욕도 잃은 채 답을 기다렸지만, 아무리 기다려도 에제 교수에게서는 답장이 오지 않았다. 1845년 11월, 샬럿은 결국 작별의 편지를 보냈다.

한때 스승으로 좋은 가르침을 주서서 감사했습니다.

이제 그만 제 소망을 접습니다.

《제인 에어》, 《폭풍의 언덕》, 《아그네스 그레이》가 아프게 태어나다

지독한 짝사랑의 고뇌를 경험한 뒤 샬럿은 이때의 경험을 바탕으로 소설 《교수》를 쓰기 시작한다. 그러면서 남동생 브란웰을 어떻게든 바로

에밀리 브론테가 그린 플로시.
플로시는 앤이 로빈슨에게서 선물로 받은 개였다.

잡기 위해 노력한다.

한편, 막내 앤은 영지의 소유주 에드먼드 로빈슨의 딸들을 1840년부터 5년째 가르치고 있었다. 로빈슨은 개를 좋아하는 앤이 자신의 딸들, 개들과 함께 언덕에서 뛰노는 것을 좋아했다. 그래서 앤에게 후한 대우를 해주었다.

그런데 로빈슨의 아들을 가르치게 된 브란웰은 로빈슨의 아내 리디아의 유혹에 넘어가 은밀한 관계를 맺는다. 브란웰과 리디아의 관계는 그 뒤 2년간 지속되는데, 어느 날 브란웰이 술집에서 술에 취해 리디아가 자신을 좋아한다고 떠들어대는 바람에 들통이 나고 만다. 두 사람의 관계를 안 로빈슨은 그날로 브란웰은 물론 앤까지 가정교사를 그만두게 했다.

이때부터 브란웰은 권총을 구해서 차고 다니며 건달 노릇을 시작했다. 1846년에 로빈슨이 죽자 브란웰은 로빈슨의 막대한 유산과 리디아가 모두 자기 차지라며 기뻐했다. 그런데 이때 리디아

그린홀 마을

가 브란웰에게 로빈슨의 유서라며
종이 한 장을 내민다.

> 만일 내 아내가 브란웰과 결혼
> 한다면 재산을 한 푼도 주지 않고,
> 모두 내 자녀들에게만 준다.

리디아 로빈슨

　사실 이 유서는 리디아가 부담스
러운 브란웰을 떼어내기 위해 거짓으로 만든 것이었다.

　한편 집안 형편이 더 나빠지자 자매는 자비로 시집을 펴냈으나 책은
겨우 2부밖에 팔리지 않았다. 지금은 최고의 시로 평가받고 있지만 당
시에는 무명에 불과했던 브론테 자매의 시집을 살 사람이 없었던 것이
다. 그 무렵 자매들은 각자 불후의 명작을 쓰고 있었다.

　물론 그녀들은 자신이 쓰고 있는 작품이 역사에 길이 남을 명작이
되리라고는 상상도 하지 못했다. 세 자매는 바람 부는 언덕에 쓸쓸히
자리한 작은 집에서 황량하게 휘몰아치는 차가운 바람소리를 벗 삼아
각자의 세계를 종이 위에 적어 내려갔다. 그렇게 해서 나온 책이 샬럿의
《제인 에어》, 에밀리의 《폭풍의 언덕》, 앤의 《아그네스 그레이》다.

　《제인 에어》의 주인공 제인 에어는 어려서 어머니를 잃고 외숙모인 리
드 부인의 집에서 자라게 된다. 소설 전반부, 별 잘못도 없이 붉은 방에
갇힌 장면에서 제인은 크게 울부짖는다.

　"억울해, 난 정말 억울하단 말이야!"

어둠속에서 울려 퍼진 어린 제인의 이 외침은 굴종屈從과 인종忍從의 빅토리아 시대 여성상을 깨는 소리였다.

제인 에어를 싫어한 외숙모는 아예 로드 기숙학교로 보내버린다. 겨우 열 살에 혼자가 된 제인은 로드 기숙학교에서 그나마 헬렌이라는 친구를 만나 위안을 받는다. 그런데 헬렌마저 폐병으로 죽자 제인은 외톨이로 8년을 보낸다.

숙녀가 된 제인은 여전히 키도 작고 비쩍 마르고 못생긴 모습 그대로였다. 그녀는 자유를 찾고 싶어 길을 찾던 중 신문광고를 보고 로체스터가家의 가정교사로 들어간다. 이렇게 해서 제인과 로체스터의 운명적 만남이 시작된다.

어느 날 제인이 로체스터에게 당돌한 제안을 한다.

"제가 못생기고 미천하다고 영혼도 감정도 없는 줄 아세요? 틀렸어요. 저도 당신과 똑같아요. 지금 제 영혼이 동등한 자격으로 당신 영혼에게 말하는 거예요."

마침내 두 사람은 신분 격차와 나이 차이를 뛰어넘어 결혼을 약속한다. 하지만 결혼을 앞두고 제인은 로체스터에게 미치광이 아내가 있다는 것을 알게 된다. 그녀는 비밀의 방에 감금돼 있었으며, 그동안 저택에 들려오던 미스터리한 웃음소리와 기이한 화재가 모두 그녀의 소행이었다는 게 밝혀진다.

배신감과 절망감에 빠진 제인은 결혼 직전 로체스터의 집에서 뛰쳐나가 눈 덮인 들판을 배회한다. 그녀는 실신을 했다가 겨우 정신을 차린다.

로체스터에 대한 그리움을 이기지 못하고 일어나 달려가보니 로체스터 저택은 불로 활활 타고 있었다. 결국 이 불로 로체스터의 미친 아내가 죽고 로체스터도 실명을 하고 만다. 로체스터는 자신에게 다가와 안기는 여인의 머리카락에서 제인의 향기를 느낀다.

이 소설에서 주체는 남자도 멋진 여자도 아니고, 보잘것없는 신분의 왜소한 여성이다. 빅토리아 왕조에서 이런 여성을 주인공으로 내세운다는 것은 상상도 할 수 없는 일이었다.

로체스터 침실의 화재
케네스 타운센드(Kenneth Townsend), 1897년

《폭풍의 언덕》 또한 관습에 얽매일 수 없는 인간 내면의 애정을 섬세하게 드러낸 작품이다.

바람 부는 언덕 워더링 하이츠에는 언쇼가 경영하는 요크셔 농장과 저택이 있고, 아늑한 평원 그레인저에 향촌 부자인 린턴의 저택이 있다. 이 둘을 축으로 해서 이야기가 전개된다.

폭풍우가 몰아치던 날 밤, 언쇼는 고아 소년을 데려와 히스클리프라는 이름을 지어준다. 히스클리프는 언쇼의 아들 힌들리에게 괴롭힘을 당하면서도 언쇼의 딸 캐서린과 좋아하는 사이가 된다. 언쇼가 죽고 힌들리의 학대가 더 가혹해지는 가운데 캐서린은 린턴가의 아들 에드거의 구혼을 받아들여야만 하는 입장이 된다.

캐서린에게 배신을 당했다고 생각한 히스클리프는 어느 날 말없이 농장을 떠나고, 몇 년 뒤 부자가 돼 돌아와 처절한 복수를 펼친다. 먼저 힌들리를 도박으로 유혹해 전 재산을 빼앗고, 다음에는 에드거의 동생 이사벨을 아내로 맞는다. 그는 빚쟁이가 된 힌들리의 아들 헤어튼을 학대하며 캐서린에게도 손을 뻗친다. 번민에 빠진 캐서린은 딸을 낳다가 숨을 거두고, 이사벨도 남편 히스클리프의 광기를 견디다 못해 가출하고 만다.

그 뒤에도 히스클리프의 복수는 계속된다. 결국 복수의 대상자들이 다 죽고 히스클리프는 양가의 재산을 모두 차지한다. 평생을 복수심으로 살아온 히스클리프는 이제 밤마다 캐서린의 무덤에 다녀온다. 그리고 죽은 캐서린과 같이 있기 위해 먹는 것도 잊은 채 살다가 캐서린 곁에 묻어달라는 말을 남기고 숨을 거둔다. 그 뒤 캐서린의 딸 캐디와 힌들리의 아들 헤어튼이 사랑을 이루면서 3대에 걸친 사랑과 복수는 마침내 끝이 난다.

《폭풍의 언덕》이 제목처럼 태풍이 휘몰아치는 바다와 같다면 《제인 에어》는 온갖 폭풍도 견디고 서 있는 커다란 바위 같다. 《제인 에어》는 출판되자마자 당시 인기 소설이었던 《허영의 시장》을 추월했으며, 심지어 빅토리아 여왕까지 《제인 에어》의 애독자가 되었다.

그 덕분에 뒤이어 《폭풍의 언덕》도 발간되었지만, 구성이 음산하고 비도덕적인 인물들만 등장한다는 혹독한 평가를 받았다. 비록 '엘리스

벨Ellis Bell'이라는 가명으로 출간하긴 했지만, 에밀리는 사람들이 자신의 작품을 비난할 때 몹시 괴로웠을 것이다. 하지만 강철같이 단단한 에밀리는 조금도 흔들리지 않았다. 다음 시에는 그녀의 굳은 의지가 잘 드러난다.

> 나는 가리라 내 본성대로
> 다른 길로 가는 것은 귀찮은 일
> I'll walk when my own nature would be leading
> It vexes me to choose another guide

당시에는 이교도적이고 야만적이라는 등 비판 일색이었지만, 19세기 말부터 재평가를 받기 시작했다. 윌리엄 셰익스피어William Shakespeare의 4대 비극, 허먼 멜빌Herman Melville의 《모비딕》에 버금가는 작품의 반열에 오르며 《폭풍의 언덕》은 세계 영문학의 3대 비극이 되었다.

마지막으로 막내 앤이 가정교사 경험을 바탕으로 펴낸 《아그네스 그레이》는 두 언니의 작품과 같은 세기의 대작이 되지는 못했지만, 19세기 초 영국 사회의 한 단면을 잔잔히 보여주는 매력적인 작품이다.

막내 앤의 마지막 부탁, "언니, 힘내"
활달한 성격의 빅토리아 여왕은 《제인 에어》를 읽고 결심한 바가 있어 명령을 내렸다.

지는 해를 마주 보는 여인
카스파르 다비드 프리드리히(Caspar David Friedrich), 1818~1820년, 캔버스에 유채, 30×22cm, 개인 소장

"여성용 속바지를 만들라."

"여왕 폐하, 여자가 바지를 입다니 있을 수 없는 일입니다."

귀족들이 철회를 요청했지만 여왕은 이를 강행했다. 그 결과 여성들은 화려한 드레스 아래 또 드레스를 입는 것이 아니라 편한 속바지를 입게 되었다. 이것은 여성해방을 상징하는 일대 사건이었다.

《제인 에어》가 사회적 진보를 이끌며 계속 인기를 이어가자 작가에 대한 관심도 커졌다. 필명은 남자 이름인 '커러 벨Curer Bell'인데, 이런 파격적인 작품을 쓴 작가가 정말 남자일까? 작가가 누구기에 영국 소설사에서 처음으로 여성이 주체가 되어 사랑을 이끌어가는 작품을 썼을까?

치솟는 궁금증을 뚫고 샬럿 브론테가 런던에 나타났다.《제인 에어》를 출간한 스미스-엘더 출판사의 스미스George Smith 사장조차 작가가 여자일 거라고는 상상도 하지 못한 일이었다.《제인 에어》의 작가가 샬럿 브론테라는 사실이 밝혀지자 남성 사회인 영국에서 여성이, 그것도 애정소설을 썼다며 한동안 소란스러웠다. 런던에 머무르는 동안 샬럿은 스미스 사장의 안내로 왕립미술관과 오페라를 관람했다.

그런데 런던에서 명사 대우를 받고 집으로 돌아온 샬럿을 기다리고 있었던 현실은 정신적 공황상태에 빠진 브란웰이었다. 브란웰은 한때 자신과 정을 나누었던 로빈슨의 미망인 리디아가 대지주 에드워드 스콧과 결혼해버리자 절망에 빠졌다. 이후 그는 아편중독에 빠졌고, 거기에 폐결핵까지 겹쳐 1848년 리디아를 애타게 찾다가 숨을 거두고 말았다.

남동생의 죽음으로 큰 충격을 받은 샬럿은 며칠간 자리에 누워 일어나지 못했다. 하지만 이때도 에밀리는 꿋꿋이 집안일을 돌보았고, 벌판을 산책하며 버텼다. 그런 에밀리가 겨울이 되자 기침을 심하게 하더니 잘 먹지 못했다. 하지만 그 약한 몸으로도 그녀는 변함없이 규칙적으로 생활했다. 그러다가 결국 그해 12월 19일, 2층 방에서 내려와 소파에 털썩 주저앉았다. 에밀리는 샬럿이 뛰어나가 들판에서 꺾어 온 보랏빛 히스꽃을 받고 눈을 감았다.

에밀리가 그렇게 세상을 떠나고 얼마 안 돼 힘겨워하던 막내 앤이 샬럿에게 바닷가에 가자고 재촉했다. 황량한 언덕에 살았기 때문인지 앤은 늘 바다를 동경했다. 샬럿은 앤의 몸이 허약한 데다 늙은 아버지만 홀로 두고 갈 수가 없어서 망설였지만, 앤의 계속되는 재촉에 결국 친구 엘렌을 불러 셋이 함께 스카보로 항구로 향했다.

마차를 타고 며칠 만에 도착해 처음 바다를 본 앤은 하얀 모래밭에 주저앉아 한참을 울었다. 가슴속에 쌓아둔 슬픔이 파도의 물거품을 따라 흘러내렸다. 앤의 울음 속에는 제 명대로 살지 못한 가족들에 대한 그리움과 애잔함이 가득했다.

세 사람은 그날 작은 여인숙에 여장을 풀고, 다음 날 또 다음 날도 해변가를 산책하며 비로소 해방감을 만끽했다. 1849년 5월 27일, 그날 오전에도 함께 해변을 걷고 있었는데, 11시쯤 앤의 얼굴이 갑자기 창백해지더니 그 자리에 털썩 주저앉았다.

"힘내요, 언니. 먼저 가서 미안해……."

그것이 막내 앤이 세상에 남긴 마지막 말이었다. 앤을 안은 샬럿이 휘청거렸고, 엘렌이 샬럿을 부축했다. 둘은 다른 사람들의 도움을 받아 스카보로의 묘지에 앤을 묻었다.

샬럿은 여섯 살 때 어머니를 잃은 것을 시작으로 두 언니와 이모, 남동생 브란웰, 여동생 에밀리를 잃었다. 그리고 바다를 찾아 떠난 여행에서 막내 앤까지 잃는 아픔을 겪었다.

엘렌은 아무 생각도 할 수 없는 상태가 된 샬럿을 부축해 마차를 탔다. 마차는 무거운 침묵 속에 밤낮을 가리지 않고 집을 향해 달렸다. 차창 밖으로 보이는 예전 그대로의 풍경조차 샬럿에게 깊은 허무감을 안겨주었다.

내 마음의 문을 잠그다
페르낭 크노프(Fernand Khnopff), 1891년, 캔버스에 유채, 140×72cm
독일 뮌헨, 노이에 피나코테크 소장

용기 없는 사랑은 떠나고

집에는 이제 거동이 불편한 아버지와 여든이 넘은 가정부 태비 그리고 샬럿만 남았다. 이제 샬럿은 무엇을 해야 하는가. 그녀는 먼저 동생들과 함께 뛰어다니던 언덕이 보이지 않게 창문을 닫았다. 하지만 아무리 그렇게 해도 떠나버린 동생들 생각에 슬픔은 더 사무쳤다.

다행히 《제인 에어》의 인기가 지속된 덕분에 샬럿은 후속작 《셜리》와 《빌레트》를 쓰며 아픔을 견뎌냈다. 그리고 시간이 갈수록 자신과 가족을 괴롭히고 희롱하는 운명이 절대불변이 아니라는 확신이 들었다. 샬럿은 운명에 저항하기로 굳게 마음먹었다.

《셜리》는 산업혁명 초기에 방직공장 노동자들이 일으킨 러다이트 Luddite운동(기계파괴운동)을 다룬 작품이고, 《빌레트》는 미모는 물론 돈도 없이 독립적으로 살아가는 독신 여성의 심리를 묘사한 작품이다.

비 내리는 포셋
페르낭 크노프(Fernand Khnooff), 1900년

《셜리》원고는 스미스-엘더 출판사의 간부 제임스 테일러James Taylor
가 하워스 목사관을 직접 방문해 가져갔다. 그는 그곳에 올 때마다 며
칠씩 머무르며 샬럿에게 좋은 벗이 돼주었다.

어느덧 제임스의 머릿속은 샬럿으로 가득 차 있었다. 어느 날 제임스
는 청혼을 하려다가 샬럿의 영민한 눈빛에 눌려 그만 입을 다물고 말
았다. 샬럿도 교양과 위트가 있는 제임스가 싫지 않았다. 그저 에제 교
수에게 먼저 청혼했다가 실연당한 기억 때문에 적극적으로 나서지 못
했을 뿐이다.

제임스는 하워스 목사관에 올 때마다 청혼을 하지 못한 채 머뭇거

집필 중인 샬럿 브론테와 아버지

리다 돌아갔다. 그러던 중 출판사의 인도 지부장으로 발령을 받는 바람에 인도로 떠나게 되었다. 그 뒤에도 제임스는 샬럿에게 안부편지만 보낼 뿐 정작 사랑을 표현하지 못한 채 속으로 삭이다가 결국 상사병으로 페인처럼 되고 말았다.

샬럿도 이 소식을 듣고 안타까워했지만 너무 먼 곳에 있어 어찌해 볼 도리가 없었다. 결국 제임스는 세월의 흐름과 함께 샬럿의 기억 저편으로 사라졌다.

그리고 2년 뒤인 1852년, 샬럿을 좋아하는 남자가 다시 나타난다. 하워스 시골교회 부목사로 부임한 아서 벨 니콜스Arthur Bell Nicholls(1819~1906)였다. 그는 제임스와 달리 용기를 내서 어느 날 저녁식사 후 샬럿을 찾아갔다. 하지만 시골교회의 목사가 대작가에게 청혼을 하자니 멋쩍은 기분이 들었다. 그 모습을 본 샬럿은 가상하기도 하고 애처로

아서 벨 니콜스의 초상화(1854년)

에밀리 브론테 / 샬럿 브론테 / 앤 브론테

워 보이기도 해서 이렇게 말했다.

"먼저 제 아버지께 여쭤보세요."

"혼자서는 아버님께 말씀드릴 용기가 나지 않으니 먼저 당신의 허락을 받고 함께 아버님을 뵙겠습니다."

"그래요, 저도 좀 더 생각해볼게요."

아서가 머리를 긁적이며 떠난 뒤, 샬럿은 아버지 방으로 가서 아서의 청혼 이야기를 꺼냈다. 그러자 아버지의 얼굴이 백지장처럼 하얗게 되었다.

"가난한 부목사가 작가로서 명성이 자자한 내 딸과 결혼하려 하다니…… 이건 있을 수 없는 일이다."

다음 날 샬럿은 아서 벨 니콜스에게 거절 의사를 밝혔고, 그 뒤 그는 아무 말 없이 사라졌다. 그리고 1년이 지난 어느 봄날 이웃 마을 교회의 목사로 부임해 왔다.

이때부터 두 사람은 남몰래 만나기 시작한다. 샬럿이 아서에게 호감을 가진 이유는 그가 선량한 데다 자신을 유명 작가가 아니라 평범한 한 여인으로 존중해주었기 때문이다. 문제는 완고한 아버지를 설득하는 일이었다. 아버지는 딸이 아무리 간청해도 완강히 거절했고, 샬럿은 괴로운 나날을 보내며 점점 수척해졌다.

이를 보다 못해 가정부 태비가 아버지를 나무랐다.

"하나밖에 안 남은 딸마저 먼저 보내고 싶으신가요?"

그 말에 아버지는 결국 결혼을 허락했다. 마침내 샬럿은 서른아홉의 늦은 나이에 결혼해서 자상하게 돌봐주는 남편과 평생 처음으로 꿈같

강변
헨리 존 인드 킹(Henry John Yeend-King), 캔버스에 유채, 91×61cm

은 나날을 보냈다. 마흔 살에 임신을 하고도 집안일을 할 만큼 건강도 많이 좋아졌다.

출산을 한 달 앞둔 어느 날, 샬럿은 일찍 돌아온 남편의 손을 잡고 들판으로 나갔다. 동생들이 세상을 떠난 뒤로는 애써 멀리했던 들판으로 산책을 나간 것이다. 남편의 손을 잡고 걷는 들판은 샬럿에게 아픔도 고운 추억으로 만들고, 소멸도 새 생명으로 잉태하는 어머니의 품이었다.

그런데 산책을 마치고 돌아가는 길에 갑자기 폭풍우가 쏟아졌고, 샬럿과 아서는 비에 흠뻑 젖어 집으로 돌아왔다. 그날 이후 샬럿은 감기에 걸려 고열에 시달렸고, 끝내 자리에서 일어나지 못했다. 생의 마지막 날, 샬럿은 안타깝고 미안한 표정을 지으며 남편의 손을 잡고는 고개를 떨구며 중얼거렸다.

"난 새가 아니죠. 어떤 그물로도 나를 가둘 수 없죠. 그렇죠? 나는 독립의지를 지닌 자유로운 인간이죠.
I am no bird, and no net ensnares me ; I am a free human being with an independent will."

아서는 고개를 끄덕이며 아내의 머리를 잡아주었다.
샬럿이 세상을 떠난 뒤에도 아서 벨 니콜스는 혼자 남은 장인을 보살폈다. 1861년 장인마저 운명을 달리하자 그는 교회도, 목사직도 내려놓고 고향으로 돌아갔다.

생텍쥐페리

장미를 품은 어린 왕자

생텍쥐페리의 대표작《어린 왕자》 중에서 나오는 그림

Antoine Marie-Roger de Saint-Exupery

비행飛行을 세상 그 무엇보다 사모했던 앙투안 생텍쥐페리Antoine Marie-Roger de Saint-Exupery(1900~1944). 생텍쥐페리 문학의 뿌리는 시와 동화 두 가지였다. 그 가운데서도 특히 어머니가 어려서부터 수없이 들려준 안데르센 동화와 글을 배울 때 어머니가 선물해준 보들레르의 시다. 보들레르의 시 가운데 무한비상을 노래한 〈상승Elevation〉 일부를 보자.

자욱한 안개 속의 삶

이를 짓누르는 권태

그리고 망망한 비애

여기에 등을 돌리고

힘차게 날아오르라

저 빛나고 고요한 창공을 향해

그런 자는 행복하여라

생텍쥐페리(이하 생텍스)의 삶은 이 시의 감흥 그대로 무한한 천공을 향한 '수직적 도피'의 점철이었다.

그렇다면 그의 무의식인 사랑의 충동, 즉 로맨스의 원형은 무엇이었을까? 언제나 포근한 어머니의 품, 바로 그것이었다. 사춘기를 지나 스무 살 청년이 된 생텍스는 어머니에게 이런 편지를 쓴다.

내가 힘겨울 때 유일한 안식처는 당신뿐입니다.

어려울 때마다 다시 안길 수 있는 어머니의 품, 그 품이 생텍스에게는 '사랑의 가능성이자 한계'였다.

이러한 그의 마더 콤플렉스는 로맨스뿐 아니라 작품세계에도 서정적이고 동화 같은 문장으로 고스란히 드러난다. 그가 편지 여백이나 식당 메뉴, 청구서 등에 남긴 그림

생텍쥐페리의 어린시절(오른쪽)

3부 그대 나의 소설이어라

을 봐도 동그란 원 형태의 노란색이
많다.

어린 시절의 생텍쥐페리

생텍스는 북서아프리카와 남아메리
카의 항공로를 개척했다. 이런 경험이
《야간비행》,《인간의 대지》,《남방우편
기》,《싸우는 조종사》,《어린 왕자》 등
의 작품에 녹아 있다.

그는 종교가 없었지만 해탈의 경지
에 이르려는 모습이 그의 작품과 생애 속에 비친다. 그러면서도 인간이
돌아갈 고향이 결국 대지임을 잊지 않았다. 그래서 그는 인류에게 색다
른 경전이 된《어린 왕자》에서 이렇게 말했다

가장 중요한 것은 눈에 보이지 않지. 마음으로만 볼 수 있어.

약혼녀 루이즈 드 빌모랭

생텍스의 첫 여인은 번창하는 귀족 가문의 딸 루이즈 드 빌모랭Louise
de Vilmorin(1902~1969)이었다. 그녀에 비해 생텍스는 몰락한 귀족 가문의
후손이었다.

네 살 때 아버지를 여읜 생텍스는 리옹 근처의 아파트에 살면서 휴가
철이면 가족들과 함께 뷔제 지방에 있는 외증조모 소유의 작은 성에서
지냈다. 그는 금발머리에다가 천성이 고독과 자유를 좋아해 혼자 하

생텍쥐페리

루이즈 드 빌모랭

늘을 보고 자주 웃었기 때문에 '태양의 왕자'라는 별명을 얻었다.

열두 살이 되던 해 여름, 생텍스는 한 조종사의 호의로 난생처음 비행기를 탄다. 그리고 이때부터 오직 조종사가 되겠다는 꿈을 품게 된다. 그는 그 꿈을 이루기 위해 스무 살 때 해군 사관학교에 응시했다가 떨어졌는데, 낙방 이유가 동화적이다. "전쟁에서 귀국한 병사들의 모습을 논하라"는 문제에 생텍스는 이렇게 답했다.

"내가 전쟁에 나가본 적이 없는데 어떻게 아는 체를 하겠는가."

결국 이 답안지 때문에 그는 수학 등 모든 입시과목에서 만점을 받고도 낙방했다. 이후 문학에 관심을 두어 프랑스 문단에 출입하게 되고, 여기서 두 살 어린 루이즈 드 빌모랭을 만나게 된다.

문학과 음악을 좋아했던 두 사람은 쉽게 친해졌다. 허울뿐인 귀족의 자제인 생텍스는 명문가에 걸맞게 상당한 재력을 갖춘 루이즈 드 빌모랭을 만나며 자신이 진정 바라는 여인이라고 생각했다. 이런 여인과 결혼도 하고 자신의 꿈도 이루기 위해 그는 다시 알자스의 제2 비행전투여

비행 중인 생텍쥐페리

단 조종사 후보생으로 지원했고, 마침내 조종사 자격증을 취득했다.

첫 비행을 마친 뒤, 그는 먼저 어머니에게 편지를 썼다.

어머니.

마치 황제가 된 것처럼 행복해요.

그리고 곧바로 루이즈에게 이 사실을 알렸는데, 소식을 들은 빌모랭 가족은 생텍스의 예상과는 달리 무덤덤한 반응을 보였다. 냉철한 현실 인식을 지닌 그들은 조종사를 위험한 직업으로 생각해 별로 좋아하지 않았다.

어쨌든 이듬해인 1923년, 생텍스와 루이즈는 약혼을 했고 그해 말에 결혼식을 올리기로 약속한다. 이때만 해도 생텍스는 그녀가 자신에게 최고의 안식처라고 믿었다. 그는 루이즈에게 이렇게 말했다.

"내가 당신에 게 바라는 것은 내 불안을 달래주고 걱정을 덜어주는 것뿐이야."

생텍스는 인생이라는 필드를 달리는 기차에서 어린 왕자의 심장으로 무한도전을 꿈꾸는 자신을 위해 안전운행을 해줄 여인을 필요로 했다. 그래서 약혼 직후 어머니에게 보낸 편지에도 "어머니처럼 안정을 주는 그런 사랑을 원한다"고 적었다. 그러나 루이즈 드 빌모랭은 생텍스의 이상을 충족시켜줄 여인이 아니었다.

꿈도 사랑도 깨지다

가문도 좋고 미모도 출중한 루이즈가 많은 남자들과 교제를 하고도 생텍스와 약혼한 데는 그 나름의 이유가 있었다. 그녀는 떡 벌어진 체격과 큰 키의 생텍스가 홀로 하늘을 보다가 자신을 볼 때 살짝 수줍어하는 모습을 보고 방탕한 귀족 청년과 달리 평생 자신에게만 집중할 것으로 기대했다.

그녀는 자신이 생텍스에게 최우선순위가 되기를 바랐고, 생텍스는 그녀가 자신의 꿈을 이루는 동반자가 되기를 원했다. 생텍스에게 최우선순위는 언제나 창공을 비행하는 것이었는데, 그녀는 이를 간과했다.

당시 조종사는 투우사보다 더 위험한 직업이었다. 비행기의 성능 자체가 열악했고, 툭하면 공중에서 파열되거나 난기류을 만나 추락하는 일이 벌어졌으므로 생텍스의 집안에서도 이를 만류했다.

그런데도 생텍스가 전투여단 조종사 일을 계속하겠다고 하자 루이즈와 그녀의 부모들까지 나서서 그만두라고 압박했다. 하지만 생텍스는 이를 뿌리치고 꿋꿋이 비행을 계속했다.

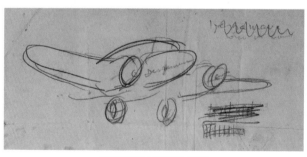

생텍쥐페리가 그린 비행기 데생

어느 날 생텍스는 르부르제 공항의 활주로를 걷다가 연습용 비행기가 서 있는 것을 보고는 훌쩍 올라탔다. 그리고 관제탑의 허락도 받지 않은 채 조종간을 움직여 비상했다. 비행기 소리에 놀란 부대원들이 모두 몰려나와 창공을 향해 소리쳤다.

"어이, 빨리 내려와. 위험해!"

아니나 다를까, 낡은 비행기는 공중을 몇 바퀴 선회하다가 그만 커다란 포플러나무에 부딪혀 추락하고 말았다. 비행기는 완전히 파손되고 생텍스도 두개골 골절상을 입었으나, 그래도 즐거운 표정이었다.

양가 가족이 모두 병실에 몰려와 당장 제대하라고 다그쳤다. 결국 전투기 조종 일을 그만두고 무일푼으로 놀고 있는 생텍스를 루이즈의 아버지가 기와공장 경리로 취직시켜준다. 그러나 오래 다니지 못했고, 그 뒤 자동차 영업사원이 되더니 석 달 동안 겨우 차 한 대를 팔고 그만두었다.

조종사를 그만둔 뒤 어떤 일에도 적응하지 못하는 생텍스에게 크게 실망한 루이즈는 일방적으로 파혼을 통보했다. 생텍스는 왜 이렇게 되었을까?

화가이자 음악가였던 어머니는 생텍스를 맹목적으로 사랑했다. 어머니의 치마폭에 싸여 지내던 생텍스는 학교생활에도 적응하지 못해 여러 번 전학을 했다. 그는 호기심도 많고 영리했지만 어머니의 과보호 아래 응석받이로 자랐고, 타인과 어울리는 법을 제대로 배우지 못했다.

루이즈 드 빌모랭은 생텍스와는 정반대였다. 그녀는 어려서부터 자유로웠고 남성 편력도 심했다. 그러니 생텍스가 너무 순진하고 답답해

영화 〈마담 드…〉의 포스터

보이는 게 당연했다. 그녀는 생텍스와 헤어진 뒤 라스베이거스를 거의 다 소유한 미국 부동산재벌의 아들 리 헌트와 결혼했으나 5년 뒤 이혼했다. 이후로도 그녀는 결혼과 이혼을 반복했으며, 1951년에는 소설 《마담 드》를 발표했다. 이후 《연인들》, 《불멸의 이야기》를 펴냈는데, 이 책들은 모두 영화화되었다.

다시 돌아온 하늘, 다시 찾은 안정

어느 누군들 직장도 오래 다니지 못하고 금세 백수가 되어버리는 사람을 좋아하겠는가. 약혼자에게 버림받은 뒤 생텍스는 상심하며 시간을 보냈다. 다행히 그는 그동안 마마보이로 지내온 자신의 실체와 직면한다. 그리고 그 나이가 되도록 어머니에게 용돈을 받아 쓰고 있는 자신에게 부끄러움을 느낀다. 자신을 스스로 책임지는 존재가 되어야 하고, 누구에게 자신의 불안을 없애달라고 할 것이 아니라 스스로 안식처가 되어야 한다고 결심한다.

1926년, 생텍스는 가족의 동의를 구하지 않고 민간항공사의 우편항공기 조종사로 취직했다. 그는 먼저 기체를 분해하고 정비하는 일을 배웠다. 그런 다음 본격적인 비행에 앞서 차가운 격납고 안에서 자며 시험비행을 계속했다.

조종사의 숙련도를 높이는 고난도 훈련은 모두가 힘들어하는 훈련 이었지만, 생텍스는 이 훈련을 하면서도 웃음을 잃지 않았다. 본디 수 줍음과 웃음이 많은 편이기도 했지만, 자신이 정말 좋아하는 일이어서 더 즐겁게 해냈을 것이다. 비사교적이었던 생텍스는 이 시기에 처음으 로 경영진에서부터 정비사까지 모두와 교분을 나누며 존경을 받는다.

어느 날 저녁 비행팀장이 생텍스를 불러 말했다.

"내일 떠나게."

생텍스는 그 말이 끝나기 무섭게 환호했다. 뭐라고 표현할 수 없는 벅찬 감정으로 거리에 나가 행인들과 섞여 걸으며 그는 생각했다.

'이들과 나는 누군지 서로 모른다. 이들의 열정과 근심과 사랑이 담 긴 우편과 소포가 동틀 녘이면 내게 올 것이다. 나는 이들의 염원을 전 달해줄 책임이 있다.'

바로 다음 날부터 생텍스는 하늘을 날기 시작했다. 얼마나 기다리던 비행인가. 비록 구식 비행기를 몰았 지만, 그는 남아메리카와 멀리 아프 리카 식민지까지 우편항공로를 개척 하고 불시착한 조종사들을 구출하 는 일을 힘든 줄 모르고 해냈다.

민간조종사들은 비행을 할 때마 다 매번 생사의 고비를 넘겼다. 이륙

생텍쥐페리 기념 우표
(1994년, 슬로바키아, nettali77 © 123RF.COM)

1935년 12월, 생텍쥐페리와 앙드레 프레보가 조종하던 비행기가 리비아 사막에 추락한다. 두 사람은 사막에서 사흘을 배회하다 베두인 대상隊商에게 구조되는데, 이 사고는 생텍쥐페리의 대표작인 《어린 왕자》의 집필 구상에 큰 계기가 된 사건이라 할 수 있다.

에서부터 착륙까지 기상조건과 장애물 유무에 따라 비행기 엔진이 오작동하는 일이 많았다. 생텍스도 사하라 사막 위를 비행하다가 갑작스런 날씨 변화로 불시착한 적이 있었다. 이때 그는 17개월이나 사하라 원주민에게 인질로 잡혀 있었다.

생텍스는 그 위험한 비행에 왜 그렇게 매력을 느꼈을까? 그의 글에 이유가 나온다.

어둠이 사방에 내리며 이미 세상은 희미해지고 있다. 저 아래 집들마다 붉은빛이 하나씩 새어 나오기 시작한다. 이보다 값진 시간이 세상 어디에 또 있을까. 나도 어둠속으로 함께 빠져들어 간다. 온 세상과 더불어. 그리고 나는 비행한다. 이 우주 천지에 나를 위해 빛나는 것이라고는 별들밖에 없다. 비행에 대해 형언할 수 없는 애정을 지닌 이는 내 말을 이해할 것이다.

3부 그대 나의 소설이어라

그는 비행 중에 사색하고 또 사색했다. 그리고 그것들을 잘 기억해 두었다가 비행을 쉬는 날 저녁이면 원고지 위에 옮겼다. 그렇게 해서 나온 작품이 《남방우편기》다.

주인공인 조종사 자크 베르니스는 파혼당한 생텍스처럼 자신의 사랑을 지키지는 못했지만 수만 통의 사랑의 편지를 나르며 수많은 타인의 사랑을 지켜준다. 이 책에는 사막의 여름밤 풍경이 이렇게 그려져 있다.

별들이 맑은 물처럼 청아한 하늘로부터 목욕하고 하나, 둘, 셋, 넷 무수히 나오고 있다. 주느비에브! 그대가 사는 곳에서 어떤 계절엔 꽃이 피고 다른 계절엔 열매가 맺고 또 어느 계절엔 사랑을 했지. 그렇게 인생은 쉬웠던 거야.

나도 어둠속으로 함께 빠져 들어간다. 온 세상과 더불어. 그리고 나는 비행한다.

생텍쥐페리

《야간비행》

1927년, 생텍스는 파타고니아 항공노선의 주임 조종사가 되었다. 이 노선에는 악명 높은 안데스 산맥이 버티고 있었다. 비행의 성공 여부는 안데스 산등성이를 휘돌고 다니는 회오리바람과 구름을 어떻게 뚫고 가느냐에 달려 있었다. 두 번째 소설 《야간비행》에 그 광경이 나와 있다.

무선통신도 항법장치도 제대로 없던 시절, 조종사 파비앵은 오직 나침반과 고도계만으로 비행하며 안데스 산허리에서 눈보라를 만났다. 사투를 벌이던 그는 빛을 따라 상승하며 전율을 느낀다. 그는 눈폭풍 위에 올라서서 별빛으로 가득한 고요한 선경仙境 같은 곳을 날아간다. 그러나 연료는 거의 떨어져가고 있다. 파비앵은 정처 없이 날다가 끝내 지상에 부딪혀 산산조각이 돼 끝나리라는 것을 잘 알고 있었다. 그때의 심정을 그는 장엄하게 기록한다.

쏟아지는 눈보라의 틈새로 몇 개의 별이 반짝이고 있구나. 내 머리 위에. 마치 죽음의 미끼처럼. 나는 그것이 저승인 줄 잘 알고 있었다. 그러나 너무나 빛에 갈급해 그만 올라타고 말았다. 오, 별빛이 이렇게 아름다울 수가…….

《야간비행》에는 '황금빛 저녁놀'이 자주 등장한다. 머지않아 그 노을이 어둠을 몰고 올 것이다. 삶이란 바로 그 어둠을 뚫고 나아가는 것이다. 어둠 속에서 한 줄기 별빛을 보고 상승하는 것이다. 생텍스는 이 소설로 세계적 명성을 얻었다.

1929년 여름, 생텍스는 아르헨티나 부에노스아이레스의 '아에로포스탈 아르헨티나' 지사장으로 발령받았다.

밤하늘을 날며 콘수엘로에게 청혼하다

부에노스아이레스의 지사장은 약 22만 5천 프랑의 연봉을 받는 자리였다. 난생처음 큰돈을 만져본 생텍스는 매달 어머니에게 3천 프랑을 보내고 나머지는 마음껏 썼다. 그러던 어느 날, 한 파티에 참석해 평소 취향대로 키가 큰 금발 여인을 탐색하던 그의 눈에 한 여인이 들어왔다. 갈색 머리의 그녀는 파티장 분위기와는 전혀 어울리지 않게 창가에 다소곳이 앉아 있었다. 그녀가 바로 스물일곱 살의 콘수엘로 Consuelo(1901~1979)였다.

그때까지도 생텍스는 지나치게 현실적인 약혼녀에게 파혼당한 아픔을 간직하고 있었다. 그는 조용히 사색하는 콘수엘로

생텍쥐페리가 근무한 아에로포스탈의 광고 포스터

콘수엘로

를 발견하고는 자신도 모르게 빠져들었
다. 뜨거운 열기에 휩싸여 있는 파티장을
등지고 하늘을 응시하는 그녀의 모습이
비행 중 상념에 잠긴 자신의 모습과 잘 어
울려 보였다.

생텍스는 그녀에게 다가가 데이트를 신
청했고, 그녀가 호의적인 반응을 보이자
곧장 손을 잡고 파티장을 빠져나왔다. 두
사람은 함께 공항으로 가서 비행기를 타고 안개비가 내리는 어두운 활
주로를 이륙했다. 밤안개로 뿌연 시내 불빛보다 더 환한 밤하늘의 별
빛 아래서 생텍스는 콘수엘로에게 청혼을 했다. 하지만 보기 좋게 거절
당했다.

알고보니 그녀는 부에노스아이레스 출신의 예술가로 부와 명성을
모두 거머쥔 여성이었다. 이미 두 번의 이혼 경력이 있는 그녀는 결혼
자체에 거부감을 가지고 있었다.

미국 유학 중에 만난 첫 남편 멕시코 육군대장 리카르도와는 결혼 2
년 만에 자동차사고로 사별해야 했다. 그리고 파리에서 만난 두 번째
남편 고메스 카리요는 작가였는데, 결혼 1년째 되던 해에 자살로 생을
마감했다. 이후 콘수엘로는 자신이 불운을 불러오는 여자라는 자괴감
에 빠져 마음의 문을 닫았다.

그녀의 안타까운 이야기가 끝나갈 무렵 비행기는 안개비가 그친 활
주로에 착륙했다. 비행기 시동을 끄며 생텍스는 다시 청혼을 했다.

"모두 지난 일이오. 지난 일은 지난 일로 놓아두고 앞으로 전진하는 것이 우리의 운명입니다. 함께 미래로 나아갑시다."

하지만 콘수엘로는 고개를 저었고, 그렇다고 포기할 생텍스가 아니었다. 그는 매일같이 찾아갔고, 갈 때마다 말로 청혼하는 대신 꽃, 장난감, 인형, 반지, 구두, 책 등 정성이 깃든 선물을 안겨주었다. 생텍스를 거들떠보지 않던 콘수엘로도 점점 마음이 약해졌다. 그러면서 '혹시 이 사람도 전남편들처럼 불운하게 되지 않을까' 하는 노파심이 일었다. 어느덧 그녀도 생텍스를 마음의 별로 여기기 시작한 것이다.

이후 아르헨티나에서 두 사람의 사랑이 본격적으로 시작되었다. 두 사람은 매일같이 아르헨티나의 구름 위에 연분홍 일기를 적어 나갔다. 그러던 어느 날 밤, 비행 중에 두 사람은 키스를 나누었다. 생텍스가 콘수엘로의 손을 잡으며 속삭였다.

"당신, 이 손을 나만 간직하게 해주오."

생텍스와 콘수엘로

"이봐요, 정신 차려요. 당신이 날 안 지 얼마나 되었다고 그런 말을
하세요?"

"두고 봐요, 당신은 나랑 결혼하게 될 거요."

사랑의 불시착, 이혼 요구

1931년, 생텍스는 회사를 정리한 뒤 콘수엘로를 데리고 프랑스로 귀국
했다. 가족의 축하를 받으며 결혼할 계획이었지만 콘수엘로의 과거를
전해 들은 가족들은 결혼을 반대했다. 콘수엘로는 두 번이나 남편과
사별한 데다 '극장의 백작부인'이라는 소문이 날 만큼 사교계의 여왕이
었기 때문이다.

생텍쥐페리와 콘수엘로의 결혼식(1931년)

그런데 콘수엘로에게는 생텍스에게 통하는 매력이 있었다. 그녀는 어릴 적 생텍스에게 환상적인 이야기를 들려주었던 어머니처럼 즐거운 이야기를 자주 해주었다. 생텍스는 그녀의 이야기를 듣다보면 모든 시름이 사라지고 유리성 속의 왕자가 된 듯한 기분이 들었다. 그는 이런 매력에 깊이 빠져 가족의 반대에도 불구하고 결혼식을 강행했다.

그런데 결혼식이 끝날 때까지도 어머니는 오지 않았고, 생텍스는 결혼서약서에 서명하면서 눈물을 흘렸다. 그러자 콘수엘로가 "이런 남자와는 결혼 못해" 하며 뛰쳐나가는 바람에 이를 만류하느라 소동을 빚기도 했다. 생텍스에게 어머니라는 존재는 정신적 지주였다. 생텍스와 어머니가 주고받은 편지가 책으로 나올 만큼 모자는 서로에게 평생 절대적 영향을 끼쳤다.

생텍스는 그런 어머니에게서 아내 콘수엘로를 보호하기 위해 여러 차례 설득을 했다.

"어머니, 아내는 순진하고 연약해요. 어머니가 지켜주셔야 해요."

결국 아들에게 설득당한 어머니는 조금 너그러워졌지만, 나머지 가족은 끝까지 콘수엘로를 냉대했다. 이 과정에서 생텍스 집안에 대한 콘수엘로의 서운한 감정은 더 쌓여갔다. 그것은 화끈한 남미 출신의 여성이 참기 힘든 환경이었지만, 그녀는 세 번째 이룬 가정만큼은 꼭 지키고 싶었기 때문에 화를 삭였다.

이런 아내의 마음을 아는지 모르는지 생텍스는 비행 신기록 도전에 여념이 없었다. 1935년, 비행광 생텍스가 파리에서 사이공까지 최단시간 비행 신기록에 도전했다. 콘수엘로의 만류를 뿌리치고 비행을 강행했던 그는 기계결함으로 사막에 불시착했다.

남편의 행방불명 소식을 들은 콘수엘로는 두 남편과 사별한 악몽을 떠올렸고, 이 또한 자기 탓이라 여기며 깊은 자책에 빠져 두문불출했다. 생텍스는 다행히 5일 만에 구조되어 귀국했지만, 콘수엘로는 반가운 마음보다는 또 이런 불운이 닥칠 것만 같은 불안감에 몸서리치며 이혼을 요구했다. 물론 생텍스는 이를 거절했다.

생텍스는 1938년에도 뉴욕에서 이륙해 과테말라로 가던 중 추락해 큰 부상을 입었다. 그 당시 콘수엘로는 남편과 헤어질 결심을 굳히고 가족과 만나기 위해 과테말라에 있었는데, 남편의 부상 소식을 듣고 병원으로 달려갔다. 의사가 다리를 절단해야 한다고 했으나 그녀는 완강히 거부했다.

잊혀진 장미 콘수엘로

콘수엘로의 거듭된 이혼 요구에도 생텍스는 단호히 거절했고, 콘수엘로는 그를 더 차갑게 대하기 시작했다. 마침 미국에서 미대륙 종단 항공로 개설을 위한 초청장을 보내왔다. 콘수엘로는 말없이 생텍스를 따라 미국으로 갔고, 뉴욕에서 3층짜리 통나무집에 기거했다.

그러던 어느 날, 부부는 한 식당에서 출판사 대표 커티스 히치콕과 브런치를 하게 되었다. 하얀 냅킨에 생텍스가 심심풀이로 그림을 그리자 히치콕이 물었다

"뭡니까?"

어린 왕자의 열렬한 추종자들이 그린 〈백만 개의 별과 함께 있는 꽃〉

"별거 아닙니다. 생각나는 대로 어린 녀석을 하나 그려봤죠."

"아! 이 어린아이로 스토리를 하나 써봅시다."

그렇게 해서 1943년 《어린 왕자》가 탄생한다.

어린 왕자의 단발머리와 바람에 날리는 머플러는 바로 아내 콘수엘로의 평소 헤어스타일과 의상이었다. 생텍스는 사막에 불시착한 뒤 자신에게 마음을 닫은 아내에 대한 연민과 고뇌 가운데서도 어디를 가든 아내의 모습을 담고 있다가 은연중에 그려냈던 것이다.

프랑스 만화가 칠이 아이러니한 시각으로 그린 어린 왕자 만화

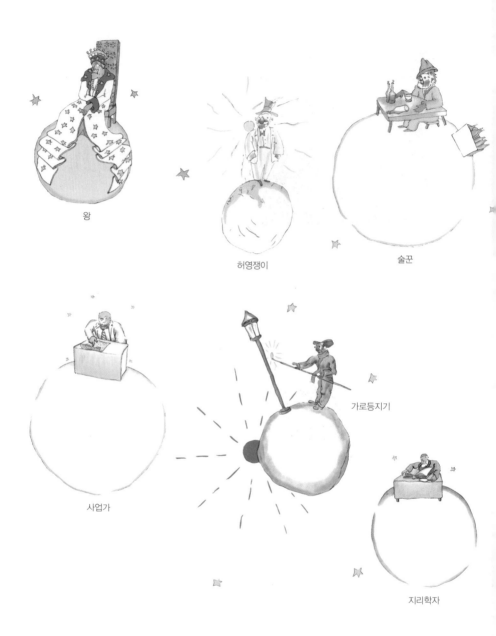

왕

허영쟁이

술꾼

사업가

가로등지기

지리학자

생텍쥐페리가 직접 그린 《어린 왕자》 속에 등장인물들

어린 왕자는 자신을 귀찮게 하는 장미 한 그루를 남겨두고 우주의 여러 행성을 여행하다가 지구라는 가장 큰 별에 떨어진다. 그리고 왕의 별, 허영쟁이의 별, 주정뱅이 별, 사업가의 별, 가로등별, 지리학자의 별을 여행하며 만난 어른들이 얼마나 우스꽝스럽고 어리석은지 알게 된다.

어린 왕자는 사하라사막에 떨어졌는데, 이곳은 지구라는 가장 큰 별이었다. 여기서 만난 여우는 '서로 길든다'는 의미가 무엇인지 가르쳐 준다.

"길들여지기 전 넌 나에게 수많은 아이들 중 하나에 불과해. 나도 너에게 수많은 여우 중 하나지. 하지만 길들여진다면 넌 내게, 난 네게 세상에서 하나밖에 없는 존재가 되는 거야. 그때부터 이를테면 4시에 네가 오기로 했다면, 난 3시부터 행복해질 거야. 4시가 되면 나는 차츰 안절부절못하게 돼."

어린 왕자의 열렬한 추종자들이 그린 그림들

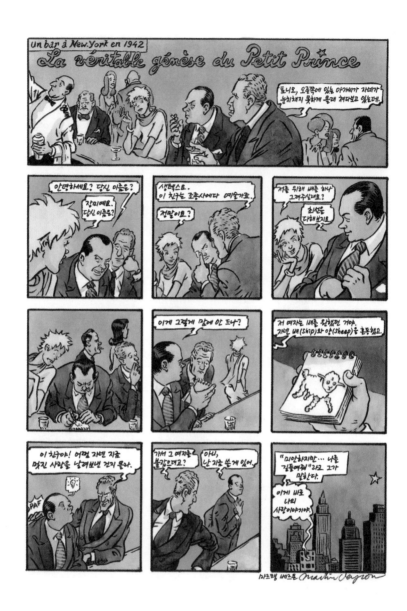

프랑스의 만화가 마르탱 베르욘이 그린 어린 왕자 관련 만화

어린 왕자는 비로소 자기 별에 두고 온 장미가 세상에 단 하나뿐임을 알게 된다. 그래서 5천 송이 장미 꽃밭을 보면서도 "너희도 아름답지만 내게 의미가 없어" 하고 말한다.

어린 왕자가 작은 별에 남겨두고 온 장미, 도도하고 가시 있는 그 장미는 바로 생텍스의 아내 콘수엘로였다.

생텍스는 이렇게 작품을 통해서까지 자신의 마음을 전달했지만, 콘수엘로는 감정의 빗장을 풀지 않았다. 여행은 늘 함께 다녔지만 호텔에서는 각방을 썼고, 심지어 콘수엘로가 도망을 가면 다시 찾아 데려오기를 수없이 반복했다.

콘수엘로는 남편을 자꾸 멀리하고픈 자신의 마음을 어쩌지 못하고 생텍스에게 제발 떠나게 해달라고 애원했다. 그러나 콘수엘로가 사랑하기 때문에 배척하는 묘한 '애리愛離의 감정'을 지녔다는 것을 잘 알고 있었기에 생텍스는 아내를 더욱더 붙잡았다.

기묘한 사랑의 여정

사랑하는 사람이 불운을 당할까봐 멀리해야 한다는 강박을 콘수엘로는 쉽사리 떨쳐내지 못했다. 그 결과 두 사람은 차츰 함께 있을 때 더 외롭고, 떨어져 있을 때 그리워지는 역설 속에 부부의 연을 이어갔다.

그러다보니 콘수엘로도 가끔씩 한눈을 팔기도 했지만, 생텍스의 여성 편력은 더 화려했다. 생텍스의 시나리오로 제작된 영화 〈안 마리〉의 여주인공 아나벨라Annabella(1907~1996)도 그 가운데 하나였다. 그녀는

영화 〈안 마리〉의 포스터

생텍쥐페리의 작품에 많은 영감을 준 넬리 드 보게.

1941년 생텍스가 과테말라 비행사고의 후유증으로 캘리포니아에서 재수술을 하고 입원해 있는 동안 매일 찾아와 안데르센의 《인어공주》를 읽어주었다.

또한 넬리 드 보게Nelly de Vogüé(1908~2003)의 경우는 평생 연인이자 지적 동반자였다. 여행도 함께 자주 떠났고, 생텍스는 넬리 드 보게에게서 작품의 영감을 많이 얻었다. 뒷날 그녀는 생텍스의 평전을 썼을 만큼 생텍스와는 속속들이 아는 사이였다.

생텍스는 그 밖에도 여러 여배우들과 쉴 새 없이 염문을 뿌렸는데, 그 가운데 나탈리 팰리Natalie Paley에게 보낸 메모지도 남아 있다.

나도 당신을 아프게 하겠지.

역시 당신도 나를 아프게 할지도…….

그러면서도 생텍스는 항상 콘수엘로에게 돌아갔다. 마치 온종일 신나게 뛰놀다가 엄마 품으로 돌아가는 악동惡童처럼. 그러나 이 악동은 콘수엘로가 결코 미워할 수 없는 존재였다.

두 사람은 그들만의 방식대로 살아갔다. 사랑의 회귀와 결별의 원을 주기적으로 돌고 돌았다. 사랑의 방식에 정답이 어디 있으랴. 두 사람은 사랑의 이륙과 불시착이 연속되는 가운데 이런 편지를 주고받는다.

콘수엘로.

깃털 부풀어 오른 내 병아리여.

당신이 내 샘물과 뜨락이 되어주오.

생텍쥐페리와 콘수엘로. 파리의 립 맥주바에서 두 명의 〈디텍티브〉지 기자와 작가 레옹 폴 파르그가 자리를 함께했다.

여기에 콘수엘로도 맞장구친다.

생텍스, 당신만이 내 인생의 유일한 음악이야.

이것을 부창부수夫唱婦隨라고 해야 할까. 어쨌든 유달리 개성이 강한
이 부부는 사는 방식도 독특했다.

실종되기 전에 남긴 말

생텍스와 콘수엘로의 애정이 빙글빙글 도는 가운데 제2차 세계대전이
일어났다. 조국 프랑스가 독일에 함락되자 생텍스는 "내 동포가 죽어
가는데 나 혼자 미국에서 편히 살 수는 없다"며 자원입대해 연합군에
편성됐다.

하지만 마흔셋의 나이에 다시
비행을 하기란 쉽지 않았다. 당
시 군법도 35세까지만 전투기 조
종을 허가했다. 생텍스는 백방으
로 노력한 끝에 아이젠하워 장
군의 허락을 받아 피점령지 비행
정찰대에 배속받았다.

그리고 마침내 가브리엘 대령
에게 비행 임무를 부여받는다.

이탈리아의 만화가 휴고 프라트는 그림을 통해 위
대한 여행객 생텍쥐페리에게 경의를 표했다.

그날 밤 생텍스는 친구에게 자신이 왜 그토록 위험한 비행을 즐기는지 모르겠다고 말하며 울었다.

"스릴 있는 비행, 그 즐거움 이야말로 내 글의 풍성한 조건 이라네. 홀가분하게 비행하려 면 아무리 귀한 보물도 잡동 사니처럼 여겨야 하지."

애니메이션 〈어린 왕자〉에서 일화가 끝날 때마다 어린 왕자는 소행성 B612로 돌아가기 위해 조종간을 잡는다. 어쩌면 생텍쥐페리도 자신의 소설들 속으로 영원히 사라졌는지도 모른다.

이 말 속에 생텍쥐페리의 문학과 사랑, 인생이 함축돼 있다.

1943년 7월 30일, 정찰 임무를 위해 떠나기 직전 그는 아내를 만나 작별의 키스를 나눴다.

"그대는 나를 해변가 갯벌 속의 앙칼진 게처럼 꽉 물고 있었어. 참 고 마웠지."

다음 날 아침, 생텍스는 1인용 비행기 P-38기에 올라탔다. 알제리로 향하며 정찰 비행을 시작한 그는 강과 계곡을 거슬러 올라가며 촬영했다. 그러던 중 지중해 근처에 이르러 정찰기가 증발하고 말았다.

행방이 묘연해진 정찰기와 생텍스를 찾기 위해 많은 사람들이 노력했지만 아무 소용이 없었다. 이전에도 생텍스는 기약 없이 집을 나갔다가 불현듯 돌아온 적이 있었지만, 콘수엘로는 이제 돌아올 기약 없는 생텍스를 다시 기다려야 했다. 그녀는 남편과의 추억을 담아 《장미의 기억》을 펴냈다.

생텍쥐페리를 추모하며 찾아오는 사람들에게 콘수엘로는 종종 이렇게 말했다.

"그이가 출격하는 날이었어요. 내 집은 작아지는데 창문만 커졌어요. 그 창문으로 날아간 그이는 다시 오지 않을 하늘을 내 집에 들여놓았어요. 그이는 내 별, 내 운명, 내 신앙, 내 종말이죠."

어니스트 헤밍웨이

꽃이 지고 상록수를 그리워하다

형형색색의 꽃이 피어 있는 꽃밭이다. 반라 여인들의 자태가 꽃밭과 잘 어울린다. 그 여인들의 눈길을 받고 있는 청년은 은빛 갑옷을 입고 하늘만 보고 있다. 많은 사람과 사랑을 나누었으되 진정한 사랑의 교감이 무엇인지를 모르고 지낸 헤밍웨이 같다.

꽃밭의 기사
조르주 로슈그로스(Georges Rochegrosse), 1894년경, 캔버스에 유채, 375×235cm
프랑스 파리, 오르세 미술관 소장

Ernest Miller
Hemingway

인간은 패배하려고 태어나지 않았다.

파괴될망정 결코 패배당하지는 않는다.

A man is not made for defeat.

A man can be destroyed but not defeated.

어니스트 헤밍웨이Ernest Miller Hemingway(1899~1961)의 《노인과 바다》에 나오는 명문장이다.

어떤 경우에도 지칠 줄 몰랐던 사나이, 그런 불굴의 의지와 정신을 지닌 작가답게 헤밍웨이는 비유와 수사를 되도록 줄이고 단순하고 간결하며 진실한 문장을 쓰려 했다. 그는 잔인한 주제나 사건, 자연적 현상을 다룰 때 도덕적 판단을 배제한 채 냉정한 시선으로 사실만을 군

더더기 없이 묘사했다. 여기에서 '하드보일드hard-boiled'라는 문학용어가 탄생했다.

사실주의적이고 직설적인 그의 문장은 문학가뿐 아니라 다른 장르의 예술가들에게도 영감을 주었다. 미국의 대표적인 사실주의 화가 에드워드 호퍼Edward Hopper(1882~1967)도 헤밍웨이의 작품을 읽으며 창조적 아이디어를 많이 얻었다.

헤밍웨이의 작품은 익숙한 일상을 낯설게 해 산업사회 속에서 인간이 처한 고독과 공허를 담아내고 있다. 그는 호탕했고 번거로운 문명을 피해 전쟁, 사냥, 투우 등에 거침없이 참여했다. 작품의 역동성은 이런 경험에서 나왔다.

사파리의 헤밍웨이(1934년)

헤밍웨이는 천성적으로 모험을 좋아해 동물원 곰과 며칠 동안 함께 잠을 자보기도 했다. 또한 예순의 나이에 호기심으로 KGB에 가입했다가 FBI의 집요한 추적을 받기도 했다. 이런 스릴이 헤밍웨이의 사랑에도 나타난다. 그는 '세기의 마초'라는 말을 들을 만큼 많은 여성과 염문을 뿌렸고, 결혼과 이혼을 반복했다.

이제 헤밍웨이는 미국의 환상을 표현한 신화적 인물이 되었다. 그는 소설은 사실 위주로 담백하게 썼던 것과는 달리 사랑에서만큼은 무드에 약했다. 약해도 너무 약했다. 그러면 그럴수록 사랑이 쪽배처럼 전복顚覆을 거듭하게 된다.

간호사 아그네스, 《무기여 잘 있어라》의 모티브

에드워드 호퍼의 그림을 보면 일상적인 가구와 바로 문 앞에 영원처럼 펼쳐진 바다가 공존한다. 그림에 등장하지 않지만 누군가가 빛과 그림자가 공존하는 저 너머 광활한 바다를 응시하고 있다. 그러나 이 바다는 결코 현실이 아니다. 초현실이다. 현실적 일상과 초월, 빛과 어둠의 공존 속에 결핍이 존재한다. 그 결핍은 이중적인데 조급하거나 불안하지 않다. 일상이어도 조급하지 않고, 초월이어도 현실과 분리되지 않는다. 그래서 더 현실적일 수 있고 현실 집단의 판결에 더 초월할 수 있다.

헤밍웨이의 일생이 그러했다. 그는 세 살 때부터 "난 세상에 무서운 게 없어요" 하고 말했는데, 이런 성격은 부러질지언정 굽히지 않는 어머니에게서 물려받은 것이었다. 신앙심이 깊은 어머니는 외과의사인 아버

바다 옆의 방
에드워드 호퍼(Edward Hopper), 1951년, 캔버스에 유채, 101.6×74.3cm
미국 뉴헤이번, 예일대학교 미술관 소장

지를 휘어잡고 집안일을 모두 진두지 휘하며 독재자 노릇을 했다. 어머니는 거칠어 보이는 아들을 길들인다며 쌍둥이 누이와 함께 여자옷을 입히기까지 했다.

여자 옷을 입은 어린 시절의 헤밍웨이

특히 헤밍웨이가 조금만 실수를 해도 "출세를 해서 엄마를 자랑스럽게 해줘야 한다"며 야단을 쳤고, 그래도 잘못을 반복하면 주저 없이 매질을 했다. 어릴 때부터 어머니를 싫어했던 헤밍웨이는 사춘기가 되자 수시로 가출을 했다. 이런 어머니의 영향으로 헤밍웨이는 강한 성격의 여자를 싫어했고, 아무리 좋아하는 여자라도 자기 일에 간섭하고 밀착하면 밀어냈다.

고등학교를 졸업한 뒤 그는 대학에 진학하기를 바라는 어머니의 뜻을 거부하고 캔자스시티 〈스타star〉지의 체육부 기자가 되었다. 그곳에서 근무한 지 6개월쯤 지나 제1차 세계대전이 발발하자 자원입대를 하려 했지만 시력이 나빠 거부당했다. 그러자 그는 다시 적십자사 운전병으로 자원해 기어이 앰뷸런스 운전병으로 참전했다. 그 뒤 오스트리아-이탈리아 전선에서 박격포 공격을 받아 차량은 전파되고 헤밍웨이는 다리에 100여 개의 파편을 맞는 부상을 입었다. 그는 밀라노로 후송돼 6개월간 치료를 받았다.

밀라노 병원에 입원했을 때 헤밍웨이는 독일계 미국인 간호사와 사

부상을 입은 헤밍웨이(밀라노, 1918년)

아그네스 폰 쿠로우스키

랑에 빠진다. 그녀는 26세의 아그네스 폰 쿠로우스키Agnes von Kurowsky였다. 다리를 절단하게 될지도 모른다는 두려움에 떨던 헤밍웨이에게 커다란 눈망울에 윤기 나는 갈색머리의 간호사 아그네스는 백의 천사로 보였다. 연상이었던 그녀는 헤밍웨이를 친동생처럼 따뜻하게 돌봐주었다.

헤밍웨이는 병상에 누워 지내는 동안 불안이 엄습할 때마다 사모하는 아그네스를 생각하며 하루하루를 버텼다. 다행히 치료가 잘되어 아그네스가 밀어주는 휠체어를 타고 공원에 나가게 되었다. 열아홉 헤밍웨이의 첫사랑이 시작된 것이다.

어느덧 달달한 연인 관계가 되었고, 헤밍웨이의 청혼으로 두 사람은 결혼을 굳게 약속한다. 이 약속만 믿고 미국으로 돌아온 헤밍웨이는 3개월 뒤 아그네스에게서 편지 한 통을 받는다. 반가운 마음에 열어보니, 아그네스가 헤밍웨이를 치료해주던 군의관과 결혼할 예정이니 '이제 그만 잊어달라'는 내용이었다. 서로 사랑했고 철석같이 믿었던 사람이 갑작스레 이별을 통보하다니⋯⋯.

이 사건으로 헤밍웨이는 큰 충격을 받았다. 이후 그는 어떤 여인과도 완벽한 애정을 나누지 못했다. 첫사랑의 배신은 이후 네 번 반복된 결혼과 이혼의 주요 원인이 된다. 헤밍웨이가 자신을 배신한 첫사랑 아그네스를 모델로 쓴 소설이 《무기여 잘 있어라》이다.

영화 〈무기여 잘 있어라〉의 포스터(1932년)

화약 냄새와 포성이 들리는 최전방 병원에서 다리에 부상을 입고 신음하는 부상병과 간호사 캐서린 사이에 애틋한 사랑이 피어난다. 부상병은 작가지망생으로 자원입대한 야전병원 운전사 헨리 중위. 간호사 캐서린은 헨리를 돌보다가 깊이 사랑하게 된다. 다행히 다리 수술이 성공하고, 그해 여름 두 사람은 멋진 나날을 보낸다. 그러다가 캐서린이 임신을 하고, 헨리는 다시 전선으로 떠나게 된다.

그 뒤 독일 스파이라는 의심을 받게 된 헨리는 탈영해 밀라노로 도망을 친다. 헨리는 캐서린을 만나 스위스로 피신하고, 두 사람은 그곳

헤밍웨이

에서 아이가 태어나기를 기다리며 꿈같은 시간을 보낸다. 하지만 난산 끝에 캐서린과 아이 모두 숨을 거두고 만다. 모든 것을 잃은 헨리는 마지막 키스를 하고 병원을 나온다. 허무한 전쟁터에서 한 줄기 빛이 돼주었던 캐서린, 그 빛마저 사라졌지만 헨리는 이에 굴하지 않는다.

헤밍웨이는 첫사랑의 좌절과 아픔을 털어버리기 위해 《무기여 잘 있어라》를 썼다. 그는 아그네스를 모델로 한 캐서린은 죽게 했지만, 자신을 모델로 한 헨리는 운명을 거부하고 더 나아가 운명을 지배하는 인물로 창조했다. 작품속의 명언들을 보자.

"노인의 지혜라는 말은 오해야. 늙으면 현명해지는 게 아니라 조심성이 많아지지."

세상은 너무 큰 용기를 지닌 사람을 꺾기 위해 결국 죽이려 한다. 이 세상이 누구든 다 부러뜨리지만 어떤 사람은 그곳에서 더 강해진다.

"제가 얼마나 당신을 소유하고 싶은 줄 아세요? 아예 당신 속으로 들어가고 싶어요."

"당신이 내 안에 들어왔을 때 지진이 일어나는 줄 알았어요."

서로 사랑해서 일어나는 지진은 새로운 대륙을 형성하는 과정이지만 혼자만의 사랑일 때, 그래서 상대가 떠나버릴 때의 지진은 깊은 계곡을 만들어낸다. 헤밍웨이의 《무기여 잘 있어라》는 그 계곡에서 피어난 명작이다.

헤밍웨이는 이 책의 마지막 부분을 '단맛'을 느끼는 문장으로 만들려고 서른아홉 번씩이나 고쳐 썼다고 한다. 떠나버린 아그네스를 책 속에서라도 붙잡고 싶었던 미련 때문은 아니었을까?

빅토리아 시대의 여성상 해들리 리처드슨

제1차 세계대전이 헤밍웨이 개인에게 남긴 상처는 두 가지였다. 하나는 몸의 상흔, 다른 하나는 실연의 상처였다. 이 상처를 안고 기자 겸 작가로 활동하던 스무 살의 헤밍웨이는 시카고에서 여덟 살 연상의 엘리자베스 해들리 리처드슨Elizabeth Hadley Richardson(1891~1979)을 만난다.

운동선수 출신인 그녀는 빅토리아 시대의 여성상이 느껴지는 사람이었다. 그녀는 막내딸로 태어나 아픈 어머니를 돌보느라 혼기까지 놓친 착한 여자였다. 그녀의 전근대적이고 보수적인 분위기에서 우러나오는 진실성이 헤밍웨이를 미치게 했다.

헤밍웨이는 해들리를 누나로 부르며 마치 애인이라도 되는 것처럼 다가갔고, 그럴 때마다 해들리는 어머니를 돌보며 평생 혼자 살겠다고 거리를 두었다. 그러던 어느 날 헤밍웨이가 야수처럼 덤벼들었다.

"누나가 아닌 누구와도 나는 사귈 수 없어. 그러느니 차라리 죽어버리고 말 거야."

결국 해들리도 허리케인 같은 헤밍웨이의 열정에 휘말려들었다. 두

헤밍웨이와 해들리의 결혼(1921년)

헤밍웨이와 해들리(스위스, 1922년)

사람은 1921년 9월에 결혼했다.

그 뒤 헤밍웨이가 파리통신원으로 가게 돼 두 사람은 파리에서 신혼생활을 시작했다. 비록 가난했지만 헤밍웨이는 누나 같은 해들리에게서 어머니에게 받지 못한 모성애 같은 감정을 느낄 수 있어 행복했다.

낯선 파리에서 주머니에 돈도 없고 갈 곳도 없었던 헤밍웨이는 주로 카페에 앉아 글을 썼다. 그는 '이 글이 잘될 거야' 하며 스스로를 위로했다. 원고료를 받으면 좋아하는 경마도 하지 않고 해들리의 손에 쥐어주기 위해 일찍 귀가했다. 두 사람이 파리에서 자주 찾은 곳은 '셰익스피어& 컴퍼니'라는 서점이었다.

서점에 들러 책을 한 아름 사오면서 헤밍웨이는 아내에게 이렇게 다짐하곤 했다.

"여보, 난 작가의 운명을 타고 태어났어. 어떤 경우에도 끝까지 글을 쓸 거야. 지금처럼 앞으로도 내가 쓴 글에 대해 사람들이 뭐라 말하든 개의치 않고 계속 쓸 거야."

1922년 11월, 헤밍웨이가 그렇게 열심히 쓴 원고를 잃어버리는 사건이 발생한다. 헤밍웨이는 이때 스위스 로잔에서 열리는 국제평화회의에 참석했는데, 해들리가 남편을 기쁘게 해줄 생각으로 원고뭉치를 가방에 가득 넣고 로잔으로 가던 길에 그만 가방을 분실하고 만 것이다.

이 충격으로 헤밍웨이는 외과수술까지 받아야 했다. 겨우 정신을 차리고 파리의 여류시인 거트루드 스타인Gertrude Stein(1874~1946)이 운영하는 살롱에 멍하니 앉아 있던 그는 스타인의 한마디에 힘을 얻는다.

"헤밍웨이, 현재에 집중해요."

이때부터 헤밍웨이는 지난 일에 마음을 쓰지 않고 해야 할 일에 집중하게 된다.

이후에도 해들리와의 사랑에는 변함이 없었다. 해들리는 아들 존을 낳았으며, 여전히 헌신적으로 남편을 내조했다. 파리에서의 신혼생활은 이렇게 지나갔다.

당시 파리의 예술인들은 셰익스피어&컴퍼니 서점에 자주 모였다. 이곳을 드나들던 헤밍웨이에게는 두 가지 중대한 변화가 일어났다.

먼저, 헤밍웨이는 이 서점에서 《위대한 개츠비》의 저자 스콧 피츠제럴드F. Scott Fitzgerald와 에즈라 파운드Ezra Pound 같은 작가들과 교류를 나누었다. 그리고 이들의 충고로 비로소 저널리스트가 아닌 작가로서 비저널리즘적 소설을 쓰기 시작했다.

다음으로, 헤밍웨이 부부는 이 서점에서 〈보그Vogue〉 파리 지사의 편집자 폴린 파이퍼Pauline Pfeiffer(1895~1951)를 만났다. 특히 해들리와 파이

퍼는 금세 절친한 친구가 되었다. 그런데 그 폴린 파이퍼가 헤밍웨이의 두 번째 부인이 될 줄 누가 알았겠는가.

일단 파리는 빅토리아 시대 여성상을 간직한 해들리와는 전혀 다른 세계였다. 단아하고 모범적인 일상을 보내던 헤밍웨이 가족을 파리는 그냥 두지 않았다. 그 당시는 전쟁 직후로 '잃어버린 세대Lost Generation'라 불리며 혼란스러운 분위기였다. 일종의 도덕적 아노미 상태에 빠져 미혼이든 기혼이든 가리지 않고 자유롭게 연애를 했고, 의상도 야할수록 시크하다는 칭찬을 받던 시대였다.

하지만 해들리는 이런 세태에 조금도 흔들리지 않고 오직 남편의 성공을 위해 내조에 힘썼다. 그런 그녀도 가끔은 파리 여자들과 자신을 비교하며 한탄할 때가 있었다.

"어쩜 파리 여자들은 꼬리를 활짝 편 공작 같아. 그에 비하면 나는 꽁지 빠진 암탉 같고……."

가난한 작가 헤밍웨이에게는 소박하고 꾸밈없는 해들리야말로 제격이었다. 하지만 파리의 자유와 방종이 아직 전쟁과 첫사랑의 트라우마를 극복하지 못한 헤밍웨이를 서서히 흔들기 시작했다. "모든 금기를 금기하라"는 파리의 분위기에 걸맞게 일부일처제를 비웃던 여자들이 미국의 신출내기 유부남 작가를 유혹해댔다.

해들리는 그런 일이 있을 때마다 자신의 결혼을 지키기 위해 노력했다. 반면 헤밍웨이는 아내에게 답답함을 느꼈고, 해방감을 주는 폴린 파이퍼와 본격적으로 사귀기 시작했다. 심지어 그는 가족여행을 갈 때도 꼭 폴린과 동행했다. 해들리는 그것마저 이해하려 애썼다. 자신보

다는 현대적 감각을 지닌 폴린이 남편의 창작에 자극과 도움이 된다고
애써 자위했던 것이다.

아내의 친구, 폴린 파이퍼

헤밍웨이는 폴린 파이퍼와 재혼하기 위해 아내를 설득했다. 그러나 해
들리는 단호히 거절했다.

"내 사전에 이혼은 없어!"

해들리가 이혼 절대불가를 외치는 가운데 헤밍웨이는《태양은 다시
떠오른다》를 집필했다. 이 책은 1926년 뉴욕에서 출간되는 순간 초대
형 베스트셀러가 되었고, 헤밍웨이는 일약 스타작가로 떠올랐다.

거세된 수소처럼 전쟁 중에
남성성을 상실한 제이크 반스
와 그를 사랑하게 된 브랫 애슐
리. 브랫은 정작 사랑하는 남자
와 맺어질 수 없어 여러 남자를
만나고 떠나보내기를 반복한다.
그것은 사랑하는 이에게 절망하
면서도 사랑을 놓지 못하는 데
서 나온 자학이었다. 또한 절망
이 주는 지루함을 잊게 하는 방
법이었다. 의미 없는 반복이 지속

《태양은 다시 떠오른다》의 표지

되어도 삶은 여전히 지루하고 절망적이지만, 그래도 태양은 내일 또다시 떠오를 것이다. 이 책의 명언 한 구절.

　　"삶이란 가치의 교환에 불과하지. 어떤 것을 손에 넣기 위해 어떤 것을 포기하는 거야."

　해들리는 소설 속의 브렛 같은 처지가 되었지만, 그래도 끝까지 가정을 지키려 애썼다. 그럴수록 헤밍웨이는 집을 거의 비우다시피 했고 투우장을 자주 찾았다. 물론 폴린과 함께였다.

　헤밍웨이는 본래 야생동물사냥과 바다낚시, 심야보트 등 모험을 즐기는 편이었다. 그런 데다가 아내에 대한 애정이 식자 피가 튀는 투우에 열광하며《오후의 죽음》이라는 투우 해설서까지 펴낸다. 딱히 잘못도 없는 아내에게 이혼을 요구하는 자신의 심사心思를 거친 투우 장면을 보며 해소했던 것이다.

　헤밍웨이는 급기야 가톨릭교도인 폴린과의 정서적 공유를 위해 개종까지 감행한다. 그 과정을 지켜본 해들리는 결국 이혼에 동의해주었다. 해들리는 그때 이런 말을 남겼다.

　"이미 떠나버린 사랑에 집착해보니 폐허가

헤밍웨이와 폴린(파리, 1927년)

밤을 지새우는 사람들
에드워드 호퍼(Edward Hopper), 1942년, 캔버스에 유채, 152.4×84.1cm
미국 시카고, 시카고 아트 인스티튜트 소장

된 마을에 혼자 사는 것 같았다."

해들리를 가리켜 흔히 헤밍웨이의 '스타터 와이프starter wife'라고 한
다. 헤밍웨이가 이후 세 번이나 더 결혼을 했기 때문이다. 세련되고 지적
인 세 아내에 비해 무명 시절에 만난 해들리는 유일하게 소박하고 신실
했다. 헤밍웨이는 해들리와 이혼한 지 4개월 만에 폴린과 결혼했다.

그해부터 헤밍웨이는 단편소설《살인자들》을 잡지에 연재했다. 에드
워드 호퍼는 이 작품을 즐겨 읽으며 줄거리를 이미지화해 자신의 대표
작〈밤을 지새우는 사람들Nighthawks〉을 그렸다.

헤밍웨이

다음 해인 1928년, 폴린과 함께 미국으로 간 헤밍웨이는 상상도 못했던 소식을 듣게 된다. 아버지가 권총으로 자살을 했다는 것이다. 아버지가 왜 자살했느냐고 따지자, 어머니는 아버지가 헤밍웨이에게 남긴 유서를 넘겨주며 불평했다.

"어떻게 남편이라는 사람이 내게는 한 글자도 남기지 않았구나."

토라져서 자기 방으로 들어가는 어머니를 보며 헤밍웨이 부부는 할 말을 잊었다.

다음 날 어머니는 아들에게 아버지가 자살할 때 사용했던 엽총을 주었다. 헤밍웨이는 도무지 이해할 수 없는 어머니의 행동으로 미루어 볼 때 아버지가 어머니를 견디지 못해 죽음을 선택한 것이라 믿었다. 집안일로 번민에 빠져 있는 헤밍웨이에게 폴린은 아예 멀리 가자고 제안했다.

"내 저택이 키웨스트에 있어. 우리, 그리로 이사 가자."

화장품회사 회장인 폴린의 아버지가 플로리다 최남단 섬 키웨스트의 저택을 딸에게 주었던 것이다. 산호초로 둘러싸인 이 섬은 망망대해에 놓인 세븐마일 다리를 건너야 들어갈 수 있다.

폴린은 키웨스트에 정착한 헤밍웨이를 위해 2층에 서재를 꾸미고 별채와 구름다리로 연결했으며, 정원에 온갖 나무를 심고 풀장도 만들었다. 두 사람은 고양이를 좋아해서 60여 마리를 기르며 고양이를 돌보는 사람까지 따로 채용했다.

폴린이 제공한 쾌적한 집필환경에서 헤밍웨이는 첫사랑 아그네스를 추억하며 《무기여 잘 있어라》를 펴내 세계적으로 명성을 얻었다. 그 뒤 헤밍웨이와 폴린 사이에서 두 아들이 태어났다. 헤밍웨이 가족은 함께 보트낚시를 했고, 잡은 물고기는 고양이 떼에게 주었다.

마사 겔혼

그렇게 단란하게 살고 있던 헤밍웨이에게 스페인 내전 소식이 들려온다. 평소 투우와 플라멩코에 매료돼 스페인 여행을 자주 했던 터프가이 헤밍웨이는 그 소식을 듣자 곧바로 스페인으로 간다.

마침 마드리드를 둘러싸고 공방전이 벌이지고 있었다. 그리고 그 현장에는 금발머리를 휘날리며 열렬히 취재하는 미모의 종군기자 마사 겔혼Martha Gellhorn(1908~1998)이 있었다.

헤밍웨이가 그녀의 취재 현장을 따라가보니 역사적으로 꼭 기록해야 할 장면만을 정확히 포착하는 것이었다. 과연 그녀는 '전쟁과 결혼한 여자'라는 별칭을 들을 만했다. 마사에게서는 양지에서 자란 폴린과는 다른 무드의 물결이 퍼져 나오고 있었다.

"마사여, 그토록 거친 용기는 도대체 어디서 솟아오르는가?"

종군기자 마사 겔혼, 불꽃이 일다

스페인 전선에서 만난 헤밍웨이와 마사는 포연 자욱한 살육의 전장을 함께 찾아다니며 기록물을 남겼고, 절체절명의 순간마다 사랑의 스릴을 만끽했다.

　이 소식을 전해 들은 폴린은 발만 동동 굴렀다. 그녀는 헤밍웨이가 집에 돌아오자마자 소리를 질렀다.

　"내가 당신을 대문학가로 만들었어. 그런데 어떻게 나한테 이럴 수가 있어?"

　헤밍웨이는 아무 대꾸 없이 자기 방으로 들어가 가방을 싸 가지고 나오면서 중얼거렸다.

　"사랑의 큰 적은 질투가 아니야. 바로 권태지."

　이로써 헤밍웨이는 아름다운 섬 키웨스트에서의 생활을 정리한 뒤 1939년에 거주지를 쿠바로 옮겼다. 그리고 다음 해에 아홉 살 연하의 마사 겔혼과 결혼했다. 두 사람의 결혼 소식은 북미는 물론 유럽에서까지 큰 화제가 되었다.

　마사는 헤밍웨이와 결혼하기 전에는 물론 이후에도 여러 남자들과 교제했다. 마사는 전설적인 전쟁보도사진가 로버트 카파Robert Capa, 백만장자 존 록펠러John Davison Rockefeller, 제2차 세계대전의 노르망디 상륙작전 당시 최연소 장군으로 독일군 지역에 공중낙하한 전쟁 영웅 제임스 가빈James M. Garvin 등과도 친분이 두터웠다.

　마사를 좋아하던 남성들은 예외 없이 마사에게 이런 말을 들었다.

　"전 섹스를 좋아하지 않아요."

　어쨌든 헤밍웨이와 마사는 쿠바의 아바나 농장에 신혼집을 마련했다. 신혼여행은 중국 대륙에서 한참 항일전쟁 중이던 장개석 총통과 그의 아내 송미령을 만나는 것으로 대신했다. 이들은 이어서 주은래도

로버트 카파가 찍은 전선의 헤밍웨이

만났다. 마사는 특히 주은래를 높이 평가했다.

"우리가 중국에서 만난 인물 가운데 유일하게 좋은 분이야. 중국 공산당들이 모두 주은래와 같다면 미래가 밝을 텐데……."

격렬한 현장을 찾아 돌아다니기를 좋아했던 두 사람은 정말 행복했다. 서로 "우리가 이렇게 행복해도 될까?" 하고 말할 만큼 최고의 나날을 보냈다. 두 사람은 겨울은 아바나에서, 여름은 아이다호의 케첨 자택에서 보냈다. 두 지역 사이에는 플로리다 해협이 있다.

세 번째 결혼생활 중에 나온 책이 스페인 내전을 소재로 한 《누구를 위하여 좋은 울리나》다. 헤밍웨이는 보병 대위로 자원해서 레지스탕스를 이끌고 스페인 내전에 참전했다.

이 소설을 영화화한 〈누구를 위하여 좋은 울리나〉의 명장면.

얼굴이 빨개진 잉그리드 버그만(집시 여인 마리아 역)이 게리 쿠퍼(로버트 조던 역)와 생애 첫 키스를 한다.

영화 〈누구를 위하여 종은 울리나〉의 포스터(1943년)

"키스는 어떻게 해요? 코가 부딪칠 텐데."

"그럼 코는 이쪽으로 돌려요. 나는 저쪽으로."

1941년, 세계적인 명사가 된 헤밍웨이에게 소련의 비밀경찰·첩보조직 KGB가 접근한다. 무모하게 호기심이 강한 헤밍웨이는 비밀리에 KGB와 손을 잡는다. 이때 헤밍웨이의 암호명은 '아르고argo'였다. 하지만 아르고가 소련에 정보를 준 적은 없었다.

그런가 하면 헤밍웨이는 아들 존과 함께 미국 전략정보국 OSS의 정보원으로 활약하기도 했다. 이중스파이 활동을 한 셈이다. 아마도 다양한 작품소재를 찾기 위해 그랬을 것이다.

KGB 보고서에는 아르고가 "글은 잘 쓰지만 공작 능력은 떨어진다"고 기록돼 있다. 하지만 이 때문에 헤밍웨이는 미국 FBI의 사찰까지 받아야 했다. FBI 국장을 지낸 에드가 후버Edgar Hoover도 시인했듯이 헤밍웨이의 전화는 도청을 당했고, 편지는 모두 중간에 개봉되었다. 이런 추적을 당하며 헤밍웨이는 '최악의 지옥'을 경험했고, 피해망상증까지 보이게 된다.

헤밍웨이와 아들 그레고리(아이다호, 1941년)

그런 가운데서도 워낙 활달한 헤밍웨이와 마사는 늘 바쁘게 지냈다. 그런데 늘 함께 다니다보니 개성 강한 두 사람 사이에 차츰 이견이 생겨났다. 처음에는 서로 양보하고 격려하더니 어느 순간 서로 자기주장을 하기 바빴고, 주위의 칭찬도 독차지하려 했다. 둘 사이의 간극이 점점 커지자 마사가 먼저 말했다.

"사랑의 친구는 생소함이야. 같이 있으니 자꾸 다투게 되네. 이쯤에서 전선으로 가봐야겠어."

헤밍웨이도 그 말에 고개를 끄덕였다.

"맞아, 가끔 만나야 우리 사랑도 오래 지속될 거야."

그 뒤 마사는 그녀대로 전쟁터로 가고, 헤밍웨이도 전선을 찾아가 취재를 하고 다녔다. 그러던 중 로버트 카파와 얽힌 일화가 있다. 두 사

마사 겔혼 기념 우표(미국, 2008년경, konstantin32 © 123RF.COM)

람이 함께 취재를 나갔는데, 헤밍웨이가 탄 지프가 폭격을 당했다. 그 충격으로 헤밍웨이가 튕겨 나갔는데도 카파는 달려와서 구해주려고는 하지 않고 사진기의 셔터만 눌러댔다. 이때 느낀 서운함으로 인해 헤밍웨이와 카파는 이후 어색한 사이가 되었다.

헤밍웨이는 죽음에 대한 강박증이 있었다. 낚시광이자 사냥광이었던 그는 거대한 물고기나 짐승 등을 잡으면 그 피를 닦으며 태연하게 말했다.

"어차피 누구나 한 번은 죽어."

사람들이 회피하려 하는 전쟁터에 굳이 나갔던 것도 그런 이유에서였다. 삶이 경각에 달려 있는 현장에서는 죽음의 강박증은 아무 의미가 없었던 것이다.

1945년, 종전으로 헤밍웨이가 집에 돌아오자 마사는 그에게 이별을 통보했다.

"어차피 우리에게는 아기자기한 가정이 맞지 않아."

그 뒤로도 마사는 종군기자로 전 세계의 전쟁터를 누볐다.

두 사람의 사랑은 전쟁터 같은 치열한 현장에서나 유지될 수 있는 것이었다. 이 특이한 사랑은 2012년 〈헤밍웨이와 겔혼〉이라는 제목으로 영화화되었다.

마지막 Mrs. 헤밍웨이, 통신원 메리 웰시

마사가 헤밍웨이에게 먼저 이별을 통보한 데는 이유가 있었다. 1944년, 헤밍웨이는 노르망디 상륙작전 취재를 위해 영국 공군의 종군기자로 활동했다. 이때 런던에서 자동차 사고가 나서 머리를 크게 다쳤는데,

헤밍웨이와 메리(킬리만자로, 1954년)

통신원 메리 웰시[Mary Welsh(1908~1986)]가 헤밍웨이를 간호해주었다.

사람은 나이를 먹을수록 과거의 추억을 더 또렷이 기억한다. 병상에 누워 있는 자신을 간호해주는 메리에게서 헤밍웨이는 이루지 못한 첫사랑 아그네스를 떠올렸다.

그 뒤 두 사람은 은밀히 관계를 유지했는데, 마사는 종군기자 친구를 통해 이 사실을 알게 되었다. 더구나 메리는 재혼을 한 유부녀였다. 마사는 헤밍웨이가 결혼하고 어느 정도의 세월이 흐르면 그 결혼에서 빠져나오려 하는 성향이 있다는 것을 잘 알고 있었다. 그래서 구차해지지 않기 위해 먼저 헤밍웨이를 떠나보냈던 것이다.

결국 헤밍웨이와 비슷한 시기에 메리도 이혼을 했고, 두 사람은 1946년에 쿠바로 날아가 결혼했다. 이때부터 헤밍웨이는 위스키를 매일 한 병씩 마시기 시작했다. 부부는 함께 아프리카로 사냥을 자주 다녔고, 아프리카에서 두 번의 비행기 추락사고도 겪었다. 이때 외신이 헤밍웨이가 사망했다는 오보를 내기도 했다.

헤밍웨이는 사파리로 맹수사냥을 다니면서 마지막 걸작인《노인과 바다》를 집필했다. 이 소설의 늙은 어부 '산티아고'의 실제 모델은 헤밍웨이가 20년가량 쿠바에 살며 가장 친하게 지낸 요리사 겸 낚시 친구 '그레고리오 프엔테스'였다.

늙은 어부 산티아고는 85일 만에 잡은 거대한 물고기를 놓고 상어 떼와 사투를 벌인다. 사력을 다한 노력에도 불구하고 항구에 도착해 보니 물고기는 뼈만 남아 있다. 하지만 산티아고는 거대한 수난을 극복해낸 용기에 만족하며 오막살이 침대에 누워 깊이 잠든다.

이 이야기는 이렇게 마무리된다.

노인은 사자 꿈을 꾸고 있었다.
The old man was dreaming about lions.

인생의 존엄성을 그린 작품 《노인과 바다》에서는 다음 두 글귀가 더욱 빛난다.

노인의 모든 것이 늙거나 낡아 있었지만, 바다와 똑같은 빛깔의 파란 두 눈만은 여전히 생기와 불굴의 의지로 빛나고 있었다.

사람을 강하게 만드는 것은 사람이 하는 일이 아니라 하고자 노력하는 것이다.

《노인과 바다》는 발간된 지 이틀 만에 530만 부가 판매되며 그야말로 선풍적인 인기를 끌었다. 이 여세를 몰아 헤밍웨이는 1953년에는 퓰리처상을, 1954년에는 노벨문학상을 수상했다.

이후 헤밍웨이에 대한 세계적 관심이 고조되었지

헤밍웨이의 노벨문학상 수상 기념 우표
(1990년, 스웨덴, nettali77 © 123RF.COM)

만, 정작 헤밍웨이는 망상과 우울증에 시달렸다. 1960년 쿠바에서 피델 카스트로Fidel Castro가 주도한 혁명으로 정든 아바나 농장을 떠나게 된 것을 안타까워했던 그는 FBI의 감시까지 겹치자 몹시 괴로워했다. 1961년, 헤밍웨이는 결국 "내 낡은 기계가 잘 작동하지 않는다"는 말을 남긴 채 엽총 방아쇠를 당겼다.

그렇게 세상과 작별하기 며칠 전, 그는 무명작가 시절의 파리가 정말 그리웠다. 첫 번째 아내 해들리도 사무치게 그리웠다. 돌이켜보니 많은 미녀와 인연을 맺어왔으나 해들리는 그 가운데서도 꽃밭의 상록수였다.

꽃은 아무리 고와도 비가 오고 바람 불고 날씨가 변하면 떨어진다. 그러나 상록수는 곱지 않아도 사시사철 그대로 푸르다. 아! 그토록 내 곁에 남고자 한 해들리를 나는 왜……

여기에 생각이 미치자 헤밍웨이는 곧바로 수화기를 들었다.

"해들리, 그때 우린 젊었고 모든 것이 다 소중했지. 가난도, 달빛도, 당신의 숨소리도 다 소중했소. 당신 옆에 있는 것은 무엇이든 다 소중했어."

전화선 저 너머의 해들리, 유일하게 헤밍웨이에게 진실했던 해들리. 그녀는 아무 말 없이 듣고 있다가 조용히 전화기를 내려놓았다.

명작 뒤에
숨겨진 사랑

지은이 | 이동연
발행처 | 도서출판 평단
발행인 | 최석두

신고번호 | 제2015-000132호
신고연월일 | 1988년 07월 06일

초판 1쇄 발행 | 2016년 11월 18일
초판 2쇄 발행 | 2017년 5월 11일

우편번호 | 10594
주소 | 경기도 고양시 덕양구 통일로 140(동산동 376)
       삼송테크노밸리 A동 351호
전화번호 | (02)325-8144(代)
팩스번호 | (02)325-8143
이메일 | pyongdan@daum.net

ISBN | 978-89-7343-481-7 03810

값 · 16,800원

ⓒ이동연, 2016, Printed in Korea

※ 잘못된 책은 구입하신 곳에서 바꾸어 드립니다.

이 도서의 국립중앙도서관 출판시 도서목록(CIP)은
서지정보유통지원시스템 홈페이지(http://seoji.nl.go.kr)와
국가자료 공동목록시스템(http://www.nl.go.kr/kolisnet)에서
이용하실 수 있습니다.

(CIP제어번호 : CIP2016026151)

※ 저작권법에 의하여 이 책의 내용을 저작권자 및 출판사 허락 없이 무단 전재 및 무단 복제, 인용을 금합니다.

도서출판 평단은 수익금의 1%를 어려운 이웃돕기에 사용하고 있습니다.